T0286566

Veröffentlicht von
DREAMSPINNER PRESS

5032 Capital Circle SW, Suite 2, PMB# 279, Tallahassee, FL 32305-7886 USA
www.dreamspinnerpress.com

Lügen haben kurze Beine
Urheberrecht der deutschen Ausgabe © 2023 Dreamspinner Press.
Originaltitel: Truth Will Out
Urheberrecht © 2018 K.C. Wells
Original Erstausgabe. Oktober 2018
Übersetzt von Niklas Wagner.

Umschlagillustration
© 2018 Paul Richmond
http://www.paulrichmondstudio.com
Umschlaggestaltung
© 2023 L.C. Chase
http://www.lcchase.com
Die Illustrationen auf dem Einband bzw. Titelseite werden nur für darstellerische Zwecke genutzt. Jede abgebildete Person ist ein Model.

Deutsche ISBN. 978-1-64108-550-2
Deutsche eBook Ausgabe. 978-1-64108-551-9
Deutsche Erstausgabe. Januar 2023
v 1.0

K.C. WELLS

Lügen haben kurze Beine

Für meinen Ehemann als Dankeschön für all die Zeit, die er mit diesem Buch verbracht hat, für die Diskussionen über die Handlung und die vielen genialen Einfälle, die ich gar nicht alle aufzählen kann.

DANKSAGUNG

VIELEN DANK an meine wunderbaren Testleser/-innen Jason, Helena, Daniel, Mardee, Sharon und Will.

Mein besonderer Dank gilt Daniel für ein Kaffeekränzchen, das sich zum Planungstreffen für das Buch entwickelte.

1

JONATHON DE Mountford hatte ganz vergessen, wie schön der Bahnhof von Merrychurch war. Bunte Wimpel schmückten den gewölbten Türsturz an der malerischen schwarz-weißen Flechtwerkwand, und wohin er auch sah, befanden sich Tröge, Töpfe und Hängekörbe, die mit Blumen gefüllt waren. Die gelbe Warnlinie am Rande des Bahnsteigs leuchtete wie frisch gestrichen, und das dunkelblaue Bahnhofsschild mit der weißen Schrift war frei von dem Graffiti, das Jonathon noch vor Kurzem in Winchester an jeder Ecke gesehen hatte.

Nur eines passte nicht: Von seinem Onkel Dominic fehlte jede Spur.

Jonathon schaute auf seinem Handy nach der Uhrzeit. Vor zehn Minuten hatte er den Zug verlassen und mittlerweile war der Bahnsteig menschenleer. Der Wachmann hatte sich in sein Büro zurückgezogen, aber Jonathon konnte ihn noch munter vor sich hin pfeifen hören. Seine Gedanken kehrten zu Dominic zurück. Zwar war Jonathon mit einem besonders frühen Zug angereist, aber Dominic hatte ihm versichert, dass es ihm als chronischem Frühaufsteher überhaupt nichts ausmachen würde, seinen Neffen vom Bahnhof abzuholen.

Vielleicht wartet er ja draußen.

Jonathon rückte den Riemen seines Rucksacks zurecht, packte den Griff seines Koffers und schritt durch die offene Tür in die Bahnhofshalle mit dem Fahrkartenschalter und den bunten Plakaten. Das Einzige, was nicht ins Bild passte, war der Selbstbedienungs-Ticketautomat, aber selbst Merrychurch musste sich wohl früher oder später den Anforderungen des einundzwanzigsten Jahrhunderts beugen.

Als Jonathon durch die breite Holztür auf den Bürgersteig trat, war er immer noch allein. Zu seiner Linken befand sich ein eingezäunter Parkplatz. Sonst gab es nichts zu sehen außer der Straße, die von hohen Bäumen gesäumt war. Kein Lärm, kein Verkehr - nur das Zwitschern der Vögel war zu hören.

Und von Dominic fehlte immer noch jede Spur.

Jonathon sah wieder auf sein Handy, aber er hatte keine neuen Nachrichten empfangen. Seufzend scrollte er zu Dominics Nummer. Als nur die Bandansage seines Onkels ertönte, machte sich langsam ein flaues Gefühl in seinem Magen breit. Das sah Dominic überhaupt nicht ähnlich.

Nach einem erneuten Blick über die leere Landstraße stand sein Entschluss fest. Es hatte wenig Sinn, noch länger zu warten. Am besten würde er sich selbst auf den Weg ins Dorf und von da aus weiter zum Herrenhaus machen. Er wusste, dass

Merrychurch nur etwa zwanzig Gehminuten entfernt lag, und erfahrungsgemäß lohnte es sich nicht, auf den Linienbus zu warten, der nur einmal pro Stunde fuhr. Zum fröhlichen Zwitschern der Vögel machte sich Jonathon mit seinem Koffer im Schlepptau auf den Weg ins Dorf.

Es war ein wunderschöner Tag Ende Juli, gerade warm genug, dass er keine Jacke brauchte. Unterwegs ließ er sich die letzten E-Mail-Verläufe und Gespräche mit Dominic durch den Kopf gehen. Er konnte nicht genau sagen, woran es lag, aber ihn beschlich eindeutig das Gefühl, dass etwas nicht stimmte. Alleine die Tatsache, dass Dominic dem Besuch seines Neffen verdächtig schnell zugestimmt hatte, deutete darauf hin.

Warum ist er also nicht hier, um mich wie besprochen abzuholen?

Jonathon erinnerte sich an ihr letztes Gespräch vor einer Woche. Sie hatten sich über das Dorffest unterhalten, das Anfang August auf dem Gelände des Hauses stattfinden sollte. Dominic liebte es, in die Rolle des Gutsherrn zu schlüpfen, und soweit Jonathon sich an frühere Besuche erinnern konnte, war das Fest jedes Mal ein lustiges Event. Sie hatten auch über Jonathons neuestes Buch gesprochen, eine Sammlung von Fotografien, die vor Kurzem auf einer Reise nach Indien entstanden waren. Mehr als einmal hatte Dominic seinen Stolz über Jonathons Arbeit zum Ausdruck gebracht.

Vielleicht hätten wir darüber sprechen sollen, was ihn beschäftigt. Jonathon war es nämlich keineswegs entgangen, dass Dominic etwas auf dem Herzen hatte.

Da hörte Jonathon hinter sich das Geräusch eines Fahrzeugs und quetschte sich mitsamt seinem Koffer an eine Hecke. Er war ganz überrascht, als das Auto neben ihm anhielt.

„Brauchen Sie eine Mitfahrgelegenheit?", fragte eine tiefe, heitere Männerstimme.

Jonathon musterte den Fahrer des Geländewagens. Er war Ende dreißig, vielleicht Anfang vierzig, und hatte kurze und gepflegte braune Haare. Warme Augen blickten Jonathon durch eine randlose Brille an. „Wenn Sie nach Merrychurch fahren, dann ja."

Der Fahrer lächelte. „Ich hatte auch nicht gedacht, dass Sie noch weiter gehen würden. Das nächste Dorf nach Merrychurch ist Lower Pinton, und das liegt sechs Kilometer entfernt." Er nickte in Richtung des Beifahrersitzes. „Rein mit Ihnen. Hinten ist noch Platz für Ihr Gepäck."

„Vielen Dank." Jonathon verstaute den Koffer und kroch auf den Vordersitz. „Es war sehr nett von Ihnen anzuhalten." Den Rucksack mit seiner wertvollen Kamera hielt er fest umklammert.

„Ich habe mir schon gedacht, dass Sie den Bus verpasst haben. Seit der Fahrplan reduziert wurde, passiert so was ständig." Er fuhr erst weiter, als Jonathon sich angeschnallt hatte. „Wo kommen Sie im Ort unter?"

„Wie bitte?" Jonathon runzelte die Stirn.

2

Der Fahrer lachte. „Na gut, vielleicht war das etwas anmaßend von mir, aber der Koffer hat Sie verraten. Und ich frage nur, weil mir der Dorfpub gehört und es freie Zimmer gibt, falls Sie noch keinen Schlafplatz haben."

„Ach so." Jonathon hielt seinen Blick weiter auf die vorbeiziehende Landschaft gerichtet. „Ich werde bei meinem Onkel unterkommen, aber trotzdem vielen Dank."

Die Straße Richtung Merrychurch hatte sich in all den Jahren, in denen Jonathon seinen Onkel besucht hatte, nicht verändert: Bäume, die sich in einem grünen Bogen über die Straße spannten, hier und da ein Haus …

„Waren Sie schon mal in Merrychurch?"

Jonathon lächelte in sich hinein. „Ja, ein paarmal."

„Dann kennen Sie sich hier wahrscheinlich besser aus als ich. Ich bin erst vor elf Monaten hergezogen."

In diesem Moment sprang ein Kaninchen aus einer Hecke hervor und der Fahrer wich in einer abrupten Bewegung aus. Jonathon hielt den Atem an, aber glücklicherweise erreichte das Kaninchen unversehrt die andere Straßenseite.

Mit einem leisen Grummeln blickte der Mann zu Jonathon herüber. „Ich hasse es, wenn diese kleinen Racker das tun. Irgendwann kommt noch der Tag, an dem ich nicht schaffe, rechtzeitig zu reagieren."

Alleine aufgrund der Tatsache, dass er überhaupt ausgewichen war, hatte er bei Jonathon schon Pluspunkte gesammelt.

Kurz darauf erreichten sie das Dorfzentrum. Der Fahrer kam vor dem malerischen Pub zum Stehen, ließ den Motor aber laufen. „Also, kann ich Sie irgendwo absetzen? Wo wohnt denn Ihr Onkel?"

Jonathon überkam ein plötzliches Nervenflattern. Er wusste, dass es im Dorf Leute gab, die seinen Onkel nicht ausstehen konnten – das hatte Dominic mehrmals angedeutet –, und er wollte nichts Falsches sagen, was dazu führen könnte, dass sein barmherziger Samariter sich als Psychopath entpuppte. Dann riss er sich zusammen. Der Fremde hatte bereits erwähnt, dass er erst seit Kurzem im Dorf lebte, also war es sehr unwahrscheinlich, dass er einen Groll gegen Dominic hegte.

„Eigentlich wollte mein Onkel mich vom Bahnhof abholen", erklärte Jonathon. „Aber …"

„…aber als Sie ankamen, war er nicht da", schlussfolgerte der Mann. Als Jonathon erneut die Stirn runzelte, musste er lächeln. „Das lag auf der Hand, andernfalls wären Sie ja nicht zu Fuß ins Dorf gelaufen. Hat er Ihnen denn wenigstens mitgeteilt, dass er sich verspätet?"

Jonathon schüttelte den Kopf. „Und das ist echt merkwürdig."

Der Mann nickte verständnisvoll. „Ja. In dem Fall bringe ich Sie zu ihm. Falls er nicht da ist, kann ich Sie wieder mit hierher nehmen und Sie können im Pub auf ihn warten, bis er auftaucht. Was halten Sie davon?"

3

Jonathon fand, dass es höchste Zeit war, den Namen seines gnädigen Retters zu erfahren. „Klingt prima." Er streckte die Hand aus. „Jonathon. Jonathon de Mountford."

Der Mann schüttelte die Hand. „Mike. Mike Tattersall. Freut mich, dich kennenzulernen, Jonathon." Seine Augen weiteten sich. „Aha. Dann muss ich wohl nicht fragen, wer dein Onkel ist."

Das hatte Jonathon schon vermutet. Selbst wenn Mike erst seit Kurzem in Merrychurch lebte, hatte er sicher schon von de Mountford Hall gehört, dem eindrucksvollen Herrenhaus am Ortsrand.

Mikes Gesicht verfinsterte sich und er schaltete den Motor ab. „Dein Onkel ist im Moment ein schwieriges Thema."

Jonathon hielt inne. „Warum?"

„Meine Schwester Sue ist seine Putzfrau. Sie hat die letzten drei Jahre in seinem Haus gearbeitet. Alles war in Ordnung, bis letzten Monat."

Jonathon hatte den Eindruck, dass Mikes plötzlicher Stimmungswechsel mehr mit seiner Schwester als mit Dominic zu tun hatte. „Was ist passiert?"

Mike seufzte. „Sue ist Mitglied in einer Tierschutzgruppe. Ich versuche, mich da rauszuhalten, auch wenn es mich ganz verrückt macht, wenn ich höre, dass sie wieder zu irgendeiner Demo geht. Je weniger ich darüber weiß, desto ruhiger kann ich schlafen." Als Jonathon ihn schräg anschaute, zuckte er mit den Schultern. „Das liegt an meinem früheren Beruf. Ich bin ehemaliger Polizist. Es ist nicht einfach, ihr klarzumachen, dass sie nicht mit dem Gesetz in Konflikt geraten darf. Sie kann ganz schön stur sein. Jedenfalls hat sie letzten Monat von etwas Wind bekommen und sich dann sofort auf den Weg zum Herrenhaus gemacht, um deinen Onkel zur Rede zu stellen. Er hatte offenbar die Erlaubnis erteilt, dass auf seinem Grundstück gejagt werden darf - wodurch die Jagd auch dem Dorf sehr nahekommt."

„Aber … wurde die Fuchsjagd nicht verboten? Inzwischen wird doch nur noch mit Hunden gejagt, oder?"

Mike nickte. „Sue ist davon überzeugt, dass die Jagdbosse sich nicht um dieses Verbot scheren. Keine Ahnung, wie sie darauf kommt. Jedenfalls ist die Lage ein wenig eskaliert."

Das bestätigte Jonathons ungutes Gefühl. Also war tatsächlich etwas vorgefallen. „Dann würde ich jetzt gerne zum Herrenhaus."

Mike schien sich wieder gefasst zu haben. Mit einem entschlossenen Nicken richtete er sich hinter dem Lenkrad auf. „Sehr gerne. Ich bring dich hin." Er ließ den Motor an und fuhr wieder auf die Straße.

Jonathon betrachtete seine Umgebung. Das Dorf sah aus wie immer: ein paar aneinander gedrängte Läden, der Pub und die Postfiliale. Dann gab es da noch die Häuser, viele von ihnen mit Strohdach. Der Kirchturm ragte mit harten Kanten über die Bäume hinaus, und der Fluss schlängelte sich wie immer in einem eleganten Bogen unter der malerischen Steinbrücke hindurch durchs Dorf. Am Ufer

4

hockten ein paar Enten, die Köpfe unter den Flügeln versteckt, während andere gemächlich im klaren Wasser schwammen, wobei sie den Kopf ins Wasser tauchten und das Hinterteil in die Luft reckten. Es sah immer noch genauso drollig aus wie in Jonathons Kindheitserinnerungen.

„Merrychurch hat sich überhaupt nicht verändert", murmelte er, als sie durch die schmalen, grünen Gassen fuhren.

Mike schmunzelte. „Ach ja, findest du? Ich habe die Erfahrung gemacht, dass die Dinge selten so sind, wie sie scheinen. Man weiß nie, was sich unter der ruhigen Oberfläche verbirgt." Dann schnaubte er. „Da spricht wohl der Ex-Polizist aus mir, der immer vom Schlimmsten ausgeht."

Jonathon musterte ihn eingehend. Mike war offensichtlich noch zu jung, um im Ruhestand zu sein. „Wie kommt es, dass du nicht mehr bei der Polizei bist? Wo warst du im Einsatz?"

„Bei der Metropolitan Police in London. Ich wurde ausgemustert, nachdem ich bei einer Razzia meinen Fuß verloren habe."

Jonathon konnte nicht verhindern, dass sein Blick zu Mikes Füßen huschte.

Mike entging der Blick nicht. „Ich habe jetzt eine Prothese. Wenn man sie sieht, würde man nie auf den Gedanken kommen, dass der Fuß nicht echt ist." Dann seufzte er. „Zumindest rede ich mir das jeden Abend ein, wenn ich mir die Schuhe ausziehe. Na ja, jedenfalls wusste ich überhaupt nicht, wohin mit mir, nachdem ich meine Entschädigung erhalten hatte. Ich war seit meinem neunzehnten Lebensjahr Polizist gewesen, und da stand ich nun, fast vierzig, und hatte keine Ahnung, was ich mit dem Rest meines Lebens anfangen sollte."

„Also hast du einen Dorfpub gekauft. Ein ziemlicher Kontrast zu London, kann ich mir vorstellen."

Mike lachte. „Wenn du wüsstest. Der Pub war Sues Idee. Sie war mit ihrem Mann Dan hierhergezogen, aber ihre Beziehung ging schnell in die Brüche. Nachdem er fort war, blieb sie hier, auch wenn das bedeutete, dass sie sich Arbeit suchen musste. Der Pub stand zum Verkauf, und da dachte sie an mich. Ich habe ihr vorgeschlagen, dass sie dort arbeiten könnte, aber die Idee hat sie schnell verworfen." Er entrang sich ein gequältes Lächeln. „Damit lag sie nicht falsch. Früher oder später wären wir uns an die Gurgel gegangen. Wir sind wie Tag und Nacht." Mike nickte in Richtung der Windschutzscheibe. „So, da wären wir."

Jonathon folgte seinem Blick. Auf beiden Seiten der Straße standen die alten steinernen Torpfosten mit dem Familienwappen, die er nur zu gut aus seiner Kindheit kannte. Nur war das Wappen in den zwei Jahrhunderten, in denen die Familie das Herrenhaus besaß, abgetragen worden, und auch die Torpfosten begannen zu bröckeln. Sie markierten die Grenze des ursprünglichen Anwesens. Nachfolgende Mitglieder der Familie de Mountford hatten Teile davon verkauft, und nun waren nur noch die hundert Morgen übrig, die de Mountford Hall umgaben.

„Und da ist es", raunte Jonathon. Das Herrenhaus, das auf der Spitze eines leicht abfallenden Hügels stand, ragte noch gerade so hinter den Baumkronen hervor. Die weiße Fassade hob sich vom Grün ab und leuchtete in der frühen Morgensonne. Während Mike durch die Torpfosten fuhr und dem Kiesweg folgte, warf Jonathon einen Blick auf das Haus. „Ich kann mir nicht vorstellen, was er da drin den ganzen Tag macht. Wahrscheinlich geistert er ganz unruhig herum." Dominic war ein eingefleischter Junggeselle und lebte dort allein, seit er das Haus geerbt hatte. Bis vor fünfzehn Jahren war er in London in der Anwaltskanzlei der Familie tätig gewesen, ehe er im Alter von fünfundvierzig Jahren alle mit der Ankündigung seines Ruhestandes überrascht hatte.

Mike bog nach links ab, und der Kiesweg ging in eine Einfahrt über, die sich vor dem Haus um einen kleinen Grashügel mit einem trockenen, kunstvoll verzierten Brunnen schlängelte. Vor dem breiten, gewölbten Eingang kam er zum Stehen. „Bis vor die Haustür. Wenn das mal kein guter Service ist."

Jonathon lächelte und streckte erneut die Hand aus. „Vielen Dank, Mike." Er blickte sich um. Es waren keine Autos in Sicht, aber vielleicht standen sie auch einfach nur in der Garage.

„Ganz schön ruhig hier. Aber andererseits ist es ja auch noch ziemlich früh. Vielleicht hat er einfach verschlafen."

Jonathon legte den Kopf schief und lauschte. Selbst die Vögel schienen ihren fröhlichen Gesang eingestellt zu haben. Das trug nur weiter zu seinem Unwohlsein bei. Er stellte seinen Rucksack ab, stieg aus dem Auto und ging auf die schwere Eichentür im Schatten des Steinbogens zu. Jonathon zog am mittleren Knauf der Messingklingel und hörte das klirrende Geräusch im Inneren. Er trat einen Schritt zurück und wartete, den Blick auf die Tür gerichtet.

Nach einer Minute des Schweigens wandte er sich Mike zu. „Sieht aus, als sei er nicht da."

„Er hat doch Hauspersonal, oder? Zumindest hat Sue das mal erzählt."

Jonathon versuchte, sich zu erinnern. „Früher ja, aber das ist schon eine Weile her. Ich war vor zwei Jahren zum letzten Mal hier, also bin ich mir nicht sicher. Zumindest hat er nie erwähnt, dass er die Angestellten entlassen hat." Also mussten sie heute entweder ihren freien Tag haben oder sie waren noch gar nicht eingetroffen, was eher unwahrscheinlich war.

„Versuch's mal mit der Tür. Vielleicht hat er sie ja nicht zugeschlossen." Als Jonathon ihn anstarrte, musste Mike kichern. „Ja, schon gut. Wer würde so ein Haus schon verlassen, ohne die Tür hinter sich abzusperren? War nur eine Idee."

Dennoch wollte Jonathon nichts unversucht lassen. Er griff nach dem schweren Türknauf und drehte ihn …

Die Tür schwang mit einem Knarren auf.

„Oh-oh", flüsterte er.

Im Nu war Mike aus dem Auto ausgestiegen und an seine Seite getreten. „Das ist etwas seltsam. Soll ich mit reingehen?", fragte er mit leiser Stimme. „Nur für den Fall, dass hier …"

„Was? Nur für den Fall, dass hier *was*?" Jonathon lief ein Schauer über den Rücken.

„Dass hier womöglich Einbrecher sind?" Mike warf einen Blick auf die Tür. „Vielleicht geht auch meine Fantasie wieder mit mir durch. Es gibt bestimmt eine ganz einfache Erklärung, zum Beispiel, dass dein Onkel vergessen hat, beim Rausgehen die Tür abzuschließen."

Jonathon hoffte inständig, dass Letzteres der Fall war. „Okay, du kannst mitkommen."

Mike blähte seine breite Brust förmlich auf. „Und bleib am besten hinter mir. Wenn jemand da drinnen ist, regele ich das, okay?"

Jonathon brauchte einen Augenblick, um zu begreifen, dass Mike sich ihm zuliebe so tapfer verhielt, um ihn zu beruhigen. Er stieß einen gespielten Seufzer der Erleichterung aus. „Natürlich." Zwar hatte er keine Angst davor, es mit einer Handvoll Schurken aufzunehmen, aber dafür müssten sie kleiner sein als er - und da er 1,70 Meter groß und dürr wie eine Bohnenranke war, hielt er das für äußerst unwahrscheinlich.

Mike betrat das kühle Innere. Der weiße Marmorboden reflektierte das Sonnenlicht, das durch die offene Tür hereinfiel. Seine Stiefel quietschten leicht auf den Fliesen, als er vorwärts schlich, den Kopf lauschend zur Seite gelegt.

Das Haus war so still wie ein Grab, und Jonathon fand die Situation langsam überhaupt nicht mehr lustig. „Ich glaube nicht, dass er hier ist."

Mike blieb stehen und spähte die Treppe hinauf. „Also falls hier Einbrecher sind, machen sie echt keinen Mucks", flüsterte er. „Ich werde oben nachsehen, aber ich glaube nicht, dass jemand hier ist."

Jonathon nickte. „Ich sehe mich auch mal um." Auf keinen Fall würde er hier warten, wo er sich so überflüssig vorkam wie ein Kropf.

Mike warf ihm einen ernsten Blick zu. „Sei vorsichtig."

Dafür, dass Mike ihn erst seit ein paar Minuten kannte, empfand Jonathon diese Geste als ziemlich süß. Tja, auch er selbst konnte süß sein. „Nur, wenn du das auch bist." Ohne Mikes Antwort abzuwarten, schlich Jonathon zur Wohnzimmertür. Ein Blick in alle Richtungen überzeugte ihn davon, dass der Raum leer war. Er ging von Zimmer zu Zimmer, wobei die Sohlen seiner Turnschuhe ebenso quietschten wie Mikes Stiefel.

Keine Anzeichen für ein Verbrechen. Keine Anzeichen für einen Einbruch. Nichts.

Vor der Tür zum Arbeitszimmer seines Onkels hielt er inne. In seiner Kindheit war dieser Raum immer tabu gewesen. Es war Dominics Zufluchtsort, wenn ihm die Besucher zu viel wurden - sein Heiligtum. Die Tatsache, dass die

Tür einen Spalt offenstand, verstärkte nur noch die Panik, die sich in seinem Bauch ausbreitete.

„Dominic?" Vorsichtig drückte er die Tür auf, machte zwei Schritte ins Zimmer - und erstarrte.

„Was ist los?", zischte Mike von irgendwo hinter ihm.

Jonathon schluckte schwer. „Ich glaube, wir müssen die Polizei rufen. Und einen Krankenwagen." Er versuchte, einen weiteren Schritt zu machen, aber seine Beine waren wie Blei.

Mike drängte sich an ihm vorbei und hielt inne. „Oh Gott."

Onkel Dominik lag zusammengekauert neben dem Kamin, die grelle Blutlache um seinen Kopf im starken Kontrast zum weißen Marmorboden. Jonathon konnte nur regungslos zusehen, wie Mike zu der liegenden Gestalt eilte und sich vorbeugte, um zwei Finger an Dominics Hals zu legen. Die Stille dehnte sich aus, während Jonathon wartete, unfähig, den Blick loszureißen.

Schließlich richtete sich Mike auf und sah Jonathon in die Augen. „Es tut mir so leid. Er ist tot."

Seine Worte ergaben keinen Sinn. Dominic konnte nicht tot sein.

Mike ging auf ihn zu und griff nach seiner Schulter. „Okay", setzte er mit ruhiger, gleichmäßiger Stimme an. „Ich bringe dich jetzt zum Auto und dann rufe ich die Polizei." Als Jonathon ihn nur blinzelnd anstarrte, tätschelte Mike seinen Arm. „Du kannst nicht hier drinnen bleiben, Jonathon. Es kann sein, dass wir uns an einem Tatort befinden."

In diesem Moment begann er, am ganzen Körper zu zittern.

2

JONATHON STARRTE durch die Windschutzscheibe auf das Haus. Sein Körper und sein Geist waren wie betäubt.

Ich kann das einfach nicht fassen.

Mike war gemeinsam mit der Polizei ins Haus gegangen, nachdem er Jonathon die strikte Anweisung erteilt hatte, sich nicht zu rühren. Jonathon hatte seine Worte kaum wahrgenommen. Er sah Dominic immer noch mit offenen Augen dort liegen, und Gott, das Blut ...

Es dauerte einen Moment, bis er merkte, dass Mike wieder im Auto saß. Dieser musterte Jonathon sorgfältig, bevor er sprach. „Okay. Du kannst hier gerade nichts tun, also bringe ich dich am besten zurück zum Pub. Constable Billings kommt später vorbei, wenn die Untersuchung des Tatorts abgeschlossen ist. Er wird sicher ein paar Fragen haben."

Jonathon schluckte. „Was meintest du damit, dass wir uns an einem Tatort befinden könnten?" Er riss die Augen weit auf. „Was glaubst du, was hier vorgefallen ist?"

Mikes Blick huschte zur Windschutzscheibe. „Auf den ersten Blick sieht es so aus, als wäre er gestürzt und hätte sich den Kopf am Kamin angeschlagen. Seine Füße waren im Teppich verheddert, also ist er vielleicht gestolpert."

Jonathon runzelte die Stirn. „Auf den ersten Blick?"

Mike zuckte mit den Schultern. „Tut mir leid. Da spricht der Polizist aus mir. Man sollte keine voreiligen Schlüsse ziehen, bevor der Gerichtsmediziner sich ein Bild gemacht hat."

Gerichtsmediziner. Eine Obduktion. Jonathon erzitterte. Dann ließ er Mikes Worte sacken und schüttelte den Kopf. „Gestolpert? Niemals."

„Wieso schließt du das aus?"

Jonathon deutete auf das Haus. „Mein Onkel hat den Everest bestiegen! Er war ein Seemann! Gestolpert? Er hatte das Gleichgewicht einer Bergziege."

Mike hob abwehrend die Hände. „Hey, ich sage ja nur, was ich gesehen habe. Man kann es nie wissen. Vielleicht hatte er einen Schwindelanfall."

Jonathon reckte das Kinn vor. „Oder vielleicht ist er gestürzt, weil ihn jemand geschubst hat."

Darauf setzte eine Stille ein, die erst unterbrochen wurde, als Mike sich räusperte. „Ja, gut, das ist auch eine Möglichkeit, aber solange nichts auf einen Kampf hindeutet ..."Er seufzte. „Man darf keine voreiligen Schlüsse ziehen. Was

9

zählt, sind die Beweise." Sein Blick fiel auf Jonathons Gesicht. „Los, wir sollten jetzt lieber fahren. Bald werden die SOCOs und der ..."

„SOCOs?" Jonathon kramte in seinem Gedächtnis nach dem Begriff.

Mike schenkte ihm ein sanftes Lächeln. *„Scenes of Crime Officers* - die Spurensicherung. Also, bald werden die SOCOs und der Gerichtsmediziner hier sein, und ich will nicht, dass du dabei bist, wenn die Leiche deines Onkels abtransportiert wird." Jonathon erschauderte und Mike stieß einen Seufzer aus. „Puh. Ich weiß ja nicht, wie's dir geht, aber ich kann jetzt wirklich einen Drink gebrauchen." Er ließ den Motor an und fuhr um den kleinen Hügel herum auf die Auffahrt zurück zur Straße.

Jonathon lehnte den Kopf gegen das Fenster und nahm die vorbeiziehende Landschaft nur verschwommen wahr. Es stimmte ihn dankbar, dass er in diesem Moment nicht allein war. Mikes gefasste, pragmatische Ausstrahlung war das Einzige, was ihm gerade Halt gab. Er schloss die Augen, aber in seinem Kopf konnte er immer noch Dominic sehen. Und er war immer noch tot.

Achtundzwanzig ist viel zu jung, um das erste Mal mit dem Tod in Berührung zu kommen.

Als das Auto zum Stehen kam, öffnete er wieder die Augen. Sie befanden sich auf einem Parkplatz hinter dem Pub, auf den etwa zwanzig Autos passten.

Mike sah ihn an und konnte seine Besorgnis nicht verbergen. „Geht es dir gut?"

„Den Umständen entsprechend." Jonathon nahm seinen Rucksack und öffnete die Tür.

„Ich hole deinen Koffer." Mike war bereits dabei, das Gepäck vom Rücksitz zu heben. „Soll ich dich jetzt auf dein Zimmer bringen oder möchtest du auch einen Drink?" Als Jonathon erneut unwillkürlich erschauderte, nickte Mike. „Gut, zuerst der Drink." Er schloss den Wagen ab und führte Jonathon zur schweren Hintertür. „Ich lasse den Koffer in der Küche. Dort ist er sicher. Abi kommt erst in ein, zwei Stunden, und wir haben noch nicht geöffnet."

„Abi?"

„Sie macht das Essen." Mike zog die Tür hinter ihnen zu, und Jonathon folgte ihm durch die große Küche in die einladend wirkende Bar mit den roten Stühlen, die perfekt zu den weißen Wänden und den schwarzen Balken passten. Die Theke bestand aus dunklem, auf Hochglanz lackiertem Holz. Der gesamte Raum sah gemütlich aus, wie aus alten Zeiten und ganz anders als die Pubs, in denen Jonathon sonst so verkehrte.

„Und du bist also der Besitzer?" Normalerweise wurden Wirte von der Brauerei ernannt, der der Pub gehörte.

Mike nickte und klopfte leicht auf die Theke. „Ich habe mir sehr viel Mühe gegeben, dem Laden Atmosphäre einzuhauchen. Als ich ihn gekauft habe, gab es kein Essen auf der Karte, und besonders gemütlich war es auch nicht. Allerdings hing ein riesiger Fernsehbildschirm an der Wand. Offenbar war der frühere Besitzer ein großer Sportfan und das war alles, was man hier sehen konnte. Ich fand, dass ein Fernseher nicht zu einem so alten Pub passte, also habe ich ihn abmontiert. Bis jetzt hat sich noch niemand beschwert." Er ging hinter die Bar, holte zwei Kognakgläser hervor und hielt sie an einen Getränkespender. „Hier." Er stellte die Gläser auf der schwarzen Thekenmatte ab.

Jonathon beäugte die bernsteinfarbene Flüssigkeit. „Was ist das?" Er nahm auf einem der Barhocker Platz.

„Brandy. Und so, wie du aussiehst, kannst du ihn echt vertragen."

Dem konnte Jonathon nicht widersprechen. Mit einem langen Schluck leerte er das Glas und musste heftig husten, als die feurige Flüssigkeit seine Kehle erreichte. Er wischte sich den Mund ab und schnitt eine Grimasse. „Gott, wie können Leute das gerne trinken?"

Mike schmunzelte. „Tja, man muss es eben runterkippen wie Wasser ..."Er nahm selbst einen Schluck und betrachtete dann interessiert Jonathons Rucksack, der immer noch über seiner Schulter hing. „Du passt sehr gut auf deine Tasche auf. Was ist da drin – all deine Ersparnisse?"

Jonathon legte den Rucksack auf seine Knie und öffnete ihn. „Mein wertvollster Besitz." Er nahm die Kamera heraus und hielt sie Mike vor die Nase. „Er ist überall dabei, wo ich hingehe."

„Er?" Mike grinste.

„Oh ja."

„Und ist das ein Hobby oder mehr als das?"

Jonathon stellte die Kamera auf die Theke und griff erneut in die Tasche. Er reichte Mike ein großes Buch mit glänzendem Einband. „Das wollte ich eigentlich Dominic schenken. Es ist mein neuestes Buch."

Mike starrte auf das Cover, das von einem Abgrund mit einem atemberaubenden Wasserfall geziert wurde. Seine Augen weiteten sich. „Oh mein Gott. Ja, natürlich. Du bist *der* Jonathon de Mountford. Irgendwoher kam mir der Name bekannt vor, und ich wusste, dass es nicht nur an deinem Onkel lag. Ich liebe deine Arbeit."

„Ach, wirklich?" Egal, wie oft Jonathon Komplimente für seine Fotografie bekam, es fühlte sich immer noch so ungewohnt an wie beim ersten Mal. Und er hatte sich immer noch nicht daran gewöhnt.

Mike nickte und seine Augen leuchteten. „Ich habe dein Buch über Australien. Manche Bilder darin sind einfach atemberaubend. Du hast wirklich ein Auge dafür, die Essenz eines Ortes einzufangen." Dann lachte er. „Das ist so verrückt. Ich habe hier gerade ernsthaft einen Fangirl-Moment mit Jonathon de Mountford."

Jonathon wurde feuerrot im Gesicht.

Mike gab ihm das Buch zurück. „Es tut mir einfach leid, dass wir uns unter diesen Umständen kennenlernen mussten."

Damit wurde Jonathon schlagartig in die Gegenwart zurückversetzt. Für einen kurzen Moment hatte er das Unglück des heutigen Tages schon wieder vergessen.

„Ich zeige dir dann mal das Zimmer."

Es war, als könnte Mike seine Gefühle lesen, und Jonathon war dankbar für sein Einschreiten. Er nickte. „Danke." Dann packte er Buch und Kamera wieder ein und stieg vom Hocker.

Mike führte ihn am Schild zum WC vorbei und öffnete eine Tür mit der Aufschrift *Privat*. Dahinter befand sich eine Holztreppe mit einem roten Teppich, der sich über die Mitte der Stufen zog.

„Das Bett ist noch nicht hergerichtet, aber ich kann mich gleich darum kümmern", sagte Mike vor ihm. Als sie oben ankamen, sah Jonathon fünf Türen. Mike deutete auf das Zimmer am Ende des Flurs. „Dort schlafe ich, also wenn du etwas brauchst und ich nicht unten bin, kannst du gerne bei mir klopfen." Dann öffnete er die nächstgelegene Tür. „Und hier kannst du bleiben, solange du willst."

Jonathon betrat einen großen Raum mit einem riesigen Erkerfenster am anderen Ende, das vom Boden bis zur Decke von dunkelblauen Vorhängen umrahmt war. Es gab einen großen Steinkamin, der zwar leer geräumt war, neben dem aber trotzdem ein Korb mit Holzscheiten stand. Das breite Bett war von einer geblümten Steppdecke überzogen, und auf beiden Seiten stand ein kleiner Eichenschrank. Die lackierten Holzdielen waren stellenweise von farblich aufeinander abgestimmten Teppichen überdeckt.

„Hier oben gibt es leider nur ein Badezimmer zwei Türen weiter. Ich bin noch nicht dazugekommen, die Zimmer mit einem eigenen Bad zu versehen."

Jonathon schüttelte den Kopf. „Das würde ich gar nicht wollen. Es würde den Raum nur verschandeln." Das Schlafzimmer steckte voller altmodischem Charme. Er ging zum Fenster hinüber und fuhr mit dem Finger über die bleiverglaste Scheibe. Die Verglasung war echt und nicht einfach nur eine moderne Kopie. „Wie alt ist dieses Haus?" Von seinem Zimmer aus hatte er einen Blick auf die Vorderseite des Pubs und konnte die Menschen unten sehen, die ihrem Alltag nachgingen, ohne zu ahnen, was für eine schreckliche Tragödie sich kurz zuvor abgespielt hatte.

Wie viele von ihnen es wohl bedauern werden, dass er tot ist? Es hatte sich nicht so angehört, als würde Mikes Schwester zu den Trauernden zählen.

„Ich habe Dokumente gesehen, die besagen, dass hier bereits 1458 ein Gasthaus angemeldet war. Unten steht ein Stuhl, auf dem angeblich dein Vorfahre gesessen haben soll."

Jonathon fuhr herum und starrte ihn an. „John de Mountford, Earl of Hampshire? Das muss im späten achtzehnten Jahrhundert gewesen sein."

„Deshalb darf dort auch niemand sitzen", bemerkte Mike trocken. Er verließ kurz den Raum und kehrte mit einem Stapel gefalteter Bettwäsche zurück. „Ich beziehe schnell das Bett. Das mache ich nur, wenn ich weiß, dass ich Gäste erwarte."

„Kann ich dabei helfen?" Er würde alles tun, um sich von der aktuellen Situation abzulenken.

„Na klar." Gemeinsam streiften sie die Steppdecke ab und bezogen die Matratze mit weichen, frisch duftenden Baumwolllaken. „Wie lange hattest du denn vor, bei deinem Onkel zu bleiben?"

Jonathon war damit beschäftigt, ein Kissen in einen Bezug mit Lavendelduft zu stopfen. „Ein paar Wochen. Er wollte, dass ich ihn zum Dorffest begleite." Seine Kehle schnürte sich zu, und Mike verstummte auf der anderen Seite des Bettes.

„Ich hätte dich nicht daran erinnern sollen."

Jonathon hob den Kopf. „Doch, das war genau richtig. Ich werde mich ohnehin damit auseinandersetzen müssen, also hat es keinen Sinn, das Thema zu vermeiden." In diesem Moment fiel ihm etwas ein und die Erkenntnis traf ihn wie ein Schlag. „Ich muss meinen Vater anrufen. Er muss es erfahren, und es ist mir lieber, wenn ich es ihm mitteile und nicht die Polizei."

Mike nickte. „Ich lasse dich in Ruhe. Komm einfach nach unten, wenn du fertig bist, und dann mache ich uns einen Tee oder Kaffee – was dir lieber ist. Außerdem sollte Constable Billings bald hier sein." Er verließ das Zimmer.

Jonathon fischte sein Handy aus der Hosentasche und starrte es an. „Was zum Teufel soll ich ihm sagen?", flüstere er vor sich hin. Dann scrollte er zur richtigen Nummer, tippte auf *Anrufen* und ging zurück zum Fenster, um auf das Dorf hinauszublicken.

„Du bist bestimmt schon bei Dominic."

Die Stimme seines Vaters, so fröhlich und … normal, ließ Jonathons Magen verkrampfen. „Nicht ganz. Du solltest dich lieber hinsetzen, falls du nicht schon sitzt."

Sein Vater war kurz still. „Was ist los?"

„Es gibt keinen guten Weg, es zu sagen, also spreche ich es einfach aus: Dominic ist tot."

Sein Vater geriet ins Stocken. „Oh Gott. Was ist passiert?"

„Die Polizei ist gerade vor Ort, aber wie es aussieht, ist er gestürzt und hat sich den Kopf am Kamin angeschlagen."

Darauf folgte noch mehr Schweigen. Jonathon konnte sich kaum vorstellen, wie es sich anfühlen musste, einen Bruder zu verlieren. Sein Vater war sicher am Boden zerstört.

„Ah … Moment mal. Die Polizei? Welche Polizei?"

„Die aus Merrychurch, nehme ich an." Jonathon verstand nicht, warum das von Bedeutung sein sollte.

„Das kann nicht angehen. Die Sache muss von jemandem mit Autorität erledigt werden, nicht von irgendeinem dahergelaufenen Dorfpolizisten. Ich werde mich sofort mit Scotland Yard in Verbindung setzen." Die Stimme seines Vaters

13

hatte einen klaren, gebieterischen Ton angenommen, den Jonathon sofort erkannte. Schließlich sprach hier Thomas de Mountford, Anwalt – ein Mann, der kein Nein akzeptierte. Ein Mann, der immer das bekam, was er wollte. Und offenbar ein Mann, der sich von Trauer nicht lange aufhalten ließ.

„Ich glaube nicht, dass das notwendig ist." Abgesehen davon konnte Jonathon sich nicht vorstellen, dass die örtliche Polizei es gutheißen würde, Gesellschaft von Ermittlern aus London zu bekommen. Nicht in einer Angelegenheit, bei der alles auf einen Unfall hindeutete.

„Das solltest du aber angesichts der Situation, in der wir uns gerade befinden."

Etwas in der Stimme seines Vaters ließ Jonathon die Haare zu Berge stehen. „Welche Situation?", fragte er vorsichtig.

Ein Seufzer ertönte am anderen Ende der Leitung. „Ich sollte es dir wohl besser sagen. Es macht nun keinen Unterschied mehr, da du es ohnehin bald erfahren wirst, wenn das Testament verlesen wird."

Das ungute Gefühl in Jonathons Magengrube breitete sich weiter aus. „Okay, was ist los?"

„Da Dominic keine direkten Nachkommen hat, geht das Haus an den nächsten männlichen Erben in der Familie über."

„Also an dich, als seinen jüngeren Bruder."

Sein Vater hustete. „Tatsächlich nicht. Dein Onkel und ich waren uns einig, dass du das Anwesen erben solltest."

„Ich?" Das Wort kam wie ein Quieken heraus, und er räusperte sich. „Warum?"

Einen Moment lang herrschte Schweigen, bevor sein Vater antwortete. „Ganz einfach: Ich habe nicht die Absicht, meine Karriere aufzugeben, nicht, wenn die Möglichkeit besteht, Richter am High Court zu werden."

Jonathon wusste schon lange von den richterlichen Ambitionen seines Vaters. „Und beides auf einmal geht nicht?"

Die Verwunderung in der Stimme seines Vaters war nicht zu überhören. „Jonathon, de Mountford Hall ist eine große Verantwortung. Was glaubst du, warum das Familienwappen überall im Dorf zu sehen ist? Weil der Besitzer des Hauses die Pflicht hat, sich um die Bewohner zu kümmern. Eine solche Verantwortung erfordert eine physische Anwesenheit."

„Wir haben darüber bereits gesprochen. Der Titel ist schon vor Jahren ausgestorben. Seit wie vielen Generationen hat es in unserer Familie keinen Earl, Lord oder Viscount mehr gegeben?"

„Der Titel mag sich zwar aufgelöst haben, aber das Haus steht noch immer, und solange die Familienlinie fortbesteht, wird dort ein de Mountford leben." Er hielt kurz inne. „Und da ich hier mit dem letzten Mitglied der Familie de Mountford spreche, gibt es …"

„Hör auf." Die Aufforderung klang schärfer, als Jonathon beabsichtigt hatte. „Wir werden nicht mehr darüber sprechen." Nur sein Vater konnte einen tragischen Todesfall zum Anlass nehmen, um Jonathon einzureden, dass er heiraten und sich um das Fortbestehen der Familie kümmern müsse.

Grundsätzlich hatte Jonathon kein Problem mit dem Gedanken an die Ehe. Worüber er und sein Vater sich allerdings nicht einig waren, war das Geschlecht seines zukünftigen Partners.

„Es tut mir leid", flüsterte er. „Ich weiß, dass ihr euch nahestandet." Es fühlte sich gemein an, das Gespräch bewusst wieder auf den furchtbaren Anlass des Telefonats zu lenken, aber das war immer noch besser, als seinen Vater wie üblich gewähren zu lassen.

„Gott, was wir alles angestellt haben, als wir jünger waren." In der Stimme seines Vaters lag eine Wärme, die Jonathon schon lange nicht mehr gehört hatte. Dann räusperte er sich, und der sentimentale Moment war wieder verflogen. „Ich möchte, dass du mich über alles, was vor Ort passiert, auf dem Laufenden hältst, hast du verstanden?" Da war er wieder, der scharfe Ton.

„Ja, Sir." Jonathon wusste aus Erfahrung, dass dies die einzige Antwort war, die sein Vater akzeptierte.

„Wirst du die Nacht im Herrenhaus verbringen?"

„Im Moment habe ich ein Zimmer im Dorfpub. Ich warte darauf, von der Polizei zu hören."

„Ich kann mir vorstellen, dass sie jeden Winkel des Hauses gründlich unter die Lupe nehmen. Und das sollten sie auch. Sobald du die Erlaubnis bekommst, das Anwesen zu betreten, möchte ich, dass du dort die Stellung hältst. Ich will nicht, dass das Haus leer steht."

Jonathon ahnte, worauf das hinauslaufen würde. „Aber ... ich wollte nur zwei Wochen hierbleiben. Danach geht es für mich nach Vietnam." Auf die Reise hatte er sich monatelang vorbereitet.

„Dein kleines ... Hobby kann doch sicher warten, bis die Umstände um Dominics Tod geklärt sind? Und na ja, danach ... warten neue Aufgaben auf dich."

Jonathon rutschte das Herz in die Hose. Manchmal hasste er es, wenn sich sein Gefühl bestätigte. „Können wir ein anderes Mal darüber reden?"

„Natürlich. Du bist sicher ziemlich mitgenommen. Wenn du willst, dass ich vorbeikomme, ruf mich an. Unter diesen Umständen kann ich mich kurz beurlauben lassen."

Nachdem Jonathon seinen Vater gebeten hatte, seiner Mutter Grüße auszurichten, verabschiedete er sich und legte auf. Schweren Herzens verließ er das Zimmer und ging die Treppe hinunter in den Pub.

Mike saß an einem Tisch bei der Bar und führte ein ernstes Gespräch mit dem Polizisten, der als Erstes am Tatort gewesen war. „Hey, setz dich. Du siehst erschöpft aus."

Kein Wunder, dachte Jonathon. Er ging auf die beiden Männer zu und starrte Constable Billings fragend an. „Und? Glauben Sie immer noch, dass es ein Unfall war?" Er setzte sich auf den letzten freien Stuhl.

Constable Billings runzelte die Stirn und sah Mike an, der ihm ein entschuldigendes Lächeln schenkte.

„Wegen des bemerkenswerten Gleichgewichtssinnes seines Onkels hat Jonathon den Verdacht geäußert, dass ihn jemand geschubst haben könnte."

Die Falten auf der Stirn des Constables glätteten sich. „Oh, ich verstehe." Er richtete seine Aufmerksamkeit auf Jonathon. „Für mich sieht es immer noch nach einem Unfall aus, Sir. Natürlich kann der Bericht der Gerichtsmedizinerin neue Erkenntnisse bringen. Wir müssen einfach abwarten." Er zückte seinen Notizblock. „Ich habe ein paar Fragen an Sie, wenn das in Ordnung ist. Ich weiß, dass Sie heute Morgen eine Menge durchgemacht haben."

„Fragen Sie ruhig."

„Wann haben Sie das letzte Mal mit Ihrem Onkel gesprochen?"

„Letzte Woche. Er hat mich angerufen, um sich zu vergewissern, dass ich immer noch zu Besuch kommen würde. Er wollte mich heute Morgen vom Bahnhof abholen."

Constable Billings nickte und machte sich Notizen. „Wer ist sein nächster Angehöriger?"

„Mein Vater." Jonathon ratterte alle Details herunter und war beeindruckt, dass der Beamte bei dem Tempo mitkam.

„Nur eine Sache noch. Wissen Sie, wo Bryan Mayhew gerade ist?"

Jonathon erstarrte. „Wer bitte ist Bryan Mayhew?"

Constable Billings runzelte die Stirn. „Ich dachte, Sie wüssten davon. Er ist der Student, der aktuell im Herrenhaus wohnt."

„Oh ja, ich kenne ihn", warf Mike ein. „Seit ein paar Wochen ist er hier Stammgast. Hat dein Onkel ihn nie erwähnt?"

„Nein, hat er nicht." Auch das war merkwürdig. Dominic hatte sich in letzter Zeit äußerst untypisch verhalten. „Warum suchen Sie nach ihm?"

„Ich finde es nur seltsam, dass er nicht da ist. Er hat sich in den letzten vier Wochen mit der Geschichte des Hauses und der Familie de Mountford beschäftigt. Ich bin davon ausgegangen, dass Ihr Onkel Ihnen davon erzählt hat."

„Und es gibt keine Spur von ihm?"

„Nein. Sein Motorrad ist nirgends zu finden. Er hat ein Motorrad", fügte Constable Billings hinzu. „Damit brettert er immer durch die Gegend. Der armen alten Mrs Dawkins hat er letzte Woche einen ganz schönen Schrecken eingejagt." Er zuckte mit den Schultern. „Ich wollte ihn fragen, wann er Ihren Onkel zuletzt lebend gesehen hat."

„Sie … Sie glauben doch nicht etwa, dass er etwas mit Dominics Tod zu tun hatte?" Auf Jonathon wirkte das wie ein schrecklicher Zufall. Sein Onkel war gestorben, und von diesem Studenten fehlte jede Spur.

16

„Und schon wieder ziehst du voreilige Schlüsse." Mike tätschelte Jonathons Arm. „Was habe ich über Beweise gesagt?"

Jonathon wandte sich an Constable Billings. „Was passiert mit der ... Leiche meines Onkels?"

„Er ist nach Fareham in die Leichenhalle des Krankenhauses gebracht worden. Oh, und es besteht keine Notwendigkeit dafür, dass Sie die Leiche identifizieren, da Sie ihn ja selbst gefunden haben." Der Constable erhob sich. „Werden Sie hier im Pub übernachten, Sir? Falls noch weitere Fragen aufkommen."

„Ja, ich bleibe hier. Wann werden die Ergebnisse der Obduktion vorliegen? Die Leiche wird schließlich untersucht, oder?"

„Ich habe doch erwähnt, dass es einen Bericht der Gerichtsmedizinerin geben wird, oder etwa nicht?"

„Ja, das hast du", warf Mike ein. „Du darfst es Jonathon nicht verübeln, dass er angesichts der Umstände im Moment etwas ... neben der Spur ist."

Daraufhin zog Jonathon die Augenbrauen hoch, sagte aber nichts.

„Ja, natürlich. Völlig verständlich. Ich melde mich, sobald es etwas Neues gibt." Constable Billings sprach mit einer ruhigen, besänftigenden Stimme. „Machen Sie sich keine Sorgen, Sir. Ich bin mir sicher, es war nur ein tragischer Unfall." Er schüttelte Mikes Hand. „Wir sprechen uns später, Mike."

„Na klar." Mike stand auf und begleitete ihn zur Tür.

Jonathon hätte gerne geglaubt, dass sie recht hatten und es wirklich nur ein Unfall war, aber sein Bauchgefühl sagte ihm, dass es sich dabei um reines Wunschdenken handelte. Eins stand jedoch fest.

Er musste mit diesem Bryan Mayhew sprechen.

3

JONATHON SCHAUTE desinteressiert auf die Reste seines Mittagessens hinab. Es lag nicht daran, dass es ihm nicht schmeckte - ganz im Gegenteil. Abi hatte ihm einen riesigen Teller mit drei verschiedenen Käsesorten, Salat, frisch gebackenem Brot, Butter und Essiggurken zusammengestellt, ganz zu schweigen von einer dicken Scheibe Schweinefleischpastete. Nur schien ihm der Appetit vergangen zu sein, was angesichts der Umstände kein Wunder war. Diese Pastete hatte es verdient, mit mehr Genuss verzehrt zu werden, als er gerade aufbringen konnte.

Er saß an einem Tisch am großen Erkerfenster und blickte nach draußen auf das Dorf. Kurz nachdem Mike um halb zwölf die Tür zum Pub geöffnet hatte, trudelten die ersten Gäste ein, und Abi erhielt nach ihrer Ankunft von Mike sofort die Anweisung, sich als Erstes Jonathons Verpflegung anzunehmen. *Er hat mich gerade erst kennengelernt, und schon kümmert er sich so lieb um mich.* Bestimmt lag das vor allem daran, dass Jonathon kurz zuvor seinen Onkel tot aufgefunden hatte, aber tief in seinem Inneren wünschte er sich, dass Mikes Aufmerksamkeit noch einen anderen Grund hatte. Dann gab er sich einen Ruck. Er konnte nicht jeden hinreißenden Kerl anschmachten, der ihm über den Weg lief. Und Mike *war* hinreißend, daran bestand kein Zweifel. Es half auch nicht gerade, dass er wie ein Bär gebaut war, robust, muskulös und mit einem sexy Bart. Gepaart mit der Tatsache, dass er älter war als Jonathon und eine Brille trug, machte das Mike so ziemlich zu Jonathons Traummann.

Nur ist dies weder die Zeit noch der Ort für solche Gedanken.

„Schmeckt es dir nicht?" Mikes vorsichtige Frage holte Jonathon wieder in die Realität zurück.

Er seufzte. „Tut mir leid. Es ist köstlich. Aber mir ist wohl der Appetit vergangen."

„Ja, das kann ich gut verstehen." Mike schaute sich um, den Blick auf die Bar gerichtet. „Gerade ist nicht besonders viel los - das kommt erst später, wenn jeder Feierabend hat und ins Wochenende startet. Vielleicht kann ich dir ja jetzt einen Kaffee bringen und wenn später der Ansturm zur Mittagspause nachlässt, können wir uns in Ruhe unterhalten." Lächelnd schüttelte er den Kopf. „Na gut, Ansturm ist übertrieben. Wir reden hier von sechs, sieben Stammgästen, die auf ein Bier und ein Sandwich vorbeikommen. Nicht gerade Hochbetrieb, was?" Er bedachte Jonathons Mittagessen mit einem Kopfnicken. „Ich kann es abdecken und in den Kühlschrank stellen. Wenn du dann später Hunger bekommst, bediene dich einfach. Und du kannst hier kommen und gehen, wie du willst, okay? Wenn du etwas brauchst, geh einfach in die Küche. Vor allem, wenn du nicht schlafen kannst und dir einen Kakao oder eine heiße Milch machen willst, oder worauf du sonst Lust hast."

Jonathon starrte ihn an. „Warum bist du so nett zu mir? Du kennst mich doch gar nicht."

Mike tippte sich an die Schläfe. „Instinkt. Darauf habe ich mich immer verlassen, und im Moment sagt er mir, dass ich dir vertrauen kann. Außerdem habe ich den Eindruck, dass du einen Freund gebrauchen kannst."

Damit hatte er natürlich recht. Was Jonathon wirklich wollte, war, dass ihn jemand in den Arm nahm und ihm sagte, dass am Ende alles gut würde, auch wenn das gelogen war.

Mike verschwand kurz und kam mit einer Tasse Kaffee zurück. „Hier. Ich bin gleich wieder da." Er räumte Jonathons Teller ab und ging hinter die Bar.

Jonathon lehnte sich zurück, ließ seinen Blick durch den Pub schweifen und gab sich seiner Lieblingsbeschäftigung hin: dem Beobachten von Menschen. Nur, dass ihn diesmal die Objekte seiner Aufmerksamkeit mit dem gleichen Interesse musterten. Nach kurzem Überlegen kam er zu dem Schluss, dass sich Neuigkeiten hier im Dorf wie ein Lauffeuer verbreiten mussten, und zweifellos hatte sich Dominics Tod bereits herumgesprochen. Es war beunruhigend, die Blicke auf sich zu spüren, und er fragte sich, was den Leuten wohl durch den Kopf ging. Hatten sie Dominic gemocht? Hatten sie ihn verachtet? Oder war er für sie vollkommen bedeutungslos gewesen? Wussten sie überhaupt, wer Jonathon war?

Normalerweise konnte ihn das Beobachten von Menschen immer ablenken und war ein guter Zeitvertreib, aber nicht heute. Zu viele Gedanken kreisten in seinem Kopf.

Ein älterer Mann kam herein, und die Lichter des Pubs spiegelten sich auf seinem kahlen Kopf wider. Er ging zur Bar, um mit Mike zu sprechen, und Jonathon war von der Ähnlichkeit des Mannes mit seinem Onkel überrumpelt. Eine Welle der Trauer überkam ihn, und seine Kehle schnürte sich zu.

Er ist wirklich tot.

Jonathon wurde von einer Flut von Erinnerungen überrollt. Damals, als er seinen Onkel am Steuer eines Bootes stehen sah, das an der Küste unweit des Dorfes durch die Wellen schnitt. Damals, als er auf dem Schoß seines Onkels saß, Fotoalben durchblätterte und Dominics Erzählungen über die Familie lauschte. Damals, als er im Alter von dreizehn Jahren auf dem Rasen hinter dem Haus mit Dominic Krocket spielte und über die Schummelversuche seines Onkels lachte. Sie hatten zwar nicht allzu viel Zeit miteinander verbracht, aber ihre gemeinsamen Momente waren immer schön und intensiv gewesen.

Momente, die wir nie wieder erleben werden. Und das alles nur wegen so etwas Banalem wie dem Stolpern über einen Teppich. Es war so ungerecht. Bisher hatte Jonathon keinen einzigen Gedanken daran verschwendet, dass er das

19

Anwesen erben würde. Damit würde er sich später auseinandersetzen, wenn der erste Schmerz abgeklungen war.

Er wollte jetzt nicht still sitzen und sich weiter von diesen Erinnerungen übermannen lassen.

Seufzend stand er auf und ging zur Bar. „Ich gehe mal eine Runde spazieren", teilte er Mike mit. „Ich … ich brauche ein bisschen frische Luft."

Mike nickte, und seine braunen Augen waren warm und mitfühlend. „Nimm dir alle Zeit der Welt." Er holte einen Notizblock unter der Theke hervor und reichte Jonathon das oberste Blatt, nachdem er hastig etwas darauf gekritzelt hatte. „Meine Telefonnummer, falls du sie brauchst." Dann wurde seine Aufmerksamkeit wieder von dem älteren Mann mit der Glatze in Anspruch genommen, der kurz zuvor Jonathons Erinnerungsschwall ausgelöst hatte.

Jonathon faltete den Zettel und steckte ihn ein. Dann ließ er Mike wieder seiner Arbeit nachgehen und verließ den Pub. Die Sonne stand hoch am Himmel, und in der Ferne hörte er die Schreie der Möwen. Er ging nach rechts und schlenderte die Gasse zur Kirche entlang. Unter dem moosbewachsenen Ziegeldach des alten Tors mit dem weißen Giebel waren ein paar Aushänge angebracht. Sein Blick schweifte über die Ankündigung eines Flohmarkts im Gemeindesaal, ein buntes Plakat für das Dorffest und den Plan mit den Gottesdienstzeiten, ohne dass er die Informationen richtig aufnahm. Die St Mary's Church war Jonathon wohlvertraut. Immer, wenn er als Kind mit seinen Eltern das Anwesen besucht hatte, waren sie gemeinsam zum Sonntagsgottesdienst gegangen und hatten auf der vordersten Kirchenbank gesessen, auf der das Wappen der de Mountfords prangte - ein weiteres Zeichen für den hohen Stellenwert der Familie im Dorf.

Aus einem Impuls heraus stieß er das Tor auf und wanderte den gepflasterten Weg entlang, der das üppige Grün des Kirchhofs durchzog. Uralte, moosbewachsene Grabsteine, deren Gravuren kaum noch lesbar waren, säumten den Weg zum Hauptportal der Kirche. Zwischen den Steinen schossen bunte Wildblumen hervor - eine leuchtende Erinnerung an das Leben inmitten von so viel Tod. An einigen Stellen sah er Blumen, die in Urnen arrangiert oder zu einem Strauß gebunden an einem Stein niedergelegt waren, und der Anblick spendete ihm Trost. Selbst im Tod waren die, die hier ruhten, nicht völlig vergessen.

„Guten Tag."

Die honigsüße Stimme ließ Jonathon innehalten, und er hob sein Kinn, um zu sehen, woher sie kam. Eine ältere Dame mit einem Strohhut betrachtete ihn mit klaren blauen Augen. Ihr graublondes Haar ruhte in einem dicken Zopf auf ihrer Schulter. Über dem Arm trug sie einen Korb, aus dem die Köpfe verschiedener Wildblumen hervorragten, und in einer Hand hielt sie eine Gartenschere.

„Guten Tag. Ich hoffe, ich störe Sie nicht bei der Gartenarbeit." Vage erinnerte er sich daran, dass es sich um Melinda Talbot, die Frau des Pfarrers, handelte. Er hatte sie nur ein paarmal gesehen, aber er wusste noch, wie freundlich sie bei seinem ersten Kirchenbesuch zu ihm gewesen war.

Sie lächelte. „Du bist ganz schön gewachsen, seit ich dich das letzte Mal gesehen habe. Jonathon, nicht wahr? Der Neffe von Dominic?"

Jonathon erwiderte ihr Lächeln und freute sich, dass sie ihn erkannt hatte. „Ja, Mrs Talbot."

Sie lachte. „Nur zu, sag mir, wie alt du jetzt bist, damit ich mir wie ein richtiges Fossil vorkomme. Ich glaube, bei unserer letzten Begegnung warst du noch ein Teenager. Oder vielleicht warst du auch schon im Studium. Ich weiß es nicht mehr genau."

„Ich finde, Ihr Gedächtnis ist ausgezeichnet", bemerkte er lobend. „Und ich bin achtundzwanzig."

Melinda nickte eifrig, doch dann schwand ihr Lächeln. „Eigentlich würde ich gerne sagen, dass ich mich freue, dich zu sehen, aber Neuigkeiten machen hier im Dorf schnell die Runde." Sie trat vor und streckte ihre Hand aus. „Mein Beileid. Was für ein schreckliches Unglück."

Jonathon erwiderte ihren Händedruck, und Melinda legte die Finger ihrer anderen Hand um seine. Dann sah sie nach unten auf ihre dunkelgrünen Wildlederhandschuhe und schüttelte den Kopf. „Schau mich nur an. Ich dumme alte Frau." Nachdem sie seine Hand losgelassen und sich die Handschuhe ausgezogen hatte, schaute sie ihm in die Augen. „Wo kommst du gerade unter? Doch nicht etwa auf dem Anwesen, oder?"

„Mike, der Wirt, hat mir ein Zimmer in seinem Pub hergerichtet. Seit meiner Ankunft hat er mich sozusagen unter seine Fittiche genommen."

Melinda nickte erfreut. „Mike ist ein lieber Kerl." Ihre Augen weiteten sich. „Möchtest du morgen Nachmittag vielleicht zum Tee vorbeikommen? Ich würde mich freuen, wenn du Zeit hast. Ich weiß, dass mein Mann sich gerne mit dir unterhalten würde."

„Tee?" Sein Gehirn brauchte einen Moment, um die Einladung zu verarbeiten.

Sie lächelte. „Ja, ich weiß, es ist seltsam, unter solchen Umständen an Tee zu denken, aber das Leben geht weiter, mein Junge. Und wann hattest du überhaupt zum letzten Mal einen ordentlichen englischen Afternoon Tea?" Als er den Mund öffnete, um zu antworten, schüttelte sie den Kopf. „Ich weiß alles über dich, junger Mann. Du fliegst ständig um die Welt und machst überall wunderschöne Fotos." Jonathon blinzelte, und sie schenkte ihm ein trauriges Lächeln. „Dein Onkel hat immer davon erzählt, wo du gerade bist, und uns deine Fotos in Zeitschriften und auf seinem Laptop gezeigt. Ich weiß also, was für ein tolles Leben du führst. Aber ich wette, du kannst dich nicht daran erinnern, wann du dir zum letzten Mal die Zeit für Tee mit Kuchen und Sandwiches genommen hast." Ihre Augen funkelten.

Jonathon gab sich geschlagen. „Ach, wissen Sie was? Sie haben recht. Ich kann mich wirklich nicht erinnern. Also, um wie viel Uhr?"

21

„Wenn wir mal vier Uhr festhalten, kannst du auch Mike mitbringen. Um die Zeit ist der Pub geschlossen und macht erst um sechs wieder auf." Sie lächelte verschmitzt. „Mike sieht auch so aus, als könnte er einen Tee gebrauchen."

„Ich werde es ihm ausrichten." Jonathon streckte seine Hand aus, die sie kurz mit einem kühlen Griff umschloss. „Vielen Dank. Das ist sehr nett von Ihnen."

„Ach was", erwiderte sie und winkte ab. „Wusstest du das nicht? So sind wir Pfarrfrauen nun mal." Ihre Augen funkelten fröhlich. Dann warf sie einen Blick über Jonathons Schulter und lächelte. „Gutes Timing, Sebastian."

Jonathon drehte sich um und sah einen großen Mann mit Bart auf sie zukommen, der ein Fahrrad neben sich herschob. Fragend blickte er Jonathon an, bevor er sich wieder Melinda zuwandte.

„Guten Tag, Melinda. Wer ist denn das? Noch so ein heimatloses Kind?" Er lächelte.

Das brachte Melinda zum Lachen. „Nicht ganz." Sie schaute Jonathon an. „Darf ich vorstellen: Das ist unser Hilfspfarrer Sebastian Trevellan - der sich wohl für besonders lustig hält." Sie warf Sebastian einen scherzhaften Blick zu, ehe sie fortfuhr. „Nur weil ich die Angewohnheit habe, Leute mit nach Hause zu nehmen." Sie hob ihre schmalen Augenbrauen. „Aber wenn ich mich recht erinnere, warst du der letzte Streunerjunge, den ich aufgelesen habe." Sie deutete mit einer Kopfbewegung zu Jonathon. „Das ist Jonathon de Mountford. Der Neffe von Dominic."

Sebastians Augen weiteten sich. „Oh. Oh, natürlich. Mein herzliches Beileid. Selbstverständlich reden alle darüber. Was für ein tragischer Unfall. Ihr Onkel war im Dorf hoch angesehen."

Melinda schnaubte. „Bei den meisten Leuten zumindest."

Jonathon wollte sie fragen, was sie damit meinte, aber Melinda würgte ihn mit einem Lächeln ab.

„Ich sollte meinem Mann jetzt besser eine Tasse Tee bringen. Wenn er erst einmal damit anfängt, sich in seinem Arbeitszimmer durch diese dicken Wälzer zu wühlen, verliert er jedes Zeitgefühl. Und wenn er die Sonntagspredigt schreibt, braucht er Tee. Das regt die Gehirnzellen an."

„Der Text ist schon geschrieben", warf Sebastian ein. „Ich halte diesen Sonntag die Predigt. Daran habe ich gestern Abend noch gearbeitet."

„Aha. Warst du deshalb so lange auf? Ich habe vom Haus aus gesehen, dass bei dir noch Licht brennt." Melinda wandte sich wieder Jonathon zu. „Sebastian wohnt in dem Cottage am Ende des Gartens. Wir haben ihm gesagt, dass im Pfarrhaus genug Platz für ihn ist, aber er zieht es vor, dort zu leben." Elegant zuckte sie mit den Schultern. „Ich kann es ihm nicht verdenken. Wer würde schon freiwillig bei zwei alten Knackern wie uns einziehen wollen?"

Sebastian warf ihr einen liebevollen Blick zu. „Als ob einer von euch beiden auf diese Beschreibung passt." Dann richtete er sich an Jonathon. „Hat mich gefreut, Sie kennenzulernen. Schade, dass es unter diesen Umständen sein musste."

„Du kannst dich morgen wieder mit Jonathon unterhalten. Ich habe ihn und Mike Tattersall zum Tee eingeladen."

Sebastian blinzelte. „Oh. Alles klar. Je mehr, desto besser." Er lächelte.

„Dann bis morgen." Damit schob er sein Fahrrad weiter den Weg entlang.

Melinda sah ihm nach. „Ein anständiger Bursche. Er kam vor einem Jahr zu uns. Das hier ist seine erste Gemeinde. Allerdings ist er nicht besonders gesprächig. Er ist sehr zurückgezogen und bleibt gern für sich. Ich sage ihm immer wieder, er solle doch ab und zu mal in den Pub gehen und etwas trinken. Es würde ihm nicht schaden, und vielleicht hätte er sogar Spaß dabei." Mit einem Grinsen wandte sie sich Jonathon zu. „Du könntest ja morgen mal versuchen, ihn einzuladen. Vielleicht befolgt er den Vorschlag eher, wenn er von einem jungen Mann kommt und nicht von der älteren Frau seines Mentors. Aber jetzt muss ich wirklich los. Dann bis morgen um vier, Jonathon de Mountford."

Jonathon nickte. „Ich freue mich schon darauf." Er blickte ihr nach, wie sie auf die Kirche zuging und dann einem Weg um das alte Steingebäude herum folgte, der sicher zum Pfarrhaus führte. Das Gespräch hatte ihm sehr gutgetan. Er fühlte sich ruhiger, und sein jüngster Anflug von Melancholie war wieder verflogen. Trotzdem war er sehr müde.

Vielleicht wäre ein Mittagsschlaf jetzt genau das Richtige.

IM PUB tummelten sich inzwischen etwa zwanzig bis dreißig Leute, aber der Laden wirkte keineswegs überfüllt. Jonathon gefiel die Atmosphäre. Es herrschte eine Mischung aus Plaudern, Lachen, leidenschaftlichen Diskussionen und Geflüster. Von seinem Platz an der Bar aus ließ er alles auf sich wirken, während er beobachtete, wie Mike sich lächelnd mit seinen Gästen unterhielt und Scherze machte.

„Man könnte meinen, dass du das schon dein Leben lang machst", stellte Jonathon fest, als Mike eine kurze Pause einlegte, um einen Schluck Wasser zu trinken.

Das brachte Mike zum Strahlen. „Du hättest mir kaum ein schöneres Kompliment machen können. Ich liebe es hier. Es ist ganz anders als meine frühere Karriere, und der Tempowechsel tut mir wirklich gut. Das soll aber nicht heißen, dass ich mein altes Leben nie vermisse."

„Was war dein letzter Dienstgrad bei der Polizei?"

„Detective Inspector. Ich hatte keine Ambitionen, im Rang aufzusteigen. Ein Bürojob wäre definitiv nichts für mich gewesen." Er machte sich kurz daran, ein paar ältere Männer zu bedienen, kam aber wieder zurück, als keine Kunden mehr an der Bar anstanden. „Magst du mir etwas von deinem Onkel erzählen?"

Jonathon runzelte die Stirn. „Fragst du aus Höflichkeit oder ist das noch eine alte Angewohnheit, Mr Detective?"Er grinste. „War es schwer, die Detektivarbeit aufzugeben?"

Mike lachte. „Okay, da hast du mich erwischt. Aber ich muss seit heute Morgen ständig an ihn denken. Was ja verständlich ist. Allerdings weiß ich kaum etwas über ihn." Er warf einen Blick auf Jonathons leeres Bierglas. „Soll ich dir noch eins machen?", fragte er mit einem schelmischen Grinsen. „Alkohol lockert die Zunge."

Lachend hielt Jonathon ihm sein Glas hin. „Na dann los." Er sah zu, wie Mike das Bier so fachmännisch zapfte, dass ihm die perfekte Schaumkrone gelang. „Dominic war Anwalt in London und hat für die Familienkanzlei gearbeitet."

„Ach, die de Mountfords sind Anwälte?"

Jonathon nickte. „Mein Vater will eines Tages Richter am High Court werden. Jura liegt bei uns wohl in der Familie – deinen aktuellen Gesprächspartner ausgenommen."

„Ich frage mal lieber nicht, wie es in einer Familie von Anwälten dazu kam." Mike blickte ihn an, und Jonathon schüttelte den Kopf. „Dachte ich mir schon. Also, zurück zu Dominic: Wann hat er London verlassen, um in Merrychurch einen auf Lord zu machen?"

„Vor etwa fünfzehn Jahren, als er nach dem Tod meines Großvaters das Anwesen erbte. Er hat seine Karriere beendet und ist hierhergezogen - eine Entscheidung, die offenbar viele Leute überrascht hat." Jonathon legte die Stirn in Falten. „Außer meinen Vater. Ich war damals erst dreizehn, aber wenn ich mich richtig erinnere, hat er die Situation ziemlich locker hingenommen, was ihm eigentlich gar nicht ähnlich sieht."

„Vielleicht war Dominic kein besonders guter Anwalt", mutmaßte Mike. „Vielleicht hat er den Job in der Kanzlei nur bekommen, weil er zur Familie gehörte und man ihm nicht Nein sagen konnte. Adel verpflichtet, man kennt es ja." Seine Augen weiteten sich. „Oder vielleicht *musste* er die Firma verlassen."

„Im Gegensatz dazu hast *du* deinen alten Beruf noch nicht komplett an den Nagel gehängt, oder?" Jonathon schmunzelte. „Du denkst immer noch wie ein Polizist, habe ich recht?"

Mike lachte. „Ich bekenne mich schuldig, im Besitz einer zu lebhaften Fantasie zu sein." Er seufzte. „Tut mir leid. Ich vergesse es ständig."

„Was? Dass ich gerade meinen Onkel verloren habe?" Jonathon sah ihn eindringlich an. „Es ist besser so, wenn du nicht ständig daran denkst, okay? Du musst mich nicht mit Samthandschuhen anfassen. Ich bin achtundzwanzig. Ich kann schon mit einem Todesfall in der Familie umgehen." Er reckte sein Kinn vor. „Das Leben geht weiter, nicht wahr? Und bald werde ich mich ohnehin mit größeren Problemen rumschlagen müssen."

„Zum Beispiel?" Mike runzelte die Stirn.

„Zum Beispiel mit der Tatsache, dass du den zukünftigen Bewohner von de Mountford Hall vor dir hast. Jedenfalls, wenn es nach meinem Vater geht."

Mike stutzte. „Du ... du bist der Erbe?"

„Sieht wohl so aus. Aber kannst du das bitte für dich behalten? Ich weiß es nur, weil mein Vater es mir erzählt hat. Wir sollten abwarten, bis das Testament verlesen wird. Dann wird vermutlich alles ans Licht kommen."

„Wow." Mike rieb sich das Kinn. „Ich kann verstehen, warum du nicht gerade glücklich über das Erbe bist. Eine solche Verantwortung könnte deiner Karriere als Fotograf im Wege stehen."

„Wem sagst du das ..."Jonathon warf einen Blick über Mikes Schulter. „Du wirst gebraucht. Kundschaft."

Mike drehte sich kurz um und wandte sich dann wieder Jonathon zu. „Hey, magst du mir vielleicht hinter der Bar helfen? Das könnte dich auf andere Gedanken bringen."

Erleichtert atmete Jonathon auf. „Und das ist vielleicht das Beste, was *du* heute zu *mir* gesagt hast. Ja, sehr gerne."

„Also, dann mal los." Mike grinste. „Du kannst damit anfangen, die leeren Gläser einzusammeln."

Jonathon bereute sein Angebot jetzt schon.

4

JONATHON ÖFFNETE die Augen und blinzelte benommen. Einen Moment lang wusste er nicht, wo er war. Dann erinnerte er sich. Er befand sich in einem Zimmer im *Hare and Hounds Pub* in Merrychurch, es war Samstag, der 22. Juli, Onkel Dominic war tot, und aus Gründen, die sie unter sich ausgemacht hatten, waren Dominic und Jonathons Vater zu dem Entschluss gekommen, dass Jonathon der nächste Erbe von de Mountford Hall werden sollte - ob er es wollte oder nicht.

Jegliche Hoffnung, dass es sich nur um einen grässlichen Traum gehandelt hatte, verschwand mit dem Sonnenlicht, das durch den Spalt zwischen den Vorhängen hereinfiel.

Ein scharfes Klopfen an der Tür lenkte seine Aufmerksamkeit wieder auf seine Umgebung. „Ja?"

„Ich wollte nur Bescheid sagen, dass das Bad frei ist", sagte Mike durch die Tür. „Und ich mache Rührei und Speck zum Frühstück, falls du Lust hast."

Das Grummeln in Jonathons Bauch kündigte die Rückkehr seines Appetits an. „Klingt gut. Ich bin gleich unten."

„Okay. Es gibt auch Kaffee und Tee. Komm einfach, wenn du fertig bist."

Jonathon unterdrückte ein Stöhnen. „Kaffee wäre wunderbar."

Ein lautes Kichern ertönte. „Das ist mal ein Mann nach meinem Geschmack. Wir sehen uns dann unten."

Als wieder Stille eintrat, warf Jonathon die Decke zurück und stieg aus dem Bett. Er hatte sich schon auf eine unruhige Nacht eingestellt, aber zu seiner Verwunderung war das Letzte, woran er sich erinnern konnte, wie sein Kopf sich aufs Kissen gelegt hatte. *Ich muss sofort eingeschlafen sein.* Dass das Bett äußerst bequem war, hatte sicherlich auch seinen Teil dazu beigetragen.

Die Bedienung des Duschkopfs über der Badewanne war nicht gerade einfach, aber schließlich floss doch noch heißes Wasser. Der Duft von gebratenem Speck drang unter der Badezimmertür hindurch in Jonathons Nase, und das war der einzige Anreiz, den er brauchte, um sich so schnell wie möglich zu waschen. Als er die schmale Treppe hinunterstieg, lief ihm das Wasser im Munde zusammen.

In der Mitte der großen Küche stand ein quadratischer Holztisch, der dick und massiv aussah und auf dem Mike Geschirr und Besteck ausgebreitet hatte. Er stand mit dem Rücken zu Jonathon und blickte auf den alten AGA-Herd. „Wie hast du deine Eier am liebsten? Weich und cremig oder schwabbelig?"

26

Jonathon schnaubte. „Die schwabbelige Variante kannst du für dich behalten."

Lachend warf Mike einen Blick über seine Schulter. „Setz dich. Auf dem Tisch stehen Toast, Butter und Marmelade. Greif zu. Und wenn du Heißhunger auf Müsli hast, kann ich dir auch welches auftreiben."

Jonathon zog einen der schweren Eichenstühle hervor und setzte sich. „Behalte das Müsli auch lieber mal für dich."

Mike lachte erneut. „*Eindeutig* ein Mann nach meinem Geschmack. Oh, und der Kaffee ist fertig. Bedien dich." Er machte sich wieder daran, die Eier mit einem Pfannenwender langsam in der Pfanne zu schwenken.

Jonathon schenkte zwei Tassen Kaffee ein und lehnte sich in seinem Stuhl zurück. „Mike? Hast du heute Morgen schon etwas vor?" Unter der Dusche hatte er nachgedacht.

„Das klingt verdächtig danach, als hättest du etwas ausgeheckt."

Jonathon goss etwas Milch in seinen Kaffee und rührte um. „Ich möchte gern zum Herrenhaus gehen."

Mike hielt inne und schaute ihn an. „Gibt es dafür einen bestimmten Grund?"

„Also, erstens interessiert es mich, in welchem Zustand die Polizei es hinterlassen hat. Zweitens möchte ich mich umsehen. Und drittens frage ich mich, ob dieser Student schon zurückgekommen ist."

„Das sind alles gute Gründe, an denen ich nichts aussetzen kann." Mike verteilte das Rührei auf zwei Tellern und brachte sie zusammen mit einem anderen Teller, der mit Folie überdeckt war, an den Tisch, nachdem er die Pfanne in der Spüle eingeweicht hatte. „Speck. Und falls du Ketchup willst, der steht hinter dir auf der Arbeitsplatte."

Es roch himmlisch. Jonathon begann zu essen, und der Geschmack war ebenso vorzüglich wie der Duft. Er nickte und summte genüsslich vor sich hin. In den nächsten zehn Minuten sprach keiner von ihnen ein Wort, während sie sich mit aller Ernsthaftigkeit dem Unternehmen hingaben, das Frühstück zu verschlingen. Als Jonathon seine zweite Tasse Kaffee ausgetrunken hatte, fühlte er sich wieder wie ein Mensch.

Mike schenkte sich seinen dritten Kaffee ein und bestrich die letzte Toastscheibe mit Butter. „Ich rufe zuerst Constable Billings an, nur um sicherzugehen, dass die Polizei wirklich fertig ist. Dann können wir hinfahren." Er hielt inne, den Blick mit gerunzelter Stirn auf Jonathon geheftet. „Okay, ich sage es jetzt einfach: Es ist unwahrscheinlich, dass sie das … das Blut beseitigt haben, also möchte ich, dass du dich darauf einstellen kannst."

Jonathon schluckte, aber dann nickte er. „Ich verstehe. Ich will trotzdem hinfahren."

„Gut. Wenn die Polizei grünes Licht gibt, fahren wir sofort los, nachdem ich den Tisch abgeräumt habe." Der letzte Bissen Toast verschwand und Mike schmatzte mit den Lippen. „Fertig." Er stand auf, fischte sein Handy aus der Hosentasche und scrollte über den Bildschirm. Dann deutete er mit einem Kopfnicken auf die Kaffeekanne. „Nimm dir den Rest. Ich hatte genug." Er verließ die Küche, und kurz darauf hörte Jonathon ihn leise sprechen.

Jonathon schenkte sich den Rest Kaffee ein und starrte aus dem Küchenfenster auf den Himmel in der Ferne. Heute sollte ein schöner Tag werden.

Dann dachte er an das Ziel ihres Ausflugs, und der Tag verlor etwas von seinem Reiz.

JONATHON ERSCHAUDERTE beim Anblick des gelb-schwarzen Absperrbands an der Eingangstür.

„Hey, alles okay? Möchtest du das wirklich tun?", fragte Mike neben ihm.

Jonathon verfluchte sich für seine eigene Schwäche und richtete sich auf. „Mir gehts gut."

Mike zog das Absperrband beiseite und zum zweiten Mal betraten die beiden den Flur. „Die Polizei hat nach Fingerabdrücken gesucht", sagte er mit lauter Stimme. „Das Standardprozedere. Das bedeutet, dass wir alles anfassen dürfen." Er stand in der Mitte des breiten Flurs. „Hallo? Bryan Mayhew?" Mikes Ausruf hallte von den Wänden und der hohen Decke wider. Keine Antwort. Er blickte zu Jonathon herüber. „Hm, also entweder hat er sich im hintersten Winkel des Hauses verkrochen oder ist nicht da."

Jonathon betrachtete die große Treppe, die den geschwungenen, weißen Marmorwänden folgte, vorbei an der Statue eines Engels an ihrem Fuß. Lächelnd reckte er den Hals. „Das ist die Stelle, an der jedes Jahr der Weihnachtsbaum steht ... stand. Einmal war ich dabei, als er auf dem größten Lastwagen, den ich je gesehen habe, angeliefert wurde." Er richtete seinen Nacken auf und starrte auf die Tür zum Arbeitszimmer, unfähig, das Schaudern zu unterdrücken, das ihn durchlief.

„Die Polizei hat mir erzählt, dass sie Kontakt zu den Bediensteten aufgenommen hat. Der größte Teil des Hauses wird offenbar nicht benutzt und ist abgesperrt. Es gibt einen Koch und eine Haushälterin. Normalerweise wären sie hier gewesen, aber dein Onkel hat ihnen für Donnerstag und Freitag freigegeben."

„Warum?" Jonathon konnte sich nicht vorstellen, dass sein Onkel sich selbst um den Haushalt kümmerte. „Er wusste, dass ich am Freitag kommen würde. Was hatte er also für einen Grund, das zu tun?"

„Der Haushälterin kam es auch seltsam vor, aber Dominic hat ihr versichert, dass er zwei Tage lang allein zurechtkommen würde."

Es hatte keinen Sinn, die Sache noch länger aufzuschieben. Jonathon stieß die Tür zum Arbeitszimmer auf und trat ein.

Sofort bemerkte er die Pulverspuren der Polizei. „Die haben wirklich alles auf Fingerabdrücke untersucht", murmelte er. Er versuchte, nicht auf den Boden zu schauen, aber das war schier unmöglich. Zum Glück war das Blut entfernt worden, aber es hatte Rückstände auf dem weißen Marmorboden hinterlassen. Der Teppich war nicht mehr da, und er fragte sich, ob die Polizei ihn mitgenommen hatte.

„Das ist aber ein schöner Schreibtisch", bemerkte Mike. Er zog die Tür des Arbeitszimmers hinter ihnen zu und ging zur Terrassentür, vor der sich der Schreibtisch befand.

Jonathon musste zustimmen. Das Möbelstück war riesig und mit einem leuchtenden Furnier bedeckt. Die breite Platte in der Mitte war mit Leder bezogen, und dahinter stand der Ledersessel mit der hohen Rückenlehne, auf dem er so oft mit seinem Onkel gesessen hatte. Auf dem Schreibtisch lag ein dickes, in dunkelbraunes Leder gebundenes Album.

„Was hat das da zu suchen?" Jonathon vergaß seine Unsicherheit und eilte hinüber. Der Einband war immer noch von Spurensicherungspulver bedeckt und am Rand, wo das Album bei der Untersuchung festgehalten worden war, befanden sich ein paar Abdrücke.

„Was ist das?" Mike stellte sich zu ihm an den Schreibtisch.

Jonathon ließ sich auf dem Sessel nieder und schlug den Einband auf. „Eines der Fotoalben von meinem Onkel. Er hat sie in einem Schrank unter den Bücherregalen aufbewahrt. Wenn es hier liegt, dann muss er es herausgekramt haben, bevor er ... bevor er gestorben ist." Vorsichtig blätterte er durch die dicken schwarzen Seiten.

Mike ging um den Schreibtisch herum und beäugte die Fotos. „Die sehen alt aus."

Jonathon nickte. „Am Anfang schon. Ein paar von denen stammen noch aus dem späten achtzehnten Jahrhundert." Er deutete auf eines der förmlicheren Fotos, auf dem alle Personen mit starrem Rücken und konzentriertem Blick bei einem Familientreffen zusammensaßen. „Weiter hinten werden die Bilder etwas ungezwungener und es sieht aus, als wären sie von jemandem aus der Familie gemacht worden. Die hier stammen aus dem frühen zwanzigsten Jahrhundert."

„Eine ganz schön alte Familie, oder?"

Jonathon schaute zu Mike und bemerkte seinen verzückten Gesichtsausdruck. „Ich bin auch hier drin."

„Ach, echt? Zeig mal."

Jonathon blätterte bis zum Ende des Albums. „Es gibt nur dieses eine Foto. Dominic hat es mir vor Jahren gezeigt, als ich noch sehr jung war." Mit suchendem Blick überflog er die Seiten. „Das ist ja komisch. Ich kann es nicht finden." Er blätterte eine Seite um, hielt inne und starrte auf die kleinen weißen Ecken auf dem leeren Blatt. „Hier. Es war genau hier."

„Bist du dir sicher?"

Jonathon runzelte die Stirn. „Definitiv. Ich glaube, es wurde irgendwann Anfang der Neunziger aufgenommen. Ich muss so etwa zwei gewesen sein, also noch ein richtiges Kleinkind. Ich saß auf Dominics Schoß, und neben uns saß eine Frau. Wir waren am Meer - ich glaube, er hatte es mal als Betriebsausflug beschrieben - und sie war eine Kollegin von ihm." Er lehnte sich zurück. „Das ist echt merkwürdig. Warum fehlt dieses Bild?"

Mike richtete sich auf, ehe er neben ihm erstarrte. „Äh, Jonathon?"

Etwas in seiner Stimme erregte Jonathons Aufmerksamkeit, und er blickte auf. „Was ist los?"

Mike gestikulierte zu den Wänden des Arbeitszimmers. „Wie kommen wir hier wieder raus? Ich weiß, dass wir reingekommen sind, aber ich kann beim besten Willen keinen Ausgang sehen. Wo ist die Tür hin?"

Jonathon lachte. „Ach ja, das Geheimnis von de Mountford Hall." Die Wände waren mit Leinenplatten verkleidet und die Tür nicht auf Anhieb sichtbar. „Siehst du diese Wandverzierungen?"

Mike blinzelte. „Wandverzierungen?"

„Die geschnitzten Köpfe mit dem Rand aus Eichenblättern, die auf einer Höhe an den Platten angebracht sind. Also wenn du zum ..."Er zählte mit dem Finger und tippte in die Luft. „... dritten Kopf gehst und ihn nach rechts schiebst, öffnet sich die Tür." Dann erstarrte er, als der Kopf sich bewegte und die Tür aufging.

„Würden Sie mir bitte sagen, was Sie hier an meinem Tatort zu suchen haben?" Der Besitzer der durchdringenden Stimme, der in der Tür stand, trug einen dunkelblauen Anzug, ein hellblaues Hemd und eine passende Krawatte. Er starrte Mike an.

Jonathon räusperte sich. „Wir haben die Erlaubnis von Constable Billings, hier zu sein." Plötzlich bemerkte er, wie angespannt Mike war.

„Und das hier ist kein Tatort", fügte Mike hinzu. „Es war ein Unfalltod."

Der Mann ignorierte ihn und wandte sich an Jonathon. „Constable Billings ist nicht mehr mit den Ermittlungen betraut, und wenn ich ihn das nächste Mal sehe, werde ich mich mit ihm darüber unterhalten. Er kann doch nicht einfach Zivilisten an einen Ort lassen, wo sie nichts verloren haben." Wieder blickte er Mike an. „Das stimmt doch, oder, Mike? Du bist doch immer noch ein Zivilist? Oder bist du etwa wieder in den Dienst eingetreten und es hat mir nur niemand Bescheid gesagt?" Er schenkte Mike ein spöttisches Lächeln.

Mike holte tief Luft. „John. Was für eine Überraschung. Die Lage muss wohl ziemlich ernst sein, wenn man dich extra von Scotland Yard hergeholt hat."

„Für dich immer noch *Detective Inspector Gorland*. Und dass ich hier bin, ist jemandem zu verdanken, der ziemlich lange Strippen gezogen hat." Sein Blick huschte kurz in Jonathons Richtung, bevor er weitersprach. „Ach, und was die Aussage betrifft, dass es sich hierbei nicht um einen Tatort handelt: Da liegst du falsch. Dominic de Mountfords Tod wird nicht mehr als Unfall behandelt. Der Bericht der Gerichtsmedizinerin liegt vor."

Mike starrte ihn an. „Wie kann das sein? Seine Leiche wurde erst vor vierundzwanzig Stunden entdeckt. Es ist unmöglich, dass die Untersuchung so schnell abgeschlossen wurde."

DI Gorland nickte. „Siehst du? Das meinte ich mit den langen Strippen. Der Polizeikommissar erhielt gestern Morgen einen Anruf. Er rief den Kriminalkommissar an, der daraufhin mich anrief. Und das Ergebnis des Berichts ist, dass es Anzeichen für einen Kampf gibt. Am Brustbein befinden sich Prellungen, die auf einen Schlag hindeuten, und ein paar Rippen sind gebrochen. Es handelt sich also um Mord, oder zumindest um Totschlag."

Jonathon umklammerte die Armlehnen des Sessels. „Wer hätte denn einen Grund gehabt, meinen Onkel umzubringen?" Es kam ihm alles so unwirklich vor.

„Das will ich herausfinden, damit ich wieder von hier verschwinden und in die Zivilisation zurückkehren kann." DI Gorland warf ihnen beiden einen strengen Blick zu. „Und was ich gar nicht gebrauchen kann, ist, dass mir jemand in die Quere kommt. Also befolgt meinen Rat und haltet euch da gefälligst raus."

„Was ist mit dem Anwesen?", fragte Mike. „Darf Jonathon wenigstens herkommen? Sicherlich haben die Ermittler hier alles dokumentiert."

DI Gorland grinste höhnisch. „*Jonathon?* Soso. Eins muss ich dir lassen, Mike: Du lässt auch nichts anbrennen." Er betrachtete Jonathon mit kühler Miene. „Ich werde Ihnen Bescheid geben, wenn Sie hierher zurückkehren können, Mr de Mountford." Dann wandte er sich wieder an sie beide. „Ach, und ich nehme an, keiner von euch hat diesen Studenten, Bryan Mayhew, gesehen?"

Sie schüttelten den Kopf.

„Wenn das so ist, muss ich euch bitten, das Gelände zu verlassen. Und zwar sofort."

Mit einem benommenen Gefühl stand Jonathon auf. Mike stupste ihn mit dem Ellbogen an und begleitete ihn zur Tür. „Na los, komm. Die wissen schon, wo sie dich finden, wenn sie dich brauchen sollten." Er führte ihn an DI Gorland vorbei. Als sie das Auto erreichten, zitterte Jonathon am ganzen Körper.

„Ich kann es nicht glauben. Wer hatte einen Grund, meinen Onkel tot sehen zu wollen?"

Mike fuhr ihm mit der Hand über den Rücken. „Ganz ruhig. Es muss ja nicht gleich Mord gewesen sein. Vielleicht gab es einen Streit, bei dem ihn jemand geschubst hat, und dann ist er gestürzt? Das muss nicht heißen, dass es Absicht war. Warten wir ab, was die Ermittlungen ergeben."

Jonathon blickte zum Haus. „Du kennst diesen DI Gorland also?" Als Mike nicht reagierte, sah Jonathon ihn eingehend an. „Mike?"

„Wir haben in London zusammengearbeitet." Mikes Gesicht verfinsterte sich.

„Ist er gut in seinem Job?", wollte Jonathon wissen.

Mike erstarrte, als DI Gorland aus dem Haus heraustrat. „Nicht hier. Wir können im Pub über alles reden." Er stieg in den Geländewagen und Jonathon beeilte sich, ihm zu folgen.

Als sie das Haus hinter sich ließen, wandte Jonathon sich in seinem Sitz um und starrte aus dem Heckfenster. Der Detektiv stand neben seinem Auto und sah ihnen nach. Mit einem flauen Gefühl im Magen drehte sich Jonathon zurück

31

und blickte nach vorn, während sein Kopf von Fragen überflutet wurde. Sein vorherrschender Gedanke war, dass Mike ihm irgendetwas verheimlichte.

„ALSO. WAS hat es mit diesem Detektiv von Scotland Yard auf sich?" Jonathon hätte am liebsten noch hinzugefügt: *Er hat dir ja ganz schön ans Bein gepisst*, aber das stand ihm nicht zu. Er kannte Mike ja kaum, definitiv nicht gut genug, um sich eine solche Bemerkung zu erlauben.

Mike stellte seine Kaffeetasse ab und schüttelte den Kopf. „Er gehört zu diesen Polizisten, die alles sauber und ordentlich haben wollen. Daran ist ja erst mal nichts auszusetzen, aber er stürzt sich jedes Mal auf die offensichtlichen Verdächtigen und hält an ihnen fest, bis seine Theorie widerlegt wird."

Mike runzelte die Stirn, und Jonathon bekam den Eindruck, dass Gorlands Arbeitsweise ihn beunruhigte.

Hier geht es doch um mehr als um eine bloße Abneigung gegen Gorlands Methoden.

„Okay, du kannst mir ruhig sagen, wenn mich das nichts angeht", setzte Jonathon zögernd an, „aber es kam mir so vor, als könnte er dich nicht besonders gut leiden."

Mike schnaubte. „Daraus hat er ja auch nicht gerade ein Geheimnis gemacht, oder?" Er nahm einen langen Schluck aus seiner Tasse, bevor er fortfuhr. „Er hat es auf mich abgesehen, seit ich ihm mit der Beförderung zum Detective Inspector zuvorgekommen bin."

„Aha. Deshalb auch die spitze Bemerkung über seinen Dienstgrad."

Mike nickte. „Damals hat er einen ganz schönen Wirbel gemacht. Er meinte, ich sei nicht wegen meiner Leistungen befördert worden, sondern … aus anderen Gründen." Er hielt seinen Blick starr auf den Tisch gerichtet.

Jonathon konnte Mikes Körpersprache deutlich ablesen, wie angespannt er war. „Aus anderen Gründen?" Als Mike den Kopf in die Höhe riss und sich seine Augen weiteten, hob Jonathon beschwichtigend die Hände. „Du musst es mir nicht sagen. Es geht mich nichts an."

Mike ließ sich in seinen Stuhl sinken. „Ich kann es dir ruhig erzählen. Hier wissen es sowieso die meisten. Aber es ist nichts, was ich jedem erstbesten Fremden erzähle, der in meinen Pub spaziert kommt." Er sah Jonathon in die Augen. „Wobei es sich nicht so anfühlt, als seiest du ein Fremder."

Jonathon wartete.

Noch ein Schluck Kaffee. „Laut Gorland war der wahre Grund für meine Beförderung … positive Diskriminierung."

Jonathon runzelte die Stirn. „Hinter verschlossenen Türen ist sie bestimmt nicht mehr so positiv. Für mich hat Diskriminierung immer einen negativen Beigeschmack."

Mike seufzte schwer. „Positive Diskriminierung kam erstmals in den Achtzigern und Neunzigern in Manchester auf. Dabei handelt es sich um eine politische Maßnahme, bei der ein Arbeitgeber bestimmte Minderheiten bei der Einstellung bevorzugt, um einen auf Gleichberechtigung zu machen. Also quasi alle, die eine Behinderung haben, von Rassismus betroffen sind oder … der LGBT-Community angehören." Er hielt inne. „Ich glaube auf keinen Fall, dass die London Metropolitan Police eine solche Strategie verfolgt, aber Gorland hat vor ein paar Jahren den Vorwurf erhoben, ich sei nur deshalb befördert worden, weil die Polizei einen … offen schwulen Detective Inspector brauchte, um ihr Image als LGBT-freundliche Behörde aufzupolieren."

Jonathon versuchte, sich die Überraschung nicht anmerken zu lassen. *Mike ist schwul?* Er ließ diese Information auf sich wirken.

Mike interpretierte sein Schweigen offenbar als Missbilligung. „Tut mir leid, wenn ich dich schockiert habe."

„Das hast du nicht", erwiderte Jonathon schnell.

Mike runzelte die Stirn. „Ach, echt? Dein Gesicht sagt da aber was anderes."

Er durfte auf keinen Fall zulassen, dass Mike so über ihn dachte.

„Weißt du noch, wie ich dir erzählt habe, dass ich der nächste Erbe von de Mountford Hall bin, wenn es nach meinem Vater geht?"

„Ja." Mike schmunzelte. „So lange ist das Gespräch noch nicht her. Das werde ich wohl kaum schon vergessen haben."

„Tja, er und ich haben unterschiedliche Meinungen zu bestimmten Themen. Zum Beispiel möchte er, dass ich mein ‚kleines Hobby', wie er es nennt, an den Nagel hänge und in das Herrenhaus ziehe – mit allen damit verbundenen Verpflichtungen."

„Kleines Hobby?" Mike starrte ihn an. „Du bist ein begnadeter Fotograf. Du bist auf dem besten Weg, der nächste David Bailey zu werden, Lord Snowdon …"

Jonathon stieg die Hitze ins Gesicht. „Das ist sehr nett von dir, aber er sieht das anders. Außerdem erwartet er von mir, dass ich heirate und die nächste Generation der de Mountfords hervorbringe, damit die Linie nicht mit mir endet."

„Dann geht es also darum, dass du noch nicht heiraten willst? Du sagtest mal, du bist jetzt achtundzwanzig, oder? Heutzutage ist es ja üblich, erst etwas später zu heiraten. Er kann doch sicher noch eine Weile warten."

Jonathon räusperte sich. „Das ist der Punkt, an dem wir auf gewisse … Komplikationen stoßen. Er stellt bereits eine Liste mit geeigneten Frauen zusammen, aber ich will keine von ihnen heiraten."

Mike nickte verständnisvoll. „Du würdest dir lieber selbst eine Frau suchen, anstatt eine aufgezwungen zu bekommen. Das kann ich gut nachvollziehen."

„Nicht ganz." Jonathon trank den letzten Schluck seines Kaffees. „Es gibt da nämlich noch dieses kleine, aber nicht gerade unbedeutende Detail, dass es, falls ich jemals heiraten sollte, definitiv keine Frau wäre." Er hob sein Kinn und sah Mike in die Augen.

Mike blinzelte. „Oh." Dann fiel ihm die Kinnlade herunter. „*Oh.*" Einen Moment später begann er zu lachen.

Jonathon starrte ihn verdutzt an. „Was ist daran so lustig?"

Mike grinste. „Kannst du dich an Gorlands Bemerkung erinnern, dass ich nichts anbrennen lasse? Er wollte damit andeuten, dass ich mich an dich ranmache, weil schwule Männer sich natürlich auf jeden Kerl stürzen, den sie treffen, stimmt's?" Er schüttelte den Kopf. „Wenn er herausfindet, dass du schwul bist, bekommt er einen Schlaganfall."

Auch Jonathon konnte sich ein Grinsen nicht verkneifen. „Ach Gott, der Arme. Also, wann überbringen wir ihm die frohe Botschaft?"

Mike kicherte. „Ja, ich weiß. Ganz schön verlockend, oder? Aber mal im Ernst, ich hatte keine Ahnung, dass du schwul bist."

Jonathon zuckte mit den Schultern. „Ich hänge das auch nicht gerade an die große Glocke. Und es würde doch sowieso keinen Unterschied machen, oder?"

„Ganz und gar nicht."

Aber Jonathon wusste, dass er sich in diesem Punkt selbst etwas vormachte. Er sah Mike bereits mit anderen Augen, und er musste sich anstrengen, um zu verbergen, wie attraktiv er ihn fand.

Ein Blick auf Mike ließ ihn innehalten. Dieser schien in seine eigenen Gedanken versunken zu sein, und seinem Stirnrunzeln nach zu urteilen, waren sie nicht gerade angenehm.

Etwas ließ Jonathon keine Ruhe. Erneut beschlich ihn das Gefühl, dass Mike nicht ganz ehrlich war.

„Was bedrückt dich?"

Mikes Stirn glättete sich augenblicklich wieder. „Nichts. Warum fragst du?"

Jonathon durchschaute es sofort, wenn er angelogen wurde. Er warf Mike einen prüfenden Blick zu.

Mike schnaubte. „Also gut. Wenn du es unbedingt wissen willst: Ich mache mir Sorgen um meine Schwester. Sie geht nicht ans Telefon und reagiert nicht auf meine Nachrichten. Und zu Hause ist sie auch nicht."

„Wann hast du zuletzt von ihr gehört?"

„Irgendwann vor ein paar Tagen."

Jonathon nickte. „Kann es sein, dass sie weggefahren ist und einfach vergessen hat, dir Bescheid zu sagen?"

„Ja, schon möglich." Mike starrte aus dem Fenster auf das Dorf. „Ein Teil von mir hofft inständig, dass ihre Abwesenheit nicht mit Dominics Tod in Verbindung steht. Nicht, dass ich ihr einen Mord zutrauen würde", fügte er schnell hinzu.

„Aber …?"Jonathon sah ihn eindringlich an. „Warum sollte sie etwas mit Dominics Tod zu tun haben?"

Mike seufzte. „Weil sie vor einer Woche hier im Pub einen ziemlich heftigen Streit mit Dominic hatte, der damit endete, dass sie ihn anschrie, sie würde … ihn umbringen."

5

JONATHON STARRTE ihn an, und ihm lief ein eiskalter Schauer über den Rücken. „Du glaubst doch nicht etwa …?"Seine Kehle schnürte sich zu.

„Daran will ich natürlich nicht denken." Mike sah besorgt aus. „Als ich dich in der Nähe vom Bahnhof aufgegabelt habe, war ich gerade dabei, nach ihr zu suchen. Davor bin ich zu ihrem Haus gefahren, aber sie war nicht da. Dann dachte ich, dass sie vielleicht mit dem Hund einen langen Morgenspaziergang macht. Das kommt häufig vor. Ich bin ihre übliche Route langgefahren, aber auch da keine Spur von ihr."

„Sie wird doch wohl nicht den Hund alleine gelassen haben … oder?" Jonathon liebte Hunde, und der Gedanke an einen Hund, der in einem Haus eingesperrt war, war für ihn ganz schrecklich.

Mike schüttelte den Kopf. „Wenn Sherlock da gewesen wäre, als ich bei ihrem Haus vorbeigeschaut habe, hätte ich es mitbekommen. Der Köter fängt jedes Mal an zu bellen, wenn er meinen Automotor hört."

„Sherlock?" Trotz der momentanen Stimmung konnte Jonathon sich ein Lächeln nicht verkneifen.

Mike setzte eine ernste Miene auf. „Das war Sues Idee. Ich habe ihr den Hund geschenkt, nachdem ihr Mann sie verlassen hat. Ich dachte, er könne ihr Gesellschaft leisten. Sie meinte, der Name erinnere sie an mich." Er verdrehte die Augen. „Sherlock. Ich bitte dich! Und wo immer Sue auch gerade steckt, der Hund ist sicher bei ihr." Er starrte Jonathon an. „Ich sollte die anderen Leute fragen, für die sie putzt. Vielleicht hat da ja jemand etwas von ihr gehört." Er stand auf und nahm die leeren Tassen in die Hand. „Und wir können mit dem Pfarrhaus anfangen. Dort putzt sie einmal die Woche."

Das Pfarrhaus …

Jonathon schnappte nach Luft. „Verdammt. Ich habe ganz vergessen, das zu erwähnen. Wir werden dort heute um vier zum Tee erwartet."

Mike grinste. „Wir? Wie kam es denn dazu?"

„Ich habe gestern Abend bei einem Spaziergang die Frau des Pfarrers getroffen, und sie hat uns beide eingeladen."

Mike lächelte. „Ach ja, das klingt nach Melinda. Sie hat ein Herz aus Gold."

„Sie würde sich freuen, wenn ich den Hilfspfarrer mal auf einen Drink in den Pub einlade. Sie findet wohl, dass er mehr ausgehen sollte."

„Das sieht Melinda ähnlich. Sie ist sozusagen die Dorfmama."

Jonathon lächelte. „Das erklärt Sebastians Bemerkung über heimatlose Kinder. Er schien auch nett zu sein."

Mike nickte. „Intelligenter Kerl. Und angeblich sollen seine Predigten sehr gut sein."

„Aber du selbst warst noch nie bei einer dabei?"

Mike entrang sich ein verächtliches Schnauben. „Ich bin kein großer Fan der Kirche. Es gibt viel zu viele Christen, die glauben, dass ich für das, was in meinem Schlafzimmer läuft, in die Hölle komme - als würde sie das etwas angehen." Er schmunzelte. „Und es ist ja nicht so, als würde in meinem Schlafzimmer gerade überhaupt etwas laufen. Schön wär's."

Jonathon musste husten. Mit so einer direkten Bemerkung hatte er nicht gerechnet.

Mike lief rot an. „Tut mir leid. Manchmal kann ich einfach nicht die Klappe halten." Er machte sich mit den Tassen auf den Weg in die Küche, blieb aber auf halber Strecke stehen und drehte sich wieder zu Jonathon um. „Übrigens wollte ich mich noch bei dir entschuldigen. Gorland hätte nicht so unhöflich zu dir sein sollen."

„Ich hatte den Eindruck, dass sich seine schlechten Manieren eher gegen dich gerichtet haben."

„Das stimmt, aber trotzdem war er extrem unverschämt." Mike legte den Kopf schief. „Vielleicht wäre er ja höflicher gewesen, wenn er gewusst hätte, dass er mit dem Erben des Anwesens spricht."

Jonathon schüttelte den Kopf. „Noch ist nichts offiziell, schon vergessen?" Vielleicht führte doch kein Weg an einem Besuch beim Anwalt vorbei.

„Okay, verstanden." Mike zögerte. „Ich glaube nicht, dass Sue es ernst gemeint hat, als sie Dominic damit drohte, ihn umzubringen. Wir sagen doch alle mal im Eifer des Gefechts Dinge, die wir gar nicht so meinen."

„Magst du mir erzählen, warum sie sich überhaupt gestritten haben?" Da fiel ihm ein, dass er den Grund ja schon kannte. „Der Jagdverein. Dominics Entscheidung, ihn auf sein Land zu lassen. Darum ging es doch, oder?"

Mike nickte mürrisch. „Dominic war auf einen ruhigen Drink in den Pub gekommen. Das tat er von Zeit zu Zeit - sich ‚unters Volk mischen', sozusagen. Sue ist direkt auf ihn zu marschiert und hat sich die Seele aus dem Leib geschrien. Er hat ihr gesagt, dass er seine Meinung nicht ändern würde. Und darauf meinte sie, dass sie … ihn umbringen würde, bevor es zur Jagd käme."

„Und du glaubst immer noch, dass das nur Gerede war?" Nach Jonathons Ansicht klang ihre Drohung ganz schön belastend.

„Definitiv. Sue hat nicht … Ich meine, sie würde niemals …"Mike seufzte schwermütig. „Ich kenne doch meine Schwester. Zu so etwas ist sie nicht fähig."

Jonathon wollte ihm gerne glauben. „Los, geh die Tassen spülen, Mike."

„Na klar." Mit hängenden Schultern schlurfte Mike in die Küche.

Jonathon stand auf und ging zu dem großen Erkerfenster hinüber. Es war ein ernüchternder Gedanke, dass der Mörder seines Onkels gerade frei herumlief. Womöglich war es jemand aus dem Dorf. Beim Anblick dieser ruhigen Szene war es kaum zu glauben, dass an so einem schönen, friedlichen Ort etwas so Schlimmes passieren konnte.

Er versuchte, sich wieder an das zu erinnern, was er auf dem Anwesen gesehen hatte. Zum Beispiel das Fotoalbum. Vielleicht war es reiner Zufall gewesen, dass es auf dem Schreibtisch gelegen hatte, aber das fehlende Foto ließ ihn an dieser Vermutung zweifeln. *Wo ist es? Hat es jemand mitgenommen? Und wenn ja, warum?* Jonathon schloss die Augen und rief sich das Bild wieder ins Gedächtnis. Er konnte alles klar und deutlich vor sich sehen, sogar die Kleidung, die er darauf trug. An den Tag, an dem das Foto aufgenommen worden war, konnte er sich zwar nicht mehr erinnern, aber das war kein Wunder. Laut Dominic war er zu dem Zeitpunkt schließlich kaum zwei Jahre alt gewesen.

Ganz impulsiv zückte Jonathon sein Handy und rief seinen Vater an. „Hallo."

„War die Polizei schon bei dir?" Wie immer kam sein Vater direkt zur Sache.

„Ich habe den Inspektor getroffen, der den Fall übernommen hat." Jonathon nahm wieder auf seinem Stuhl Platz.

„Sehr gut. Schön zu wissen, dass man mit unserem Familiennamen immer noch einen gewissen Druck ausüben kann. Dann weißt du also, dass es kein Unfall war."

„Ja."

„Sag Bescheid, falls dir keine vollständige Kooperation entgegengebracht wird. Der Polizeikommissar ist ein guter Freund von mir. Er hat mir versichert, dass alles getan wird, um den Täter zu finden."

Kein Wunder, dass Gorland etwas von langen Strippen erwähnt hatte.

Allerdings ging Jonathon immer noch das Foto durch den Kopf.

„Ich versuche, ein Bild zu finden, das Dominic in einem seiner Alben hatte. Vielleicht kennst du es ja."

„Wie kommst du darauf?"

„Na ja, weil du damals mit ihm zusammengearbeitet hast und das Foto bei einem Betriebsausflug an den Strand aufgenommen wurde. Darauf sitze ich auf Dominics Schoß."

Ein kurzes Schweigen folgte. „Dominic ist nie mit dir ans Meer gefahren." Jonathon konnte den verwirrten Tonfall hören.

„Bist du dir sicher? Auf dem Foto ist noch eine andere Person - irgendeine Kollegin von ihm."

„Oh? *Ohhhh.* Ach ja, jetzt erinnere ich mich. Das hatte ich schon wieder ganz vergessen. Warum suchst du danach?"

Eine innere Stimme riet Jonathon, den Mund zu halten. Die gleiche Stimme sagte ihm, dass sein Vater ihn gerade angelogen hatte. „Ach, einfach so. Ich wollte es nur noch einmal sehen. Dominic hat mir vor Jahren alles darüber erzählt."

„Ach so. Na ja, jetzt hast du aber Wichtigeres zu tun, als deine Zeit mit der Suche nach irgendwelchen Fotos zu verschwenden. Dominics Anwalt, Mr Omerod, hat eine Kanzlei im Dorf. Vielleicht solltest du ihm mal einen Besuch abstatten?"

Mit dem Sprachmuster seines Vaters war Jonathon bestens vertraut. Hier gab es kein *vielleicht*. Bestimmt war Mr Omerod schon über Jonathons bevorstehenden Besuch unterrichtet worden. „Ja, Sir." Es schien wenig Sinn zu haben, sich zu streiten.

Er legte gerade auf, als Mike in den Pub zurückkam und auf ihn zuging. Bevor dieser jedoch etwas sagen konnte, platzte es aus Jonathon heraus: „Das war nicht ich auf dem Foto."

Mike runzelte die Stirn. „Aber ... wie kommst du darauf?"

„Weil mein Vater irgendwas verschleiern wollte, als ich ihn gerade danach gefragt habe."

Mike setzte sich ihm gegenüber. „Wer hat dir denn überhaupt gesagt, dass das auf dem Foto du seiest?"

„Dominic." Jonathon lehnte sich vor, stützte die Ellbogen auf den Tisch und verschränkte die Finger. „Warum sollte er mir erzählen, dass ich dieses Kind bin, wenn es nicht stimmt?"

„Bist du dir mit dem Foto wirklich sicher?"

Jonathon starrte ihn an. „Ich kann dir genau sagen, was im Hintergrund zu sehen war, was ich - was dieser Junge - anhatte, was die ..."

„Schon gut, schon gut." Mike hob die Hände. „Ich glaube dir. Dann ist es ja wohl ein klarer Fall."

„Ach ja?"

Mike nickte. „Es ist das Kind der Frau."

„Was hatte Dominic dann auf dem Foto zu suchen? Warum saß das Kind auf seinem Schoß? Und was hatte er für einen Grund, mich anzulügen?" Nichts davon ergab einen Sinn, und am wenigsten das größte Rätsel von allen - warum das Foto verschwunden war.

„Zerbrich dir darüber jetzt nicht den Kopf", drängte Mike ihn. „Du solltest lieber an praktischere Dinge denken, wie zum Beispiel den Besuch bei Dominics Anwalt. Das steht doch bestimmt auf dem Plan, oder? Damit alles offiziell abgewickelt wird? Und ich muss mir Gedanken über meinen Einkauf machen."

Das entlockte Jonathon ein Lächeln. „Deinen Einkauf?"

Mike verdrehte wieder die Augen. „Ja, einige von uns müssen so banale Sachen wie Einkäufe erledigen, damit *gewisse* Leute", bei diesen Worten wies er auf Jonathon, „Speck und Eier frühstücken können und alberne Kleinigkeiten wie Mittag- und Abendessen serviert bekommen."

„Schon kapiert." In diesem Moment war der Besuch einer staubigen Anwaltskanzlei das Letzte, wonach Jonathon sich sehnte. „Kann ich mitkommen?"

Mike lachte. „Ernsthaft? Na gut, wenn du unbedingt willst. Ich könnte die Einkaufsliste zwischen uns aufteilen, dann sind wir doppelt so schnell fertig."

„Abgemacht." Alles war besser, als herumzusitzen und sich den wildesten Theorien hinzugeben.

Das hatte auch noch Zeit bis später.

DAS WOHNZIMMER des Pfarrhauses sah genau so aus, wie Jonathon es sich vorgestellt hatte. Das Pfarrhaus selbst war ein hohes Gebäude aus dunkelgrauem Stein, und im Inneren befand sich ein Labyrinth aus großen Räumen, schrägen Gängen und Treppen, die in alle Richtungen führten. Dieses Haus, so fand er, war ein Paradies für jedes heranwachsende Kind.

Dann sah er sich in dem warmen, gemütlichen Wohnzimmer um und stellte fest, dass es keine Familienfotos gab.

Vielleicht hat Melinda ja deshalb so viele Ersatzkinder. Weil sie und der Pfarrer keine eigenen haben. Der Gedanke stimmte ihn traurig. Melinda hätte eine tolle Mutter abgegeben.

„Jonathon?"

Ihre leise Stimme holte ihn in die Realität zurück.

Melinda sah ihn mit funkelnden Augen an. „Es ist schön, dass du dich zu uns gesellt hast. Ich wollte nur fragen, ob du noch mehr Früchtebrot haben möchtest."

„Nein, danke, aber es war wirklich sehr lecker." Er ließ den Blick über den Tisch schweifen. Unter der dreistöckigen Etagere aus Porzellan mit Sandwiches und Kuchen, dem Teller mit dem reichhaltigen Früchtebrot, der flachen Teekanne, der größeren und eleganteren Kaffeekanne und dem restlichen Teezubehör war die weiße Tischdecke kaum noch zu erkennen. „Ist noch etwas von dem Möhrenkuchen da?"

Mike kicherte. „Du hattest doch schon zwei Stücke."

Melinda warf Mike einen spöttischen Blick zu. „Wenn er noch ein drittes Stück haben möchte, dann darf er sich gerne eins nehmen. Schließlich hat auch niemand etwas gesagt, als *du* dich so großzügig an den Sandwiches mit Hühneraufstrich bedient hast."

Jetzt musste auch Jonathon kichern, vor allem über Mikes verlegenen Gesichtsausdruck.

„Es tut mir leid, dass ich Ihren Namen gestern Abend nicht direkt zuordnen konnte, Jonathon." Sebastian beugte sich vor und schnitt sich eine dünne Scheibe von dem Früchtebrot ab. „Ich bin ein großer Fan Ihrer Arbeit."

„Vielen Dank." Jonathon nahm den Teller mit dem Möhrenkuchen von Melinda entgegen.

„Wo geht Ihre nächste Reise hin?"

„Eigentlich hatte ich einen Trip nach Vietnam geplant", erzählte er dem Hilfspfarrer. „Ich wollte dort unter anderem die Tunnel fotografieren."

Lloyd Talbot sah ihn mit gerunzelter Stirn an. „Ich bitte um Verzeihung, aber das klingt so, als würde diese Reise nicht stattfinden." Seine Stimme war schwach und brüchig.

„Sagen wir einfach, ich musste meine Pläne vorerst auf Eis legen." Jonathon nahm einen Bissen von dem saftigen Kuchen. Melinda war eine begnadete Bäckerin.

„Apropos Pläne ..."Melinda schenkte noch etwas Tee nach. „Wir würden uns gerne mit dem nächsten Bewohner des Anwesens unterhalten. Das Dorffest rückt immer näher, und falls es abgesagt wird, wäre es gut, das so bald wie möglich zu erfahren. Es war sehr lieb von deinem Onkel, dass wir das Fest immer auf seinem Grundstück veranstalten durften."

„Melinda organisiert das Dorffest schon, seit wir hier in Merrychurch wohnen", erklärte Lloyd und blickte seine Frau stolz an. „Dieses Jahr wäre es das dreißigste Mal."

Das half Jonathon bei seiner Entscheidung. Dreißig Jahre waren ein großer Meilenstein. „Das Fest kann wie gewohnt stattfinden." Er nahm einen weiteren Bissen von seinem Kuchen, als sich vier Köpfe in seine Richtung drehten.

„Bist du denn berechtigt, diese Entscheidung zu treffen?" Melinda räusperte sich. „Ich hoffe, es klang nicht unhöflich. Ich möchte nur vermeiden, dass wir alles vorbereiten und der neue Bewohner des Anwesens dann doch Nein sagt."

„Vertrauen Sie mir." Jonathon schenkte ihr ein Lächeln. „Ich werde dafür sorgen, dass die Familie informiert wird. Solange die Polizei mit den Ermittlungen fertig ist, sehe ich keinen Grund, warum das Fest nicht wie geplant stattfinden kann." Er wollte seinen Status nicht preisgeben, bevor alles in trockenen Tüchern war, aber das war für ihn noch lange kein Anlass, das Fest abzusagen.

„Oh, das ist ja wunderbar." Melinda strahlte. „Ich danke dir vielmals. Und du musst natürlich auch unbedingt kommen, wenn du dann noch im Dorf bist."

Jonathons Magen krampfte sich zusammen. Er hatte keine Ahnung, wie es für ihn weitergehen würde.

„Wie lange wollen Sie denn noch in Merrychurch bleiben, wenn ich fragen darf?", erkundigte sich Sebastian.

„Ehrlich gesagt bin ich mir gerade noch nicht sicher. Ich werde wahrscheinlich bis zur Beerdigung bleiben. Ich nehme an, dass mein Onkel in der Familiengruft beigesetzt wird?" Er richtete seine Frage an Lloyd. Dieser nickte.

„Sobald sein Leichnam freigegeben ist, können wir die Einzelheiten der Beerdigung festlegen." Lloyds Gesicht verzog sich. „Es tut mir furchtbar leid, dass wir uns unter so tragischen Umständen kennenlernen mussten."

Diesen Satz bekam Jonathon mittlerweile immer öfter zu hören.

„In der Tat", murmelte Sebastian. „Ich weiß, ich bin erst seit einem Jahr hier, aber dieses Dorf wird ohne ihn nicht mehr dasselbe sein."

„Wird deine Schwester weiterhin als Putzfrau auf dem Anwesen arbeiten?", fragte Melinda an Mike gerichtet.

Sein Gesicht verfinsterte sich. „Das wird dann wohl der neue Bewohner entscheiden."

„Apropos Sue, hast du in letzter Zeit etwas von ihr gehört?" Lloyds ohnehin schon runzelige Stirn legte sich noch mehr in Falten. „Sie hätte heute Morgen das Pfarrhaus putzen sollen, aber aus irgendeinem Grund ist sie nicht erschienen. Das sieht ihr überhaupt nicht ähnlich."

„Sie hat nicht angerufen oder eine Nachricht geschickt, um abzusagen?" Mike sah aus, als hätte ihm jemand in den Magen getreten.

Lloyd schüttelte den Kopf. „Kein Wort von ihr."

Melinda seufzte. „Das gefällt mir nicht. Ich war heute nach dem Mittagessen im Dorf und habe gesehen, wie ein paar Polizisten von Tür zu Tür gegangen sind. Als ich Rachel in der Teestube danach gefragt habe, meinte sie, dass die Polizei Fragen über Dominic stellen würde. Seltsame Fragen."

Jonathons Haut fing an zu kribbeln. „Was meinen Sie damit?" Neben ihm versteifte sich Mike.

„Die Polizei wollte wissen, ob Dominic sich in letzter Zeit mit irgendjemandem aus dem Dorf gestritten hat. Und Rachel hat klar und deutlich gehört, dass Sues Name gefallen ist." Sie warf Mike einen scharfen Blick zu. „Ich glaube auf keinen Fall, dass sie in diese Sache verwickelt ist. Aber wir wissen doch alle, dass es in diesem Dorf Leute gibt, die fiese Gerüchte über Sue in die Welt setzen würden, ohne mit der Wimper zu zucken."

Lloyd seufzte. „Das ist sehr unchristlich von ihnen. Die Bibel sagt ganz klar: *Wer ohne Sünde ist, werfe den ersten Stein.*"

„Eine bewundernswerte Einstellung, Herr Pfarrer", sagte Mike leise. „Leider gibt es nur wenige Menschen, die sich daranhalten. Heutzutage ist es eher so, dass man erst den Stein wirft und sich dann entschuldigt, wenn man falsch lag. Aber dann ist es meistens schon zu spät." Jonathon starrte ihn verwundert an, aber Mike schüttelte den Kopf und raunte ihm nur ein tonloses *Später* zu.

Jonathon war der Appetit vergangen und er schob den Rest seines Kuchenstücks beiseite. Schon wieder kam es ihm so vor, als würde Mike ihm etwas verschweigen.

42

„Oh!" Sebastian richtete sich mit leuchtenden Augen in seinem Stuhl auf. „Sie haben doch vorhin gesagt, dass die Polizei die Ermittlungen auf dem Anwesen abgeschlossen hat. Ich glaube, das stimmt nicht."

Jonathon öffnete den Mund, um etwas zu sagen, aber Mike kam ihm zuvor. „Wie kommst du darauf?"

Sebastian fuhr sich mit den Fingern durch das dichte braune Haar. „Tut mir leid. Das ist mir völlig entfallen. Heute Nachmittag habe ich dem alten Ben Threadwell einen Besuch abgestattet. Er wohnt in einem der Cottages am Rande des Anwesens", erklärte er Jonathon. „Ben geht es in letzter Zeit nicht besonders gut und ich habe ihm einen Korb mit Suppe, Brot und Obst vorbeigebracht, den Melinda für ihn zusammengestellt hat. Jedenfalls haben wir uns dann auch über Dominic unterhalten." Die Erinnerung daran schien Sebastian Sorge zu bereiten. „Es war kein angenehmes Gespräch, und ich habe mich dabei sehr unwohl gefühlt."

„Inwiefern?", wollte Jonathon wissen.

„Er hat wohl einen Brief von Dominic erhalten, in dem es um das Cottage ging. Offenbar haben auch die Mieter der anderen Cottages ein solches Schreiben bekommen. Darin hat Dominic ihnen mitgeteilt, dass er das Grundstück verkaufen wird und sie drei Monate Zeit hätten, um auszuziehen. Die Nachricht über Dominics Tod schien Ben fast schon … Freude zu bereiten." Sebastian schüttelte den Kopf. „Es ist einfach falsch, sich so sehr über das Ableben eines anderen Menschen zu freuen."

„Aber was hat das mit der Polizei zu tun?", fragte Mike unwirsch.

„Dazu wollte ich gerade kommen. Als ich Bens Cottage verließ, fuhren zwei oder drei Polizeiautos die Straße hinauf zum Anwesen, gefolgt von einem weißen Transporter. Aber warum sollten sie dorthin fahren, wenn sie mit den Ermittlungen schon fertig sind?"

Jonathon sah zu Mike, der verwirrt mit den Schultern zuckte. Daraufhin legte Jonathon den Kopf schief. „Das ist eine sehr gute Frage. Vielleicht sollten wir mal bei der Polizeiwache vorbeischauen und nach Antworten suchen."

Mikes Mundwinkel zogen sich nach unten. „Das ist für mich gerade kein guter Zeitpunkt. Der Pub öffnet gleich wieder."

„Und wir sollten darüber mal logisch nachdenken", warf Melinda ein. „Es ist kurz vor halb sechs an einem Samstagabend. Die Ermittlungen wurden für heute sicher eingestellt. Ich bezweifle, dass auf der Wache gerade mehr als ein Polizist im Dienst ist. Es wird dir nichts bringen, jetzt dorthin zu gehen."

Lloyd nickte zustimmend. „Und ich glaube kaum, dass morgen jemand arbeitet. Sonntag ist schließlich ein Ruhetag. Am besten verschiebst du das auf Montagmorgen. Kann Jonathon noch ein paar Tage bei dir unterkommen, Mike?"

„Er kann so lange bleiben, wie er will." Mikes Blick huschte in Jonathons Richtung. „Und ich werde ihn im Pub auf Trab halten, damit er auf andere Gedanken

43

kommt." Er schenkte Jonathon ein leichtes Lächeln. „Es kann nicht schaden, noch etwas Verstärkung im Laden zu haben."

„Na gut", murmelte Jonathon. „Aber am Montagmorgen gehe ich direkt zur Polizei."

„Und ich komme mit", fügte Mike hinzu. „Mich interessiert es genauso brennend, wie die Ermittlungen verlaufen."

Etwas blitzte in seinen Augen auf und Jonathon wurde daran erinnert, dass er sich unbedingt mit ihm unterhalten musste, wenn sie wieder allein waren.

Was verheimlichst du mir, Mike?

6

MIKE ZOG das Kirchentor hinter ihnen zu und sie machten sich langsam auf den Weg zurück zum Pub.

„Was hast du mir nicht über Sue erzählt?" Jonathon hasste den Gedanken, dass Mike nicht ehrlich zu ihm gewesen war, besonders nach den persönlichen Gesprächen, die sie miteinander geführt hatten.

„Hmm?"Mike schien tief in Gedanken versunken.

„Melinda hat doch etwas von Leuten im Dorf gesagt, die fiese Gerüchte über Sue in die Welt setzen würden. Warum sollte jemand so etwas tun?"

„Oh Gott, das ist echt unangenehm", stöhnte Mike. Er blieb stehen und vergrub die Hände in den Hosentaschen, seinen Blick nicht auf Jonathon, sondern auf den Gehweg gerichtet. „Also. Nach ihrer Scheidung fühlte Sue sich sehr … einsam." Er verstummte.

„Okay", sagte Jonathon zurückhaltend. „Und?"

„Und … als sie anfing, als Putzfrau zu arbeiten, gab es viele Leute im Dorf, die sie gerne einstellen wollten. Frauen, die etwas Besseres mit ihrer Zeit anzufangen wussten, als den Haushalt zu schmeißen."

Jonathon blinzelte. „Aber die Leute trauen ihr doch nicht ernsthaft einen Mord zu, nur weil sie eine *schlechte Putzfrau* ist, oder? Das wäre ja absurd."

„Nein, diese Frauen verbreiten üble Gerüchte, weil Sue ein paar Affären hatte – mit ihren Ehemännern."

Jonathon musste kurz nach Luft schnappen. „Nein. Wirklich?" Er stieß einen leisen Pfiff aus. „Tja, wie heißt es schön: Eine verschmähte Frau ist zu allem fähig."

Mike nickte mit ernster Miene. „Ganz genau. Du kannst dir also vorstellen, warum diese Frauen nicht gerade abgeneigt wären, noch ein wenig Öl ins Feuer zu gießen, nachdem Sue ohnehin schon unter Verdacht steht."

„Hat sie denn immer noch … diese Affären?"

„Ich glaube, das hat aufgehört, als ich ins Dorf gezogen bin. Es wurde ihr wahrscheinlich unangenehm, wo ich doch quasi vor ihrer Haustür wohnte."

Was auch immer Mike noch sagen wollte, wurde vom Klang einer Glocke unterbrochen, die sechsmal läutete.

„Verdammt. Ich sollte eigentlich schon längst im Pub sein." Mike lief die Gasse hinauf, und Jonathon folgte ihm. Er wusste, dass sie an diesem Abend wahrscheinlich zu beschäftigt sein würden, um weiterzureden, aber dafür hatten sie morgen sicher noch genug Zeit.

JONATHON WÄLZTE sich im Bett zur Seite und schaute auf den blauen LED-Wecker. Es war halb zwei und an Schlaf nicht zu denken. Als er sich ins Bett gelegt hatte, war sein Körper ausgepowert gewesen. Mike hatte sein Wort gehalten und ihn den ganzen Abend auf Trab gehalten. Das Positive an der Arbeit hinter der Bar war, dass er eine Menge Leute kennengelernt hatte. Inzwischen gab es nur noch wenige, die nicht wussten, wer er war, und alle sprachen ihm ihr Mitgefühl aus. Mike hatte ihn mit einigen sehr interessanten Persönlichkeiten aus dem Dorf bekannt gemacht, und obwohl es schön gewesen war, sie kennenzulernen, ließ ihn ein Gedanke nicht los.

Was, wenn einer von ihnen Dominics Mörder war?

Die Vorstellung daran hinterließ einen sauren Geschmack in seinem Mund und eine ganze Grube voller Schlangen in seinem Bauch. Kein Wunder, dass er kaum ein Auge zubekam.

Dann erinnerte er sich an Mikes Angebot. Eine Tasse mit warmer Milch wäre jetzt genau das Richtige.

In seinen Boxershorts stieg Jonathon aus dem Bett, zog sich ein T-Shirt über und tapste barfuß zur Tür. Er öffnete sie so leise wie möglich und versuchte, kein Geräusch auf den hölzernen Stufen zu verursachen, als er die Treppe hinunterschlich. In der Küche angekommen, nahm er sich einen Topf, holte die große Milchflasche und ließ eine Portion auf dem Herd warm werden. Mit der Mikrowelle wäre es zwar schneller gegangen, aber er wollte es nicht riskieren, Mike zu wecken.

Dann zog er einen Stuhl zu sich heran und setzte sich. Draußen war der Himmel schwarz und das Dorf war still. Das einzige Geräusch im Gebäude war das gelegentliche Knarren, aber Jonathon schob es darauf, dass alle Häuser solche Geräusche machten, vor allem, wenn sie so alt waren die der *Hare and Hounds Pub*.

Er stützte sich auf dem Tisch ab und legte den Kopf in die Hände. Das Gespräch im Pfarrhaus hatte seine Fantasie noch stärker angeregt - und sein überaktives Gehirn mit neuen Verdächtigen versorgt. Natürlich hielt Mike es für ausgeschlossen, dass Sue etwas mit dem Tod seines Onkels zu tun hatte, aber die Tatsache, dass niemand sie gesehen oder auch nur von ihr gehört hatte, war ziemlich belastend. Dann gab es da noch den alten Mann, der aufgefordert worden war, sein Zuhause zu verlassen. Könnte er es getan haben? Er wohnte praktisch vor Dominics Haustür. Es wäre kinderleicht gewesen, sich zum Herrenhaus und wieder zurück zu schleichen, ohne dabei gesehen zu werden. Klar, er war schon alt - aber wie alt genau? Hatte er noch genug Kraft, um Dominic so heftig zu schubsen, dass er dabei stürzt und sich am Kopf verletzt? Und was war mit diesem Studenten Bryan, der plötzlich spurlos verschwunden war? Hatte seine Abwesenheit etwas mit Dominics Tod zu tun?

Kein Wunder, dass Jonathon nicht schlafen konnte. Sein Kopf war kurz davor zu platzen.

„Warum bist du um diese Zeit noch auf?" Mike stand in der Tür und strich sich mit der Hand über die Wange und den Bart. Er trug Boxershorts und Hausschuhe, und irgendwas war anders an seinem Aussehen. Da ging es Jonathon auf - Mike trug keine Brille.

Jonathon deutete auf den Herd, wo der Topf mit der Milch zu dampfen begonnen hatte. „Du hast ja gesagt, ich darf mich bedienen. Und außerdem könnte ich dich das Gleiche fragen. Ich habe dich doch hoffentlich nicht geweckt, oder?"

Mike schüttelte den Kopf. „Ich konnte nicht schlafen. Also bin ich runtergegangen, um mir etwas warme …" Er lächelte. „Tut mir leid. Mein Gehirn ist viel zu müde. Ist in dem Topf genug Milch für zwei Tassen?"

Jonathon erhob sich vom Tisch. „Könnte knapp werden, aber das habe ich gleich." Er ging zum Herd hinüber und goss die dampfende Milch in die Tasse, die schon bereitstand. „Die hier ist für dich. Ich kümmere mich um Nachschub."

Mike nahm die Tasse entgegen und fügte einen Löffel Honig hinzu. „Also, habe ich jetzt drei Versuche, um zu raten, warum du nicht schlafen konntest?"

Jonathon schnaubte. „Man muss kein Einstein sein, um dahinterzukommen." Er nahm wieder Platz und Mike setzte sich zu ihm. „Bilde ich mir das nur ein, oder ist die Liste der Leute, die etwas mit Dominics Tod zu tun haben könnten … noch länger geworden?"

Mike seufzte. „Ich habe Sue eine Nachricht geschrieben und sie gebeten, sich bei mir zu melden. Dominic habe ich dabei nicht erwähnt."

„Warum nicht?" Mike schwieg, und Jonathon hatte plötzlich eine Eingebung. Vielleicht hatte er Dominic nicht erwähnt, weil die Möglichkeit bestand, dass ihm ihre Antwort nicht gefallen könnte. *Manchmal will man die Wahrheit am liebsten gar nicht wissen.*

Mike musterte ihn. „Du siehst Dominic überhaupt nicht ähnlich", stellte er fest.

Jonathon, der sich des Themenwechsels deutlich bewusst war, lächelte. „Ich habe viel Ähnlichkeit mit meinem Vater, der überhaupt nicht aussieht wie Dominic. Vater kommt nach meiner Großmutter und Dominic nach meinem Großvater. Als sie jünger waren, konnte offenbar niemand glauben, dass sie Brüder sind. Und als Dominic dann lange vor meinem Vater die Haare ausgingen, wurden die Unterschiede noch deutlicher. Auf einigen älteren Fotos ist Dominic kaum wiederzuerkennen. Er hatte sehr dichtes braunes Haar."

Fotos …

„Was ist dir gerade durch den Kopf gegangen?" Mike warf ihm einen fragenden Blick zu. „Dieser Gesichtsausdruck ... Hattest du eben eine Erleuchtung?"

Jonathon schüttelte den Kopf. „Nichts, was uns weiterbringt. Ich musste nur wieder an das verschwundene Foto denken. Warum hätte es jemand mitnehmen sollen? War es in irgendeiner Weise belastend?" Er seufzte. „Ich werde einfach das Gefühl nicht los, dass es wichtig ist. Vor allem, nachdem mein Vater mich deswegen angelogen hat."

„Darf ich dich etwas Persönliches fragen?"

Jonathon stand auf, um die Milch vom Herd zu nehmen. „Du kannst gerne fragen. Aber falls es mir zu persönlich ist, erhältst du vielleicht keine Antwort." Er warf Mike über seine Schulter einen Blick zu und zwinkerte. „Ich glaube aber, deine Chancen stehen gut. Also, schieß los." Er machte sich daran, die Milch in seine Tasse zu gießen.

„Hat dein Vater ... ein Problem damit, dass du schwul bist?"

Jonathon schnaubte. „Das ist nur einer von vielen Punkten auf der Liste mit Dingen, die ihn an mir stören. Auch wenn er das niemals laut aussprechen würde."

„Es gibt eine ganze Liste?" Mike nippte an seiner Milch.

Jonathon prustete. „Also, mal sehen. Ich bin schwul. Ich weigere mich, zu heiraten und mich fortzupflanzen. Ich bin im Gegensatz zu ihm und dem Rest der Familie nicht nach Cambridge gegangen, um Jura zu studieren. Ich hatte keine Lust, in seine Fußstapfen als Anwalt zu treten. Ich teile nicht seine Auffassung, dass London das Maß aller Dinge ist. Ich bin verblendet genug zu glauben, dass es sich bei Fotografie um einen richtigen Beruf handelt." Er schüttelte den Kopf. „Komischerweise war es ausgerechnet Dominic, der mich ermutigt hat, meinen Träumen zu folgen. Ich bin mir ziemlich sicher, dass Vater davon überhaupt nichts weiß."

„Und was wirst du jetzt tun? Also, *nachdem* du de Mountford Hall geerbt hast, meine ich. Wirst du hierherziehen?"

Jonathon nahm einen langen Schluck von seiner Milch und ließ sich davon erwärmen. „Ganz ehrlich? Ich habe keine Ahnung. Es gibt noch ein paar Hürden zu überwinden, bevor ich überhaupt daran denken kann. Die erste davon ist Dominics Beerdigung."

„Das wollte ich dich eigentlich schon nach dem Tee im Pfarrhaus fragen: Es gibt eine Familiengruft?"

Jonathon nickte. „Die Krypta unter der Kirche. Ich fand es dort immer schon unheimlich. Die Wände sind auf drei Seiten von diesen ganzen Steinsärgen für die wichtigen Vorfahren gesäumt. Die weniger bedeutenden Familienmitglieder wurden einfach in einem Loch in der Wand verstaut, das mit einer Tafel verschlossen ist. Sir John hat seinen eigenen Sarkophag mit einer aufgebahrten Statue in der Mitte der Krypta." Er schauderte. „Als Kind habe ich es gehasst, dort runterzugehen. Einmal hat Vater mich im Sommer mitgeschleppt, als Großvater noch am Leben war. Er wollte mir zeigen, wo ich eines Tages mal landen würde."

„Oh, wow. Ziemlich traumatisierend für ein kleines Kind."

Jonathon schmunzelte. „Du solltest lieber beten, dass du ihm nie begegnen musst. Er macht mir immer noch Angst." Fragend neigte er den Kopf zur Seite. „Was ist mit deinen Eltern? Sind sie auch so drauf wie meine?"

Mike lachte verhalten. „Nicht mal im Entferntesten, wenn ich das so höre. Sie waren mächtig stolz auf mich, als ich der Polizei beitrat, und standen voll und ganz hinter mir, als ich sie wieder verließ. Und was mein Schwulsein betrifft ..." Er schüttelte den Kopf. „Dad erwähnt es nicht oft, außer wenn mal etwas Negatives in den Nachrichten kommt und er mich anruft, um sich über diese ignoranten Deppen aufzuregen. Mum fragt mich immer, ob ich einen Freund habe. Ich glaube, wenn ich sie anrufen und ihr sagen würde, dass ich in festen Händen bin, würde sie auf der Stelle in Ohnmacht fallen. Und dann würde sie umgehend zurückrufen und fragen, ob es schon einen Termin für die Hochzeit gibt."

Jonathon lachte. „Mir würden solche Fragen wahrscheinlich überhaupt nichts ausmachen." Er richtete sich auf. „Ich glaube, ich trinke den Rest der Milch in meinem Zimmer aus und versuche, noch ein paar Stunden zu schlafen."

Mike tat es ihm gleich. „Gute Idee. Dann werde ich mal deinem Beispiel folgen." Als sie die Küchentür erreichten, hielt er inne. „Und mach dir keine Sorgen. Es wird sich schon alles klären. Das habe ich im Gefühl."

Jonathon legte den Kopf schief. „Spricht da jetzt der Ex-Polizist aus dir oder der Bruder von Sue?"

Mike schnaubte. „Die beiden sind ein und dieselbe Person." Er nahm Jonathon kurz in den Arm. „Irgendwann wird die Wahrheit ans Licht kommen", flüsterte er ihm sanft ins Ohr. Dann ließ er ihn los und nahm seine Tasse in die Hand. „Wir sehen uns morgen früh. Wobei, es ist ja schon Morgen, also sollte ich eher sagen, wir sehen uns später. Und weil Sonntag ist, frühstücken wir nicht allzu früh. Sagen wir mal neun Uhr."

Jonathon lächelte. Er war immer noch ganz überrumpelt von der Umarmung. „Klingt gut. Dann hoffe ich mal, die warme Milch entfaltet ihre Wirkung." Mit seiner Tasse in der Hand ging er an Mike vorbei zur Treppe. Als er alles ausgetrunken hatte und wieder in seinem bequemen Bett lag, waren seine Augenlider schwer geworden und er ließ sich vom Schlaf in die Dunkelheit tragen. Das Letzte, woran er dachte, während sich eine angenehme Wärme in ihm ausbreitete, war, wie gut sich Mikes Umarmung angefühlt hatte.

JONATHON RÄUMTE das Geschirr in die Spülmaschine und schaltete sie ein. Draußen läuteten die Kirchenglocken in einem so heiteren Ton, dass er ein Fenster öffnen musste, um den schönen Klang hereinzulassen. Mit geschlossenen Augen stand er da und ließ es auf sich wirken.

Daran könnte ich mich glatt gewöhnen. Es war ein gewaltiger Unterschied zu dem Straßenlärm, der sonst jeden Morgen an seinem Fenster vorbeirauschte.

„Ich könnte dich jetzt ganz schön enttäuschen und dir verraten, dass dieses Geräusch aus dem Kirchturm eigentlich vom Band kommt."

Jonathon drehte sich um und starrte Mike an. „Ach, sag doch so was nicht. Damit zerstörst du meine Illusion. Ich kenne dieses Glockengeläut schon seit meiner Kindheit."

Mike grinste. „Würde ich dir je so etwas antun? Na gut, die Glocken werden wirklich von Hand geläutet."

Jonathon blickte ihn mit zusammengekniffenen Augen an. „Du Arsch."

Mike stieß einen gespielt entsetzten Atemzug aus und fasste sich an die Brust. „Und ich dachte schon, du wärst ein höflicher junger Mann mit guten Manieren."

Jonathon machte sich wieder daran, das Waschbecken abzuwischen. „Dieser höfliche junge Mann mit guten Manieren bereut es jetzt, nach dem Frühstück die Küche geputzt zu haben."

„Oh, wow. Das wäre doch nicht nötig gewesen." Mikes Stimme nahm sofort einen anderen Tonfall an. „Du bist hier zu Gast, schon vergessen?"

„Aber dein Gast ist ziemlich unruhig." Jonathon wartete auf die Erlaubnis, ins Herrenhaus gehen zu dürfen. Unter anderem musste er die Kleidung aussuchen, in der Dominic aufgebahrt werden sollte - eine Aufgabe, auf die er sich nicht im Geringsten freute.

Wenn er in der Lage gewesen wäre, den Grund für seine innere Unruhe auszumachen, dann hätte er sie wahrscheinlich darauf zurückgeführt, dass er auf etwas wartete.

„Was hältst du von einem Morgenspaziergang am Fluss?" Mike schaute in den Brotkasten aus weißem Porzellan und nahm den Rest des Brotes heraus. „Wir könnten die Enten füttern."

Jonathon zog die Augenbrauen hoch. „Die Enten … füttern. Du weißt schon, dass Brot eigentlich schlecht für Enten ist, oder?" Er grinste.

Mike zuckte mit den Schultern und stopfte das Brot in eine Plastiktüte. „Immerhin ist es besser, als hier den ganzen Tag nur rumzusitzen. Und es hat sich noch nie eine Ente über mein Brot beschwert. Außerdem ist es draußen ein herrlicher Tag."

Da hatte er recht. Es war kurz vor zehn, und am hellblauen Himmel stand keine einzige Wolke. Als die Glocken wieder ertönten, neigte Jonathon den Kopf und lauschte dem fröhlichen Klang. „Ich könnte auch zum Gottesdienst gehen und mir eine Predigt von Sebastian anhören."

Mike starrte ihn an. „In die Kirche? Echt jetzt? Wo würdest du einen Tag wie heute lieber verbringen?"

Da musste Jonathon nicht lange überlegen. „Ich hole noch schnell meine Jacke." Er war sich zwar nicht sicher, ob er sie brauchen würde, aber bei dem britischen Wetter war es immer ratsam, auf Nummer sicher zu gehen, sogar im Sommer.

Dann korrigierte er seinen Gedanken. *Ganz besonders* im Sommer.

Sie verließen den Pub und gingen am Anger vorbei zur alten Steinbrücke, die sich über den Fluss streckte. Von der Mitte der Brücke aus schaute Jonathon auf die Stelle, an der das Wasser über die Steine sprudelte und hier und da kleine Strudel bildete. Dann drehte er seinen Kopf zum Ufer und ließ seinen Blick suchend über den Boden und die Büsche schweifen. Er grinste, als er fündig wurde.

„Was machst du da?", fragte Mike, als Jonathon an ihm vorbeilief und auf einen abgestorbenen Strauch zusteuerte, dessen Äste im Gegensatz zu dem grünen Laub der anderen Büsche kahl waren.

Jonathon brach ein paar Zweige ab, bevor er wieder zu Mike auf die Brücke eilte. Triumphierend hielt er seine Beute hoch.

Mikes Stirn zog sich zu einer leichten Falte zusammen. „Stöcke", stellte er trocken fest.

Jonathon verdrehte die Augen. „Ach, komm schon, *so* blöd bist du doch auch nicht. Du kannst dich doch bestimmt noch an Pu-Stöckchen erinnern?"

Mike starrte ihn an. „Pu-Stöckchen. Dieses Spiel von Pu dem Bären und Ferkel?"

Jonathon lächelte. „Gott sei Dank. Ich hatte mir schon kurz Sorgen gemacht." Er sah die Zweige prüfend an, brach sie in ungefähr gleich große Stücke und reichte Mike die eine Hälfte. „Na los. Wir haben drei Versuche. Der Gewinner spendiert Kaffee und Kuchen in der Teestube."

Schmunzelnd schüttelte Mike den Kopf. „Ich kann nicht glauben, dass ich das überhaupt in Erwägung ziehe. Ich bin jetzt zweiundvierzig, und du willst, dass ich ein paar Stöckchen in den Fluss schmeiße."

Jonathon fiel die Kinnlade herunter. „‚Dass ich ein paar Stöckchen … in den Fluss … schmeiße.' Oje, ich habe es hier mit einem richtigen Banausen zu tun."

Mike ignorierte ihn und beugte sich mit ausgestrecktem Arm und einem Zweig zwischen den Fingern über die niedrige Mauer. „Also, worauf wartest du noch?", fragte er.

Jonathon stieß ein lautes Knurren aus und schimpfte leise über Leute, die Pu-Stöckchen nicht ernst nahmen. Er stand ein paar Schritte von Mike entfernt und hielt seinen eigenen Zweig zum Abwurf bereit. „Bei drei lassen wir los, okay?"

Mike nickte.

„Eins, zwei … drei!"

In dem Moment, als die Stöcke ins Wasser fielen, rannte Jonathon auf die andere Seite der Brücke und spähte ins schattige Wasser, um zu sehen, wessen Stock zuerst auftauchte. Er stieß mit der Faust in die Luft, als sein eigener Stock das Rennen machte.

Mike seufzte. „Und dies hier, meine Damen und Herren, ist der zukünftige Herr über das Anwesen."

Jonathon grinste. „Ist da etwa jemand ein schlechter Verlierer?"

Mike hielt ihm bereits den nächsten Zweig hin. „Noch zwei Versuche, schon vergessen?"

Nachdem Mike zwei von drei Runden gewonnen hatte, gab Jonathon sich mit Würde geschlagen. „Ich wollte dich sowieso gerne auf einen Kaffee einladen, um mich dafür zu revanchieren, dass du seit meiner Ankunft so für mich da bist."

„Erst der Spaziergang, dann der Kaffee", sagte Mike lächelnd. Er zeigte auf den Leinpfad, der am Fluss entlangführte. „Das hier ist ein sehr schöner Weg. Er führt fast bis zum Anwesen, aber so weit werden wir nicht gehen."

Jonathon nickte. „Klingt gut." Er folgte Mike, als dieser die Brücke verließ und sich nach links drehte, und schon bald schlenderten sie den Kiesweg entlang.

„Da hinten gibt es noch eine andere Brücke", erklärte Mike. „Hast du die schon mal gesehen?"

Jonathon kramte in seinem Gedächtnis. „So eine Seilbrücke aus Holz?" Er konnte sich dunkel an die Sonntagsspaziergänge nach dem Mittagessen auf dem Anwesen erinnern, bei denen sein Vater eine traditionelle Landhaustracht mit einem silberbeschlagenen Spazierstock und schweren Wanderstiefeln getragen hatte.

„Da wären wir."

Jonathon konnte die Brücke in der Ferne sehen. „Da ist jemand."

Mitten auf der Brücke stand ein großer, schlanker Mann, der etwas ins Wasser warf, wo mindestens zehn bis fünfzehn Enten und Erpel kreisten. Die glänzenden grünen Köpfe der Erpel reflektierten das Sonnenlicht, und die Vögel kämpften mit wildem Flügelschlagen um das Futter.

Dann bemerkte Jonathon eine weitere Person am Ufer. Es war eine ältere Frau, die in einem Elektromobil saß und das Geschehen mit teilnahmsloser Miene beobachtete.

„Andrew!", rief Mike.

Der schlanke Mann drehte sich um und lächelte. „Hi. Schöner Tag für einen Spaziergang, nicht wahr?" Er nickte in Richtung des Ufers. „Mum brauchte etwas frische Luft." Sein Blick fiel auf Jonathon, und für einen kurzen Moment sah dieser eine starke Emotion in Andrews Augen aufblitzen. Dann war sie wieder verflogen. „Sie müssen Jonathon de Mountford sein. Mein ... aufrichtiges Beileid."

„Vielen Dank", murmelte Jonathon höflich. Andrew sah nicht viel älter aus als er, aber er wirkte irgendwie erschöpft und vom Leben gezeichnet.

„Das ist Andrew Prescott, und das ist seine Mutter Amy", erklärte Mike. „Sie leben noch kürzer im Dorf als ich."

„Freut mich, Sie kennenzulernen, Mrs Prescott." Jonathon ging auf sie zu und streckte ihr die Hand entgegen. Zu seiner Verwunderung starrte sie ihn einfach an, ohne eine Reaktion zu zeigen. Jonathon zog seine Hand hastig wieder zurück.

„Sie müssen meine Mutter entschuldigen." Andrew eilte von der Brücke, die durch die Bewegung leicht ins Schwanken geriet. Er warf Jonathon einen entschuldigenden Blick zu. „Sie ist im Moment nicht sie selbst." Dabei klopfte er ihr auf die Schulter. „Wird Zeit, dass ich dich nach Hause bringe, was?" Andrew nickte ihnen zu. „Man sieht sich", sagte er zu Jonathon, als das Elektromobil seiner Mutter sich in Bewegung setzte und den Weg zum Dorf entlangfuhr.

„Bestimmt." Jonathon sah ihnen nach, bis sie hinter einer Biegung im Fluss verschwunden waren. Er wandte sich an Mike. „Was hatte das denn zu bedeuten?"

Mike zuckte mit den Schultern. „Keine Ahnung. Sie redet sowieso nie viel, aber das war das erste Mal, dass ich sie so erlebt habe. Sie wirkte fast schon …"

„Feindselig", beendete Jonathon seinen Satz. „Als ob sie mich hassen würde."

„Weckst du eigentlich immer so starke Gefühle in Menschen, die dich gerade zum ersten Mal treffen?" Mikes warme braune Augen funkelten vergnügt hinter seiner Brille.

Jonathon hob die Augenbrauen. „Warum? Was ging denn *dir* bei unserer ersten Begegnung durch den Kopf?"

Mike verkniff sich ein Lächeln. „Ich habe dich für einen kleinen Klugscheißer gehalten."

„Einen kleinen Klugsch…?" Er unterbrach sich und fing an zu lachen, als er Mikes Grinsen sah. „Na schön. Dann darfst du die Enten eben nicht füttern."

„He, das war doch meine Idee!", erwiderte Mike.

Jonathon schenkte ihm ein sanftes Lächeln. „Ja, aber *ich* habe die Tüte mit dem Brot." Und damit schlenderte er lässig auf die Brücke, griff in die Plastiktüte und brach kleine Brotstücke ab.

„Äh, Jonathon?"

Er blickte auf. Mike hielt grinsend die Seile fest. „Meinst du, du schaffst es, auf den Beinen zu bleiben, während du die Enten fütterst?"

Jonathon starrte ihn an. „Wag. Es. Ja. Nicht."

Mike ließ los und betrat die Brücke mit der gleichen Lässigkeit, die Jonathon gerade an den Tag gelegt hatte. Er streckte seine Hand aus. „Brot, bitte."

Jonathon seufzte und reichte ihm ein großes Stück. „Na gut, diese Runde geht an dich."

Mike schüttelte den Kopf. „Vergiss ja nicht das Pu-Stöckchen-Duell." Dann wandte er sich den Enten zu und begann, kleine Stücken in den Fluss zu werfen.

Jonathon versuchte gar nicht erst, sein Lächeln zu verbergen. Mike wurde ihm immer sympathischer.

7

„DU MACHST dich hinter der Bar ganz schön nützlich", meinte Mike, während er die Theke abwischte. Es war fünfzehn Uhr. Die Mittagsgäste waren gegangen, und sie hatten drei Stunden Zeit, bevor der Pub am Abend wieder öffnete.

Jonathon verbeugte sich. „Oh, vielen Dank. Ich würde ja sagen, dass ich schnell lerne, aber das wäre gelogen." Als Mike ihm einen fragenden Blick zuwarf, errötete er. „Als ich in Australien war, um an meinem ersten Bildband zu arbeiten, habe ich bei einem Typen gewohnt, der eine Strandbar betrieben hat."

Mike zog die Augenbrauen hoch. „Soso, du hast bei ihm ‚gewohnt'? Wenn das mal kein Euphemismus ist."

Jonathon kicherte. „Okay, da hast du mich erwischt. Wir waren ungefähr drei Wochen zusammen. Als ich weiterzog, hat sich die Sache irgendwie von alleine erledigt. Jedenfalls hat er mir die eine oder andere Sache beigebracht."

„Das kann ich mir vorstellen", murmelte Mike.

Jonathon warf ihm einen mahnenden Blick zu. „Über die Arbeit in einer Bar natürlich. Wie sich herausgestellt hat, kann ich ziemlich geschickt mit einem Cocktailshaker umgehen." Er rieb sich in falscher Bescheidenheit die Fingernägel am Hemd.

Mikes Augen funkelten. „Da hast du mich gerade auf eine Idee gebracht."

Beim Anblick von Mikes Grinsen wurde Jonathon plötzlich sehr misstrauisch. „Oh-oh."

Mike hob abwehrend die Hände. „Nichts allzu Aufwändiges. Ich habe mir nur gedacht …"

„Hmmm?"

„Ab und zu will hier mal jemand einen Cocktail bestellen, aber die meisten Leute im Dorf bleiben bei ihrem Bier, einem Cider oder einem Glas Wein. Was hältst du davon, wenn ich heute Abend ein … Cocktail-Happy-Hour-Schild aufstelle?"

Jonathon sah ihn unverwandt an. „Und soll die auch tatsächlich eine Stunde dauern?"

Mike schnaubte. „Nicht unbedingt. Ich habe mir eher gedacht, dass wir es so lange wie möglich anbieten. Zum einen wäre es mal etwas Neues. Zum anderen würde es sich ja rumsprechen. Und seien wir mal ehrlich: Du hast den Laden schon zu seinen besten Zeiten gesehen. Er war nicht gerade voll, oder?"

Jonathon musste zugeben, dass Mike nicht ganz unrecht hatte. Und es könnte sich zumindest als guter Zeitvertreib erweisen.

„Okay, ich bin dabei." In seiner Fantasie sah er sich schon als Tom Cruise, der einen Edelstahl-Cocktailshaker in die Luft warf und hinter dem Rücken mit einer Hand auffing.

Dann kehrte er wieder in die Realität zurück. *Überlass die Prahlerei lieber denjenigen, die wissen, was sie tun.*

Mikes strahlendes Lächeln erfüllte ihn mit Zufriedenheit. „Prima! Ich werde so schnell wie möglich die Tafel anbringen."

Jonathon schüttelte den Kopf. „Ich bin hier der Kreative. Zeig mir, wo du deine Kreide aufbewahrst, und überlass den Rest einfach mir."

Mike wischte sich über die Stirn und stieß einen theatralischen Seufzer aus. „Gott sei Dank. Du hast meine Kunstversuche noch nie gesehen, oder? Meine Zeichnungen könnte eh niemand entschlüsseln." Er machte sich auf die Suche nach der Kreide und ließ Jonathon allein in der Bar zurück.

Als Allererstes verschaffte sich Jonathon einen schnellen Überblick über Mikes Barbestand. Es war nicht so schlimm, wie er es für einen Dorfpub erwartet hatte, aber ihr Cocktail-Sortiment würde zunächst noch etwas spärlich ausfallen müssen. *Ich könnte ja auch meine eigenen Kreationen mixen.* Das dürfte … interessant werden. Dann schnaubte er. *Und vielleicht sogar tödlich.*

Der Morgenspaziergang war eine angenehme Ablenkung gewesen, aber seit der Rückkehr in den Pub kreisten sich seine Gedanken wieder um Dominic. Er wusste nicht, ob seine Erwartungen zu hoch waren. Schließlich war die Polizei erst seit Freitagmorgen an dem Fall dran, und bestimmt dauerte es länger als achtundvierzig Stunden, um Dominics Mörder zu fassen. Trotzdem hatte er gehofft, dass sie zumindest *irgendwas* finden würden.

„Was geht dir gerade durch den Kopf? Na ja, ich kann es mir ja eigentlich schon denken." Mike stand neben ihm und legte die Kreideschachtel auf die Theke.

„Du würdest lachen." Jonathon wagte kaum auszusprechen, was ihm gerade in den Sinn gekommen war. Es klang so lächerlich.

„Das weißt du erst, wenn du es mir erzählt hast." Mike verschränkte die Arme vor seiner breiten Brust.

Jonathon seufzte. „Ich kann hier nicht einfach rumsitzen und nichts tun. Ich will …"Er zögerte. Schließlich war Mike ein ehemaliger Polizist.

„Was willst du?" Mikes unerwartet sanfter Ton ermutigte ihn.

„Ich will selbst herausfinden, was mit Dominic passiert ist." Jonathon reckte sein Kinn vor und wartete auf Mikes unvermeidbare Antwort. Was er stattdessen zu hören bekam, nahm ihm den Wind aus den Segeln.

„Okay."

Jonathon blinzelte mehrmals. „Okay? Kein Widerspruch? Kein *Überlass das lieber mal den Profis?*"

Mike schnaubte. „Ich bin mir sicher, dass die Polizei hier im Dorf tut, was sie kann. Außerdem hat sie ja jetzt Verstärkung von dem besten und klügsten Ermittler, den die Met zu bieten hat." Er verdrehte die Augen. „Ich bin mir ziemlich sicher, dass Gorland sich genauso sieht. Aber ich bin mir ebenso sicher, dass es Wege gibt, die uns zur Wahrheit führen können."

„Uns?"

Mike sah ihn ruhig an. „Du glaubst doch nicht, dass ich dich das alleine machen lasse? Du bist vielleicht der Experte, wenn es darum geht, ein paar Fotos zu machen, und …"

„Ein paar Fotos zu machen?"

Mike grinste. „Und ob du obendrein auch ein Händchen für Cocktails hast, wird sich heute Abend zeigen. Aber *ich* bin hier der Ex-Detektiv, also habe ich vielleicht paar gute Einfälle. Okay?"

„Einverstanden."

„Und was das betrifft … Ich habe da eine Idee, die unter Umständen etwas … illegal ist."

Jetzt hatte er Jonathons volle Aufmerksamkeit. „Was schwebt dir vor?"

„Ich möchte einen Blick in den Bericht der Gerichtsmedizinerin werfen."

Jonathon erstarrte. „Und wie genau willst du das anstellen? Einfach anrufen und fragen, ob du ihn dir ansehen kannst?" Er konnte sich DI Gorlands Reaktion bildlich vorstellen.

Mike schmunzelte. „Damit liegst du tatsächlich gar nicht so falsch. Ich wollte Graham Billings fragen, ob er uns eine Kopie davon besorgen kann."

„Constable Billings?"

Mike nickte. „Vertrau mir. Die Chancen stehen gut, dass er Ja sagt." Er zückte sein Handy und scrollte sich durch das Adressbuch. „Graham. Hast du kurz Zeit? Ich muss dich um einen großen Gefallen bitten." Er ging zum Fenster hinüber und senkte die Stimme. Jonathon beobachtete ihn und versuchte abzuschätzen, wie der Anruf verlaufen würde. Nach ein paar Minuten beendete Mike das Gespräch und kam wieder zu ihm. „Er wird in einer halben Stunde hier sein."

„Echt jetzt?" Jonathon war sprachlos.

Mike lächelte. „Okay. Ich wohne zwar erst seit elf Monaten hier, aber in der Zeit gab es keinen einzigen Polizeieinsatz wegen betrunkenen oder rüpelhaften Verhaltens – was bei meinem Vorgänger offenbar nicht der Fall war."

„Aha." Das erklärte einiges. „Er findet, dass du den Pub gut im Griff hast. Weniger Arbeit für ihn."

„Ja. Hinzu kommt der kleine, aber feine Umstand, dass ich seinen Onkel schon sehr lange kenne. Wir haben damals in London zusammengearbeitet, als ich neu bei der Polizei war." Mit einem Zwinkern tippte Mike sich an die Nase. „Vitamin B ist alles."

Das erklärte sogar noch mehr.

Als Constable Billings eintraf, wirkte er jedoch etwas angespannt. Er hielt einen großen braunen Umschlag in der Hand und sah sich verstohlen im Pub um, als würde er damit rechnen, dass DI Gorland jeden Moment hinter einem

Stuhl hervorspringen würde. „Du weißt schon, dass ich dafür erschossen werden könnte, oder?"

Mike zog die Augenbrauen hoch. „Erstens: *Erschossen werden* ist ein bisschen übertrieben. Zweitens: Er wird nichts davon erfahren. Drittens: Du musst uns den Bericht nicht einmal geben. Wir wollen nur einen Blick darauf werfen." Als der Constable sich auf die Lippe biss und die Stirn runzelte, tätschelte Mike ihm den Arm. „Und sieh es mal so: Was, wenn *wir* anstatt von Gorland herausfinden, wer es getan hat? Das würde dich gut dastehen lassen."

Constable Billings musste vor Verwunderung husten. „Was – du würdest mir die Lorbeeren für die Verhaftung überlassen? Natürlich vorausgesetzt, dass wir damit Erfolg haben."

„Na ja, *ich* kann die Lorbeeren ja schlecht einheimsen, oder?" Mikes träges Lächeln ließ Jonathon einen innerlichen Salto machen, doch dann schob er alle derartigen Gedanken beiseite. *Schluss damit.* Er musste sich jetzt auf wichtigere Dinge konzentrieren.

Nach einem kurzen Zögern reichte Constable Billings Mike den Umschlag.

„Jetzt kommen wir der Sache langsam näher." Mike zog das Blatt Papier heraus und nahm es genau unter die Lupe.

Plötzlich bemerkte Jonathon, dass sein Herz schneller klopfte. „Und?"

„Alles Sachen, die wir bereits wissen, wie die Prellungen und die gebrochenen Rippen. Und die …"Mike verstummte.

„Was ist los?" Jonathon trat näher heran, um selbst einen Blick auf das Dokument zu werfen.

„Sie haben den Todeszeitpunkt geschätzt." Mike blickte zu Jonathon hoch. „Dominic ist nicht am Freitagmorgen gestorben. Es war eher Donnerstagabend." Mike überflog das Blatt. „Er ist auf die Kante des Kamins gefallen und hat sich den Kopf angeschlagen. Er war wohl sofort tot."

Jonathon betete, dass es so war. Seine Brust zog sich zusammen bei dem Gedanken, dass Dominic die ganze Zeit dort gelegen hatte, während sein Leben langsam dahinschwand. „Steht da sonst noch etwas? Wurde irgendwas an der Leiche gefunden, was uns Hinweise gibt?"

Constable Billings schenkte ihm ein schwaches Lächeln. „Sie haben zu viel *CSI* geguckt, Kumpel. Ich meine … Sir."

Jonathon schmunzelte. „Ich glaube, *Kumpel* hat mir besser gefallen." Er stupste Mike an. „Und? Steht da sonst noch etwas?"

„Keine Faserspuren, aber dafür haben sie etwas anderes Merkwürdiges gefunden. Auf Dominics Kleidung waren Pollen."

„Pollen? Von was?"

„Hier steht nur, dass es sich möglicherweise um Lilienpollen handeln könnte. Sie wurden zum Test ins Labor geschickt." Mike schaute Jonathon an. „Wachsen Lilien in den Gärten des Anwesens? Oder stehen irgendwo im Haus welche?"

Jonathon rief sich das Bild der Gärten in den Kopf. „Nicht, dass ich wüsste. Vielleicht sollten wir uns dort mal umsehen." Dann kam ihm ein Gedanke, der ihm einen eiskalten Schauer über den Rücken jagte. „Wir dürfen den Teppich nicht vergessen."

„Wie meinst du das?"

„Wir wissen jetzt, dass Dominic einen ziemlich harten Stoß gegen das Brustbein abbekommen hat, richtig? Und das hat ihn zu Fall gebracht. Jemand hat sich die Mühe gemacht, es so aussehen zu lassen, als wäre er über den Teppich gestolpert." Er sah Mike in die Augen. „Können wir uns ganz sicher sein, dass es kein Unfall war?"

Mikes Gesicht war voller Mitgefühl. „Das können wir erst mit Sicherheit sagen, wenn wir alle Fakten kennen." Er steckte den Bericht zurück in den Umschlag und reichte ihn Constable Billings. „Vielen Dank dafür."

„Nicht der Rede wert." Constable Billings verengte die Augen. „Und das meine ich wörtlich. Rede bloß mit niemandem darüber."

„Schon verstanden." Mike begleitete ihn zur Tür. Als er zurückkam, hob Jonathon sein Kinn und sah Mike in die Augen.

„Ich kann nicht rumsitzen und darüber nachgrübeln. Ich werde noch verrückt." Alleine der Blick auf den Bericht der Gerichtsmedizinerin hatte Jonathons Magen wieder in Aufruhr versetzt.

„Dann mach etwas anderes", erwiderte Mike knapp. „Du könntest eine Einkaufsliste mit den Zutaten schreiben, die du für heute Abend brauchst, und eine Getränkekarte mit den Cocktails zusammenstellen, die wir anbieten wollen."

„Ich habe schon einen Blick auf deine Regale geworfen." Jonathon deutete auf die Flaschenreihe. „Wir brauchen unter anderem Limetten, Zitronen, Saft, Oliven …"

„Dann wollen wir uns mal auf die Socken machen." Mike ging auf die Tür zu.

„Wohin gehen wir?"

„In den Dorfladen. Der hat jeden Tag bis neun Uhr geöffnet und hat alles auf Lager. Na ja, fast alles."

Jonathon lächelte. „Worauf warten wir noch?" Er war für jede noch so kleine Ablenkung dankbar.

„WODKA MARTINI? Ist das nicht das Lieblingsgetränk von James Bond?"

Jonathon grinste die attraktive Frau an, die einen Blick auf die Cocktailkarte warf. „Ja, genau. Wodka, Wermut, Eis und eine Olive. Möchtest du mal probieren?" Ihm gefiel Rachel Meadows Gesichtsausdruck – eine Mischung aus Interesse und Sehnsucht, als sei das Trinken von Cocktails ein unerlaubter Akt.

„Ooh." Sie lächelte. „Dann nehm ich einen."

„Kommt sofort." Jonathon schnappte sich die Flaschen und begann, die Flüssigkeit in den Shaker zu füllen. Er zwinkerte ihr zu. „Und das hier wird definitiv geschüttelt, nicht gerührt." Energisch schwenkte er mit dem Edelstahlbehälter.

Rachel kicherte.

„Ich kann nicht glauben, dass du das gerade gesagt hast", raunte Mike neben ihm. Er ließ den Blick durch den Pub schweifen. Nahezu jeder Tisch war besetzt, ebenso wie die Sitzpolster im Erker. „Das war eine tolle Idee. Ich habe den Laden noch nie so voll gesehen."

„Ah, aber sind die Leute wegen der Getränke hier oder wegen des neuen Barkeepers?" Der Mann, der vor Mike auf einem Hocker saß, neigte den Kopf in Jonathons Richtung. „Ich vermute Letzteres. Sie wollen alle einen Blick auf den jungen de Mountford erhaschen."

Mike schnaubte. „Kann schon sein, aber solange sie hier auch etwas trinken, bin ich zufrieden."

Jonathon lachte. „Ach, so ist das. Ich bin also ein Zugpferd?" Er schenkte den Cocktail in ein Glas, ließ eine Olive hineinplumpsen und fügte eine Zitronenscheibe hinzu. „Bitte schön." Er stellte das Getränk vor Rachel ab.

Der Mann zu ihrer Linken schmunzelte. „Du solltest lieber aufpassen, Rachel. Dein wievielter Drink ist das jetzt?"

Sie lächelte ihn verschmitzt an. „Ich zähle nicht mit. Und wenn du ein Gentleman wärst, Paul Drake, dann würdest du auch nicht mitzählen. Außerdem ist es nur fair. Jonathon hat heute Morgen meine Kuchen probiert. Da muss ich mich doch revanchieren, oder?" Rachel Meadows zwinkerte Jonathon zu.

„Natürlich", entgegnete Jonathon mit großen Augen. „Wie ist der Martini?", fragte er, als sie einen vorsichtigen Schluck nahm.

„Uh, lecker." Rachel strahlte. „Ich glaube, den hier finde ich besser als den Cuba Libre."

Paul schnaubte. „Ach, komm schon. Das ist doch nur ein ausgefallener Name für Rum mit Cola."

„Erstaunlich, was ein Stück Limette aus einem Getränk machen kann, nicht wahr?" Jonathon amüsierte sich prächtig. Er schaute auf Pauls leeres Bierglas. „Willst du auch mal einen probieren?"

Paul warf einen Blick auf die Tafel mit der Getränkeliste. „Hm, ich weiß nicht so recht. Die Namen klingen alle ziemlich extravagant. Ich meine: Piña colada, Daiquiri, Cosmopolitan, Tequila Sunrise ... Das sind doch alles typische Frauengetränke."

Jonathon biss sich auf die Lippe. „Ich glaube, da habe ich genau das Richtige für dich." Er dosierte die Spirituose im Shaker auf Eis und fügte Saft hinzu. Nachdem er den Cocktail kurz geschüttelt hatte, goss er ihn in ein niedriges Glas und stellte ihn vor Paul auf dem Bierdeckel ab. „Hier. Ein richtiges Männergetränk."

„Was ist das?" Paul hob das Glas an und führte es an seine Lippen.

Jonathon grinste. „Ein Screwdriver."

Mike stieß einen Laut aus, der irgendwo zwischen Schmunzeln und Schnauben lag.

Paul lachte. „Na gut. Das habe ich mir wohl selbst eingebrockt." Er nahm einen großen Schluck und schmatzte mit den Lippen. „Ich hatte schon immer eine Vorliebe für Wodka mit Orange." Dann warf er einen Blick über seine Schulter zu einem Tisch, an dem ein Paar saß. „He, Trevor. Hast du schon einen von diesen Cocktails für deine Frau bestellt? Sarah würde den Cosmopolitan bestimmt lieben. Das ist doch das Getränk aus *Sex and the City*, oder?"

Jonathon lachte laut auf. „Du steckst voller Geheimnisse. Ich hätte nicht erwartet, dass du dich mit *Sex and the City* auskennst." Paul wirkte wie der typische Kerl vom Land - etwas rau, aber mit dem Herz am rechten Fleck.

Paul lächelte selbstgefällig. „Du wärst überrascht, was ich mir so alles in der alten Flimmerkiste reinziehe. Ich bin sehr gebildet. Stimmt's, Trev?"

Trevor schaute über die Bar in ihre Richtung, und Jonathon hätte schwören können, dass er kurz zusammengezuckt war. Dann zerrte er seine Frau am Arm. „Wir sollten jetzt lieber mal heimgehen, oder?" Er sprach leise, aber Jonathon konnte ihn trotzdem verstehen.

Sarah blinzelte. „Was? Wir sind doch erst seit einer halben Stunde hier. Und ich habe noch gar keinen Cocktail probiert."

Trevor zog seine Hand zurück. „Na schön. Vergiss, dass ich etwas gesagt habe. Such du dir einen Cocktail aus. Ich will nichts."

Sarah runzelte die Stirn, stand vom Tisch auf und ließ Trevor mit seinem leeren Glas zurück.

„Ach du Scheiße", raunte Mike. „Ich glaube, die Welt ist gerade stehen geblieben."

„Wie meinst du das?", fragte Jonathon aus dem Mundwinkel, während er Sarah beim Lesen der Karte zusah.

„Trevor Deeping. Einer meiner besten Kunden. Er trinkt mehr als jeder andere Kerl hier." Mike hielt kurz inne. „Wenn ich so darüber nachdenke, habe ich ihn hier schon seit ein paar Tagen nicht mehr gesehen."

Jonathon musterte Trevor neugierig. „Warum er sich wohl ferngehalten hat?"

Mike schmunzelte. „Und schon fängt dein Spürnasenhirn wieder an zu rattern."

„Was?" Jonathon runzelte die Stirn. „Ich finde es einfach nur sehr interessant, wenn Menschen von ihren üblichen Verhaltensmustern abweichen."

„Was ist alles in einem Mojito?", erkundigte sich Sarah.

„Weißer Rum, Sprite, Minze, Limette und Zucker." Jonathon schenkte ihr ein schiefes Lächeln. „Möchten Sie einen probieren?"

„Uh, sehr gerne. Klingt exotisch."

Er lachte und fing an, die Minzblätter, die Limette und den Zucker zu zerkleinern, wobei ihm Sarah fasziniert zusah. Seine Gedanken waren jedoch nicht bei dem Cocktail. Sie kreisten um Trevor, der immer wieder auffällig nervöse Blicke in Jonathons Richtung warf.

Warum hast du Angst, mir in die Augen zu sehen, Trevor? Denn das war offensichtlich.

Dann gab er sich einen Ruck. Mike hatte recht. Er fing schon an, überall Verdächtige zu sehen.

8

JONATHON WAR gerade dabei, die Gläser einzusammeln, als er zufällig einen Blick durchs Fenster warf und erstarrte. „Mike? Du hast Besuch."

Mike blickte von der Bar herüber. „Verdammt. Ich frage mich, was er hier will. Kannst du ihn reinlassen? Ich habe gerade erst die Tür verriegelt."

„Na klar." Jonathon stellte die Gläser auf einem Tisch in der Nähe ab und machte sich daran, die schwere Eingangstür des Pubs aufzusperren. Er setzte ein höfliches Lächeln auf, als die Tür aufschwang. „Detective Inspector Gorland. Ist das ein Freundschaftsbesuch oder haben Sie Neuigkeiten über meinen Onkel für mich?"

DI Gorland betrachtete ihn mit neutraler Miene. „Mr de Mountford. Wie ich sehe, sind Sie immer noch hier."

„Das wird auch so bleiben, bis Sie mir die Erlaubnis erteilen, aufs Anwesen zu ziehen."

„Ist Mike da?"Gorland ging an ihm vorbei in den Pub und Jonathon folgte ihm. Er konnte gut verstehen, warum Mike ihn nicht leiden konnte.

„John. Was kann ich für dich tun?" Mike legte sein Tuch ab und kam hinter der Theke hervor.

„Ich komme direkt zur Sache: Wo ist deine Schwester?"

Mike erstarrte. „Ich weiß es nicht. Ich habe sie seit dem letzten Wochenende nicht mehr gesehen und auch nichts von ihr gehört."

DI Gorland zog die Augenbrauen hoch. „Findest du es nicht seltsam, dass sie sich seit über einer Woche nicht bei dir gemeldet hat?"

„Warum willst du wissen, wo sie ist?"

„Weil sie verhört werden soll. Wir haben auf Dominics Laptop E-Mails gefunden, die sie ihm geschrieben hat. Außerdem einige anonyme Briefe, von denen wir sicher sind, dass sie auch von ihr stammen."

Mike runzelte die Stirn. „Was für E-Mails? Und was für anonyme Briefe?" Sein Blick huschte kurz zu Jonathon und Jonathons Kehle schnürte sich zu. In Mikes warmen Augen lag Angst.

„In den E-Mails hat sie ihn davor gewarnt, die Jagd tatsächlich stattfinden zu lassen. Die Briefe hingegen waren nicht im Entferntesten subtil: Bilder von einem Fuchs, der von Hunden zerfleischt wurde."

Mikes Augen weiteten sich. „Diese Briefe könnte ja jeder geschickt haben. Seien wir mal ehrlich: Das ganze Dorf wusste über Dominics Pläne Bescheid, vor allem, nachdem …"

DI Gorlands Augen funkelten. „…nachdem was? Nachdem sie mit Dominic hier in deinem Pub in einen heftigen Streit geraten war? Nachdem mehrere Zeugen gehört haben, wie sie gedroht hat, ihn umzubringen?" Er verzog das Gesicht. „Die Tatsache, dass sie seit seinem Tod nicht mehr gesehen wurde, ist höchst verdächtig - das musst du doch selbst zugeben. Aber wir wollen sie einfach nur aus unseren Ermittlungen ausschließen können."

„Ach, mir machst du doch nichts vor." Mikes Augen loderten. „Hast du etwa schon vergessen, womit ich früher mein Geld verdient habe? Du willst ihr das anhängen. Aber sie war das nicht."

„Dann hat sie doch nichts zu befürchten, wenn sie uns ein paar Fragen beantwortet, oder? Und komm bloß nicht auf die Idee, ihren Aufenthaltsort zu verheimlichen. Es sei denn, du willst Probleme wegen Behinderung der polizeilichen Ermittlungen kriegen."

„Ich habe die Wahrheit gesagt", entgegnete Mike. „Ich habe kein einziges Wort von ihr gehört."

„Und wenn wir schon beim Thema sind …"DI Gorland zückte seinen Notizblock. „Wo warst du am Donnerstagabend?"

„Ich?" Mikes Augen weiteten sich.

DI Gorland sah ihn mit ruhigem Blick an. „Uns wurde zugetragen, dass du Dominic nach seinem Streit mit Sue gewarnt hast, er solle sich von ihr fernhalten." Er setzte ein kühles Lächeln auf, das Jonathon ihm am liebsten aus dem Gesicht gefegt hätte. „Dachtest du etwa, wir würden davon nicht Wind bekommen?"

Seine Worte hingen in der Luft. Jonathon drehte den Kopf zu Mike. *Moment - wie bitte?* Einen Streit mit Dominic hatte Mike kein einziges Mal erwähnt. Der Gedanke, dass Mike ihm nach wie vor etwas verheimlichte, erfüllte ihn mit Unmut. *Was hat er noch alles zu verbergen?* Dann wurde ihm plötzlich die ganze Tragweite von DI Gorlands Frage bewusst. Der Inspektor glaubte, dass Mike es getan haben könnte. Aus Gründen, die er selbst nicht ganz nachvollziehen konnte, hielt Jonathon die Luft an und betete, dass Mike ein Alibi hatte.

„Du klammerst dich aber auch an jeden Strohhalm, oder?" Mikes Gesicht war ausdruckslos. „Ich war früher selbst bei der Polizei. Von wie vielen Ex-Polizisten hast du schon gehört, die das Gesetz brechen?" Seine kühle Haltung konnte in Jonathons Augen zweierlei Gründe haben: Entweder war er unschuldig, oder er war ein verdammt guter Schauspieler.

Hoffentlich Ersteres.

DI Gorland zuckte mit den Schultern. „Du musst schon zugeben, dass das eine gute Theorie ist. Dominic bedroht Sue, also gehst du zu seinem Anwesen und warnst ihn erneut, sich fernzuhalten. Die Sache gerät außer Kontrolle, ein Streit bricht aus, du schubst ihn und er stürzt."

„Ja, aber mehr als eine Theorie ist das nicht." Mike erstarrte. „Moment mal. Donnerstagabend?"

DI Gorland setzte ein dünnes Lächeln auf. „Ganz genau. Er ist am Donnerstagabend gestorben und nicht am Freitag."

„Ich war hier und habe bis zum Ladenschluss um halb zwölf gearbeitet."

„Und danach?"

„Danach habe ich Trevor Deeping nach Hause gebracht. Er war betrunken."

DI Gorland machte sich Notizen. „Trevor Deeping?"

„Er wohnt hier im Dorf. Am Donnerstag hatte er etwas zu tief ins Glas geschaut, also ließ ich ihn bleiben, bis alle Gäste gegangen waren. Anschließend half ich ihm in mein Auto und brachte ihn nach Hause. Seine Frau Sarah war noch wach, als ich ihn abgeliefert habe."

„Kommt es öfter vor, dass du betrunkene Gäste heimfährst?" Gorlands hochmütiges Lächeln blieb unverändert.

„Wenn es in der Situation das Richtige ist, dann ja." Mike sah DI Gorland herausfordernd an. „Noch Fragen?"

„Fürs Erste wars das." Gorland steckte seinen Notizblock wieder ein. „Solltest du etwas von deiner Schwester hören, sag ihr doch bitte, dass sie sich bei uns melden soll."

„Natürlich. Jonathon, würdest du den Inspektor bitte zur Tür begleiten?"

„Aber sicher doch." Jonathon ging zum Eingang und wartete. Er nickte Gorland beim Rausgehen kurz zu und verriegelte dann die Tür. Als er zur Bar zurückkam, lief Mike bereits auf und ab und raufte sich die Haare.

„Hast du das gehört? Er will es Sue in die Schuhe schieben. Dieser miese, kleine …"

„Ja. Und sich darüber aufzuregen, hilft uns auch nicht weiter." Jonathon versuchte, einen kühlen Kopf zu bewahren. Sein Gefühl sagte ihm, dass Mike nichts mit der Sache zu tun hatte, also wollte er nicht an das Gegenteil glauben.

Mike stieß einen tiefen Seufzer aus. „Anonyme Briefe? Was zum Teufel hat sie sich dabei gedacht?"

„Also glaubst du auch, dass diese Briefe von ihr sind?"

Mike nickte. „Das klingt voll und ganz nach ihr. Du hättest mal ihre Schlafzimmerwände sehen sollen, als sie ein Teenager war - überall Greenpeace-Plakate. Aber so viel Gewalt? Ich glaube nicht, dass sie dazu fähig ist." Er zog sein Handy hervor, wählte ihre Nummer aus und hielt es an sein Ohr. „Ich versuche es einfach immer wieder. Irgendwann muss sie ja rangehen, oder?" An seinem Gesichtsausdruck war zu erkennen, dass sie den Anruf nicht entgegennahm. Mit einem verzweifelten Seufzer knallte er das Handy auf die Theke.

Jonathon wollte ihn so gerne trösten.

Mike hob langsam den Kopf und sah Jonathon in die Augen. „Hilf mir."

Die pure Verzweiflung in seinem Blick reichte aus, um Jonathon davon zu überzeugen, dass er nichts mit Dominics Tod zu tun hatte. „Wie? Was kann ich tun?"

„Kannst du mir helfen zu beweisen, dass Sue es nicht gewesen ist? Du willst den Täter doch genauso sehr finden wie ich. Also ... arbeiten wir zusammen. Beweisen wir dem Mistkerl, dass meine Schwester unschuldig ist."

„Und was, wenn wir das beweisen, aber gleichzeitig herausfinden, dass sie trotzdem gegen das Gesetz verstoßen hat?" Jonathon wartete darauf, dass Mike die richtige Antwort gab. *Lass mich jetzt nicht hängen, wo ich doch gerade anfange, an dich zu glauben.*

Mike verzog das Gesicht. „Wenn sie gegen das Gesetz verstoßen hat, muss sie auch die Konsequenzen tragen."

Jonathon atmete innerlich auf. „Dann bin ich auf deiner Seite. Finden wir heraus, wer es getan hat."

Mike erschauderte. „Danke." Er eilte auf Jonathon zu und nahm ihn fest in den Arm. Als er ihn wieder losließ, trat er einen Schritt zurück. „Jetzt sollten wir erst mal fertig aufräumen, und dann überlegen wir uns, womit wir anfangen." Er ging zur Bar hinüber und machte damit weiter, den Tresen abzuwischen.

Jonathon widmete sich wieder dem Einsammeln der Gläser, während seine Gedanken sich wild im Kreis drehten.

Wie geht es jetzt weiter?

„WIE BITTE? Heute gibt es keine Cocktails?" Paul Drake schenkte Jonathon ein verschmitztes Grinsen. „Ich dachte, das wäre ab sofort ein fester Bestandteil."

„Wir wollen es ja nicht gleich übertreiben", kommentierte Mike. „Immerhin wissen wir jetzt, dass wir sie wieder anbieten können, weil sie so gut angekommen sind." Wie Mikes glückliches Lächeln beim Abkassieren am Tag zuvor verraten hatte, war es in der Tat ein sehr erfolgreicher Abend gewesen. Jonathon war froh, dass es ihm gelungen war, sich auf so gute Weise einzubringen.

Er ließ seinen Blick über die besetzten Tische im Pub schweifen. „Trevor ist heute nicht da", raunte er Mike zu, der neben ihm stand.

„Ich dachte mir schon, dass dir das auffallen würde." Mike konzentrierte sich darauf, ein Bier zu zapfen.

„Kannst du es mir verübeln? Ich hatte gestern Abend eindeutig das Gefühl, dass er irgendwie ... Angst vor mir hatte."

Mike schnaubte. „Was? Warum sollte er ausgerechnet vor dir Angst haben? An dir ist doch nichts dran. Ein Windstoß, und schon liegst du am Boden."

Jonathon bemühte sich, ihm einen vernichtenden Blick zuzuwerfen. „Wow, vielen Dank auch." Er verstummte, als Mikes Handy klingelte. „Geh ruhig ran. Ich mache das hier fertig."

Mike grinste. „Du mixt einen Abend lang Cocktails und schon hältst du dich für Tom Cruise?" Grinsend zückte er sein Handy. Als er erstarrte, zog sich Jonathons Magen zusammen.

„Wer ist dran?", flüsterte er, ohne zu wissen, warum.

Mike sah ihm in die Augen. „Sue", entgegnete er tonlos. Er ging ein paar Schritte von der Theke weg und begann, mit gedämpfter Stimme zu sprechen. Obwohl es sich nicht gehörte, versuchte Jonathon, dem Gespräch zu lauschen.

„Wo bist du? … Warum nicht? … Pass mal auf … Die Polizei war hier. Du sollst verhört werden … Ja, ich weiß. Komm einfach nach Hause. Wir kriegen das schon hin, versprochen … Nein, das ist eine dumme Idee! … Ja, ich weiß, aber … Sue. Sue. Sue! … Komm einfach nach Hause, okay?"

Jonathon wagte kaum zu atmen. Als Mike seine Schultern senkte und einen langen Seufzer ausstieß, ertappte sich Jonathon dabei, wie er es ihm unbewusst gleichtat.

„Gut. Komm in den Pub. Du kannst ruhig hierbleiben, wenn du nicht nach Hause gehen willst. Wir haben genug Platz." Mike sah zu Jonathon herüber. „Ich habe gerade einen Gast, aber du musst dir deswegen keinen Kopf machen … Na klar … Okay, ich warte hier auf dich … Ich habe dich auch lieb … Bis dann." Er legte auf und schaute Jonathon an. „Ich denke, das Glas da ist voll genug, meinst du nicht?"

„Hm?" Jonathon blickte auf das Bierglas in seiner Hand, das kurz vorm Überlaufen war. „Oh, Mist." Er ließ den Zapfhahn los und stellte das Glas auf der Tropfschale ab.

Paul lachte. „Ich glaube, er braucht noch ein paar Lektionen, Mike."

„Oh, ich denke, das kriegt er hin." Mikes Augen funkelten. „Er lernt schnell."

Jonathon zapfte ein neues Bier und passte diesmal besser auf, wofür er mit einem Schulterklopfen von Mike und einem glücklichen Lächeln von Paul belohnt wurde. Das Bier war Jonathon aber vollkommen egal.

Er wollte wissen, was Sue am Telefon gesagt hatte.

Die Gelegenheit zu einem Gespräch ergab sich jedoch erst nach Ladenschluss, und Jonathon ergriff sie sofort, nachdem Mike die Tür verriegelt hatte.

„Und? Was hat sie gesagt? Hat sie Dominic erwähnt?"

Mike schüttelte den Kopf. „Nein, und ich auch nicht. Als ich gesagt habe, dass die Polizei sie befragen will, hat sie angefangen zu weinen. Ich habe sie noch nie so aufgewühlt erlebt. Aber ich konnte sie überreden, nach Hause zu kommen."

„Na, immerhin." Jonathon hielt inne. „Moment mal. Wenn ihr nicht über Dominics Tod gesprochen habt, warum war sie dann so aufgebracht? Warum will sie nicht nach Hause kommen?"

„Ich weiß es doch auch nicht!"

Der gequälte Ton in Mikes Stimme reichte aus, um Jonathon von seinen Fragen abzubringen.

„Okay", sagte er leise. „Wenigstens hat sie sich gemeldet und kommt nach Hause. Das ist doch die Hauptsache, oder?"

Mike nickte. Er schien in den letzten zehn Minuten gealtert zu sein. „Und wenn sie hier ist, können wir immer noch über Dominic reden."

„Was hältst du davon, wenn ich uns etwas warme Milch mache und du heute früh ins Bett gehst? Wir werden unsere geballte Konzentration brauchen, wenn wir diesen Fall lösen wollen."

Das schien Mike etwas zu beruhigen. „Du hast recht. Nach einer erholsamen Nacht sieht die Welt bestimmt ganz anders aus. Also dann, warme Milch." Er lächelte. „Nachdem wir alles aufgeräumt haben."

Jonathon nickte. „Dann mal ran an die Arbeit."

Sie konnten wahrscheinlich beide ein wenig Schlaf gebrauchen.

„HEY, MIKE? Wo ist das Brot?" Jonathon hatte bereits vergeblich alle Schränke in der Küche durchsucht, nachdem er den Brotkasten leer vorgefunden hatte.

Gähnend betrat Mike die Küche und kratzte sich im Schritt. „Hm?"

Jonathon schmunzelte. „Wie ich sehe, sind die Flitterwochen vorbei."

Mike schnaubte. „Wenn zwei Kerle sich nicht mal voreinander am Sack kratzen können, dann läuft irgendwas gehörig schief in der Welt. Und es gibt einen Grund, warum du das Brot nicht finden kannst."

„Und zwar?"

Mike grinste. „Ich habe das letzte Stück gegessen."

Jonathon verdrehte die Augen. „Na schön. Ich gehe in den Laden und kaufe Nachschub. Du kannst in der Zeit ja schon mal Kaffee aufsetzen."

Als er die Küche verließ, hörte er Mike murmeln: „Jap, die Flitterwochen sind definitiv vorbei." Das genügte, um ihn mit einem Lächeln auf den Lippen aus dem Pub zu entlassen.

Es war ein herrlicher Morgen, die Temperatur stieg bereits und Jonathon hielt kurz inne, um die frische Landluft einzuatmen. Er fühlte sich wie neugeboren und war bereit für alles, was der Tag für ihn bereithielt. So ging er schnellen Schrittes zum Laden, in dem es derart köstlich nach frischem Gebäck duftete, dass er nicht widerstehen konnte und noch ein paar Croissants kaufte. Nachdem er bezahlt und seine Einkäufe eingepackt hatte, machte er sich auf den Weg nach draußen.

„Verzeihung, aber … du bist doch Jonathon de Mountford, oder?"

Jonathon blickte von seinem Handy auf und sah eine Frau mit schulterlangen braunen Haaren, deren Augen von einer Sonnenbrille verdeckt waren. Sie kam ihm nicht bekannt vor. „Ja, genau."

Sie schenkte ihm ein zaghaftes Lächeln und nahm die Sonnenbrille ab. „Ich habe Fotos von dir im Haus deines Onkels gesehen."

Es war verblüffend, wie sehr ihn die warmen braunen Augen, die ihn mit einem Hauch von Besorgnis ansahen, an Mike erinnerten. „Du bist Sue, Mikes Schwester."

Blinzelnd starrte sie ihn an. „Du … du kennst Mike?"

Jonathon nickte. „Ich komme gerade in seinem Pub unter. Er hat dir doch gestern Abend am Telefon gesagt, dass er einen Gast hat. Das bin ich."

„Ach so." Sie runzelte die Stirn. „Aber warum übernachtest du im Pub? Wolltest du nicht eigentlich Dominic besuchen?"

Jonathon war sprachlos.

„Stimmt etwas nicht? Geht es dir gut?" Sie klang besorgt, und ihre Stirn legte sich in Falten.

Endlich fand er seine Stimme wieder. „Mike hat Dominic bei eurem Telefonat nicht erwähnt, weil du ohnehin schon so aufgewühlt warst, aber … du weißt offenbar noch gar nicht, was passiert ist."

„Was ist denn los?" Die Sorge stand ihr ins Gesicht geschrieben.

„Mike hatte vor, es dir sofort zu erzählen, wenn du bei ihm ankommst, also ist es wohl in Ordnung, wenn ich es dir sage." Er holte tief Luft und bemühte sich, sanft zu klingen. „Dominic ist tot."

Sue erblasste. „Ach du Scheiße. Wovon redest du da?"

Jonathon schob seine eigene Verwirrung beiseite. In diesem Moment schien es, als hätte Sue selbst genug damit zu kämpfen. „Er ist am Donnerstagabend gestürzt und hat sich den Kopf angeschlagen. Aber wenn du das noch gar nicht wusstest, warum bist du dann untergetaucht? Was dachtest du denn, warum die Polizei mit dir reden will?"

„Ich dachte nur, sie wüssten von …"Sie presste die Lippen zusammen, die Augen weit aufgerissen.

Irgendetwas stimmte hier nicht, und Jonathon hatte das Gefühl, dass er der Sache nur auf den Grund gehen konnte, wenn er sie zu Mike brachte.

Dann schien bei ihr plötzlich der Groschen zu fallen. „Die Polizei denkt, ich hätte was mit seinem Tod zu tun?" Sue wurde kreidebleich. Er nickte, und ihr fiel die Kinnlade herunter. „Ich schwöre, ich hatte keine Ahnung, dass …"

„Schon gut. Komm jetzt erst mal mit mir mit. Mike wird sich so freuen, dich zu sehen. Wir können im Pub über alles reden." Jonathon sah sich kurz um, als würde er befürchten, dass die Polizei jeden Moment über sie herfiel. Auch wenn es eine unbegründete Angst war, konnte er sie nicht unterdrücken.

Sie nickte. „Okay." Ihre Stimme klang brüchig, und sie zitterte am ganzen Körper. „Oh mein Gott. Der arme Dominic."

„Nicht hier. Das ist nicht der richtige Ort. Wir gehen jetzt zusammen zum Pub, okay?"

„Okay." Ein weiterer Schauer durchfuhr sie, und Jonathon ging instinktiv auf sie zu, um einen Arm um ihre Schultern zu legen.

„Schon gut, ich bin da. Lass uns zu Mike gehen." Er spürte die Blicke der Passanten, als er sie aus dem Laden führte.

Je eher er mit ihr im Pub ankam, desto besser.

9

„OH, GOTT sei Dank." Mike hatte seine Arme mit geschlossenen Augen um Sue gelegt. Für Jonathon sah es so aus, als habe er Angst, sie loszulassen.

Sue klammerte sich schluchzend an ihn.

„Ich gehe mal Kaffee holen." Jonathon ließ sie allein, weil er das Gefühl hatte, dass sie etwas Zeit für sich brauchten. Er ging in die Küche und nahm eine dritte Tasse aus dem Schrank. Aus dem Pub drangen gedämpfte Stimmen, aber Jonathon hörte nicht hin. Wenn es etwas gab, was er wissen musste, vertraute er darauf, dass Mike es ihm schon sagen würde.

Als er gerade den Kaffee einschenkte, betrat Mike die Küche.

„Sie ist nach oben gegangen, um sich frisch zu machen. Wenn sie fertig ist, gehe ich mit ihr zur Polizei."

„Sie kommt freiwillig mit?" Jonathon blinzelte. Nach der Art und Weise, wie sie im Laden mit ihm gesprochen hatte, war es das Letzte, womit er gerechnet hätte.

Mike schaute finster drein. „Ich habe ihr nicht gerade eine Wahl gelassen. Sie will mir nicht verraten, wo sie gewesen ist, und die Sache löst sich ja nicht einfach so in Luft auf. Wenn Gorland ihr ein paar Fragen stellt, kann er sie wenigstens aus seinen Ermittlungen ausschließen."

„Aber wieso sollte sie mit ihm reden, wenn sie sich nicht einmal dir anvertraut?" Jonathon stellte drei Tassen Kaffee auf den Tisch.

„Na ja, ich hoffe mal, dass er etwas Furcht einflößender auf sie wirkt als ihr großer Bruder."

Jonathon setzte sich. „Ich glaube wirklich, sie hatte keine Ahnung, dass er tot ist." Eine solche Reaktion hätte sie auf keinen Fall vortäuschen können.

„Das denke ich auch. Ich wünsche nur, sie würde mir sagen …"

Sue stand räuspernd in der Tür und schenkte Jonathon ein strahlendes Lächeln. „Uh, Kaffee. Riecht gut." Sie nahm ihm gegenüber Platz und griff nach einer Tasse.

„Wo ist Sherlock?", fragte Mike.

„Bei … einer Freundin." Sue nippte an dem aromatischen Getränk. „Es geht ihm gut. Wahrscheinlich würde er am liebsten dableiben. Meine Freundin hat einen Golden Retriever, und ich glaube, Sherlock ist ein bisschen verliebt." Sie blickte Jonathon an. „Dein Verlust tut mir so leid. Dominic hielt große Stücke auf dich. Jedes Mal, wenn eines deiner Fotos in der Zeitung oder einem Magazin veröffentlicht wurde, hat er es ausgeschnitten und in ein Sammelalbum geklebt. Er hat sie mir immer gezeigt. Er war so stolz auf dich."

Jonathon schluckte. „Danke, dass du mir das gesagt hast."

„Gorland hat etwas von anonymen Briefen erwähnt", platzte es da aus Mike heraus. „Er glaubt, sie stammen von dir."

Sue runzelte die Stirn. „Mehrere Briefe? Aber ich habe ihm nur einen geschickt. Es war ein Foto von einem Fuchs, nachdem die Hunde mit ihm fertig waren. Ich wollte, dass er sieht, worauf er sich da einlässt. Jaja, angeblich wird nur mit Hunden gejagt - als ob diese Hunde einen Fuchs nicht jagen würden, wenn sie ihn wittern. Verarschen kann ich mich selbst."

„Aber wenn du ihm nur den einen Brief geschickt hast …"Jonathons Magen krampfte sich zusammen. „Wie viele hat er dann noch erhalten, und wer ist der Absender?"

„Genau deshalb gehen wir jetzt zur Polizei", erklärte Mike. „Und diesmal hat Gorland uns gefälligst einige Fragen zu beantworten. Lass den Kaffee stehen, der kann bis später warten. Bringen wir es am besten gleich hinter uns." Er starrte Sue an. „In Ordnung?"

Sie nickte. Ihr Gesicht hatte wieder etwas Farbe bekommen. „Na gut."

Fünf Minuten später verließen sie den Pub und stiegen in Mikes Geländewagen.

„Ist es eine große Polizeiwache?", fragte Jonathon, als sie über die Landstraßen fuhren. Er konnte sich nicht erinnern, je dort gewesen zu sein.

„Eigentlich nicht. Und auf den ersten Blick würde man das Gebäude gar nicht für eine Polizeiwache halten." Mike deutete ans Ende der Straße. „Siehst du, was ich meine?"

Jonathon Blick folgte seinem Finger, und er sah ein hübsches Haus aus Stein mit einer Eingangstür auf der rechten Seite, über der ein weißer Torbogen mit der Aufschrift *Polizei* angebracht war. Über den weißen Giebeln auf der linken Seite ragten Schornsteine aus dem schiefergrauen Dach.

„Echt jetzt?" Für eine Polizeiwache sah es viel zu idyllisch aus.

Mike stellte den Wagen auf dem kleinen Parkplatz hinter der Wache ab. Als sie das Gebäude betraten, sprachen sie kein Wort.

Constable Billings saß hinter einem breiten Schreibtisch und bearbeitete Unterlagen. Er blickte auf, als sie sich näherten, und seine Augen weiteten sich, als er Sue sah. „Mrs Bentley. Wir haben versucht, Sie zu erreichen."

„Das habe ich schon gehört." Sue wirkte ruhig, aber Jonathon sah, dass sie Mikes Hand so fest umklammerte, dass seine Finger weiß anliefen.

„Ich gehe mal den Detective Inspector holen." Constable Billings ließ sie in dem sonnigen Empfangsbereich stehen, der mit Plakaten zum Thema öffentliche Sicherheit zugekleistert war.

Mike drückte sie an sich. „Es wird alles gut", sagte er mit leiser Stimme. „Mach dir keine Sorgen."

DI Gorland erschien in der Tür, gefolgt von Constable Billings. „Mrs Bentley. Schön, dass Sie Zeit gefunden haben, uns einen Besuch abzustatten. Wenn Sie Constable Billings bitte folgen würden - wir möchten Ihnen gerne ein paar Fragen stellen."

Sue drehte sich zu Mike um. „Müssen sie mich nicht zuerst auf meine Rechte hinweisen?"

„Nur, wenn sie dich verhaften würden", erklärte Mike. „Das hier ist eine reine Befragung. Stimmt's, John?" Er sah Gorland eindringlich an.

„Fürs Erste schon."

Mike und Gorland wechselten einen Blick, bevor Mike nickte und Sues Arme tätschelte. „Geh mit Graham, Schwesterherz. Es wird alles gut."

Sie folgte Constable Billings und warf Mike einen letzten Blick zu, ehe sie aus seinem Sichtfeld verschwand.

„Du brauchst nicht auf sie zu warten", sagte Gorland abweisend. „Das kann eine Weile dauern. Wir rufen dich an, wenn wir fertig sind. Vorausgesetzt natürlich, dass wir sie freilassen." DI Gorland nickte Mike und Jonathon zu, ehe er ihnen den Rücken zuwandte.

„Dürften wir einen Blick in den Ermittlungsraum werfen?", rief Mike ihm hinterher.

„Warum sollte ich euch das gestatten?"Gorland hob seine buschigen Augenbrauen und starrte sie prüfend an.

„Weil Jonathon vielleicht etwas Licht in deine Ermittlungen bringen kann. Schließlich kennt er den Tatort besser als wir beide zusammen."

Da hatte Jonathon einen Geistesblitz. „Und außerdem wäre mein Vater sicher erfreut zu hören, dass Sie auf unsere Wünsche eingehen." Es war eine gewagte Idee, aber in Anbetracht ihres ersten Gesprächs hatte er das Gefühl, dass es nicht schaden konnte, Gorland an die berüchtigten langen Strippen zu erinnern.

Seine Worte schienen zu wirken. Gorland sah aus, als hätte er gerade in eine Zitrone gebissen. „Ich habe einen Raum für die Ermittlungen requiriert. Hier entlang, meine Herren."

Jonathon und Mike folgten ihm in einen großen Raum, der bis auf zwei Schreibtische und eine große weiße Tafel an der Wand leer war. Auf einem der Tische stand Dominics Laptop. An der weißen Tafel waren verschiedene Fotos angebracht und Jonathon trat näher heran, um sie genauer unter die Lupe zu nehmen. Beim Anblick von Dominics nacktem, dunkelrot gefärbtem Oberkörper zuckte er zusammen. Dann kam ihm ein Gedanke. „Wie können Sie anhand von diesem Foto erkennen, dass er Prellungen erlitten hat?"

Gorland schnaubte. „Jetzt wollen Sie also noch eine Lektion in Pathologie?" Mike ging zu Jonathon herüber und stupste ihn sachte an. „Bei der Autopsie müssten sie Spuren unter seiner Haut gefunden haben", sagte er leise. „Aber du hast recht. Durch die Färbung sind sie unmöglich zu erkennen."

„Es gibt tatsächlich etwas, womit Sie uns helfen können."

Jonathon warf Gorland über seine Schulter einen Blick zu. „Ach ja?"

„Hat Ihr Onkel in seiner Freizeit gerne Frottagen von Messinggravuren angefertigt?"

Jonathon blinzelte. „Das weiß ich leider nicht. Ich glaube nicht, dass er so etwas gemacht hat. Zumindest hat er es nie erwähnt. Wie kommen Sie darauf?"

Gorland trat an die Tafel heran und zeigte auf ein Foto. „Kommt das Ihnen bekannt vor?"

Jonathon nickte. Es war das Fotoalbum, das auf Dominics Schreibtisch gelegen hatte.

„Wir haben Spuren von Messingpolitur und Wachsstiften auf dem Einband und den Seiten gefunden. Außerdem scheint ein Foto zu fehlen. Wir wissen nicht, ob es erst vor Kurzem herausgenommen wurde oder ob sein Angreifer es entwendet hat."Gorland sah ihn aufmerksam an. „Wissen Sie etwas darüber?"

Jonathon war kurz davor, ihm von dem Foto zu erzählen, aber Gorlands harte Gesichtszüge und sein allgemeines Auftreten stimmten ihn um. „Nein, leider nicht."

„Alles klar. In diesem Fall haben wir keine Fragen mehr. Wenn Ihnen noch etwas einfällt, das von Bedeutung sein könnte, informieren Sie uns bitte umgehend."

„Selbstverständlich."

Gorland wandte sich an Mike. „Wie gesagt: Falls wir nach der Befragung von Mrs Bentley beabsichtigen, Anklage zu erheben, werden wir uns bei dir melden. Auf Wiedersehen, meine Herren." Er wies mit der Hand zur Tür.

Es blieb ihnen nichts anderes übrig, als zu gehen.

Mike stieg in den Wagen und stützte sich mit den Händen auf dem Lenkrad ab. „Warum hast du es ihm nicht erzählt?"

„Weil ich nicht wüsste, inwiefern das für seine Ermittlungen relevant sein sollte." Schon während Jonathon diese Worte aussprach, wusste er, dass sie gelogen waren. Sie hatten es hier mit einem Geheimnis zu tun, und er wollte es entschlüsseln.

Mike seufzte. „Er hat zwar gesagt, wir sollen nicht auf Sue warten, aber ich habe noch keine Lust, wieder zum Pub zurückzugehen."

„Dann lass uns etwas unternehmen. Kleiner Tapetenwechsel gefällig? Wie wäre es mit einem Kaffee in der Teestube?"

Mike dachte einen Moment lang über diesen Vorschlag nach. „Ja, warum nicht. Wir können direkt dorthin fahren." Er schaltete den Motor an und fuhr rückwärts aus der Lücke. Kurz darauf stieß er einen weiteren Seufzer aus. „Ich hoffe, dass sie ihre Fragen beantwortet."

„Und wenn sie sich weigert?"

„Falls die Polizei glaubt, dass sie etwas mit seinem Tod zu tun hat, könnte sie verhaftet werden. Vor allem, wenn sie ihnen nicht sagt, was sie hören wollen, zum Beispiel, wo zum Henker sie gewesen ist."

Sie fuhren durch das Dorf, und Jonathon sah sich aufmerksam um. Ein Montagmorgen in Merrychurch hatte nichts vom hektischen Treiben einer Großstadt. Er erblickte ein paar Touristen, die mit Kameras und Handys bewaffnet durch die Gassen schlenderten und Fotos von den Cottages, den Gärten und der kleinen Ansammlung von Geschäften machten.

„Die gehen bestimmt gleich zur Kirche", sagte Mike mit einem Kopfnicken zu der kleinen Menschengruppe. „Sie wird oft von Touristen besucht, vor allem, um Frottagen von den Messinggravuren zu machen."

Jonathon erstarrte. „Messinggravuren?"

„Ja, ich weiß. Das war der erste Ort, der mir in den Sinn kam, als Gorland die Politur und das Wachs erwähnt hat. Aber hier im Dorf gibt es Messing an jeder Ecke. Sieh dich nur mal um." Er deutete durch die Windschutzscheibe. „Die Tafel da vor der Arztpraxis zum Beispiel."

Jonathon verdrehte die Augen. „Jetzt übertreibst du es aber."

Mike kam vor der Teestube zum Stehen. „Na los. Ich brauche Kaffee." Er stellte den Motor ab, und sie betraten den hübschen Laden mit den Erkerfenstern, die mit Teekannen in allen erdenklichen Formen und Größen geschmückt waren. In der oberen Hälfte jedes Fensters hing ein dünner Spitzenvorhang, der die Sicht auf das Ladeninnere verdeckte.

Rachel blickte auf, als sie eintraten. „Hallo, ihr beiden. Ihr kommt genau richtig. Ich habe gerade frische Scones gebacken, und sie sind noch warm." Außer ihnen waren nur noch zwei ältere Damen im Laden, die sich an einem der Tische bei Tee und Gebäck unterhielten.

Jonathons Magen knurrte und ihm ging auf, dass er ja noch gar nichts gefrühstückt hatte. Sues Ankunft hatte alle morgendlichen Pläne über den Haufen geworfen.

„Könnte ich etwas Toast mit Butter haben?", fragte Mike.

Rachel strahlte. „Kommt sofort. Sucht euch schon mal ein nettes Plätzchen aus."

Mike deutete auf einen kleinen runden Tisch am Fenster. „Wie wäre es dort?"

Jonathon nahm ihm gegenüber Platz und ließ seinen Blick durch den Laden schweifen. Aquarellbilder schmückten die Wände, und knapp unter der Decke befanden sich auf allen vier Seiten Regale mit …

„Schau mal." Jonathon ergriff Mikes Hand und drückte fest zu. „Überall ist Messing", flüsterte er. Es gab Teekannen, Vasen, Gussplatten, Pferde, ein Pfauenpaar …

Mike schmunzelte. „Weißt du, woran mich das erinnert? Ich hatte mal darüber nachgedacht, mir ein neues Auto zuzulegen. Dabei hatte ich ein ganz bestimmtes Modell von einer bestimmten Marke ins Auge gefasst, und als ich mich näher damit beschäftigte, sah ich den Wagen plötzlich überall! Und genauso kannst du jetzt darauf wetten, dass wir ab sofort überall Messing sehen werden." Er seufzte. „Nicht, dass uns das in irgendeiner Weise Aufschluss darüber gibt, wie das

Zeug in dem Fotoalbum gelandet ist." Er verstummte, als Rachel mit einem Tablett auf sie zukam.

„Hier ist euer Kaffee. Der Toast ist auch gleich fertig. Und ich bringe euch noch etwas von meiner selbst gemachten Orangen-Ingwer-Marmelade." Sie lächelte Jonathon an. „Dominic hat sie geliebt."

„Kam er oft hierher?"

„Einmal pro Woche. Er hat hier gerne Tee getrunken und sich mit den Leuten unterhalten. Er hat mit jedem ein Gespräch angefangen." Sie zeigte auf ein paar Aquarelle. „Die sind übrigens von ihm."

Jonathon bestaunte die detailreichen Gemälde der Dorfkirche und der Gärten. „Wirklich?"

Rachel nickte. „Er hat sie vor längerer Zeit gemalt. Jedes Jahr beim Dorffest stiftet er - ich meine, *stiftete* er - ein Bild als Preis für die Tombola." Ihr Lächeln ließ kurz nach. Jonathon bekam den Eindruck, dass Rachel Dominic sehr gemocht hatte. Dann hellte sich ihr Gesicht wieder auf. „Übrigens habe ich gehört, dass das Fest auch dieses Jahr wieder stattfinden soll. Melinda hat es schon überall rumerzählt. Ich muss einen Backplan aufstellen. Das Verpflegungszelt braucht so viel Gebäck wie möglich, und ich muss an meinem Rezept für den Kuchenwettbewerb arbeiten." Grinsend zeigte sie auf eine bunte Urkunde am anderen Ende des Ladens. „Mein Möhrenkuchen hat letztes Jahr das Rennen gemacht, also muss ich mich ganz schön ins Zeug legen, um meinen Titel zu verteidigen." Damit ließ sie die beiden wieder allein.

„Dominic scheint seine Rolle im Dorf sehr ernst genommen zu haben", stellte Mike fest.

„Und abgesehen von Sue bin ich bisher kaum jemandem begegnet, der einen Grund hatte, ihn nicht zu mögen. Natürlich gibt es da noch diesen alten Kerl mit seinem Cottage, aber ich kann mir kaum vorstellen, dass er etwas damit zu tun hatte. Wenn ihn also alle so gut leiden konnten, mit wem hat er sich dann gestritten?"

„Ich fürchte, darauf gibt es nur eine Antwort." Mike sah niedergeschlagen aus.

„Die da wäre?"

„Es muss in diesem Dorf jemanden geben, dessen Motive wir nicht kennen. *Noch* nicht." Mike wandte sich um und sah aus dem Fenster. „Irgendjemand da draußen hegt ein Geheimnis."

Der Gedanke daran jagte Jonathon einen Schauer über den Rücken.

JONATHON SAMMELTE die letzten Gläser ein und räumte sie in die Spülmaschine. „Kann ich sonst noch etwas tun?"

Mike schüttelte den Kopf. „Ich bin hier fertig." Es war eine ziemlich ruhige Schicht gewesen, bis etwa zehn Touristen zu einem späten Mittagessen eingetrudelt kamen und Abi in der Küche auf Trab gehalten hatten. Es gab immer noch keine Neuigkeiten von Sue, und Jonathon wusste, wie sehr das Mike zu schaffen machte -

seine ständigen Blicke aufs Handy sprachen Bände. Er wünschte, er könnte Mike irgendwie trösten, aber ihm fielen nicht die richtigen Worte ein.

„Dann bis heute Abend, Mike", rief Abi zum Abschied.

„Ja, und vielen Dank." Mike folgte ihr, um die Tür zu verriegeln. Als er zurückkam, sah er finster drein.

„Was ist los?"

„Ich frage mich nur, wie lange es dauern kann, ein paar dumme Fragen zu stellen. Wir hätten eigentlich schon längst etwas hören müssen. Sie ist bereits seit mehr als fünf Stunden auf der Wache."

In diesem Moment klingelte sein Handy, und Mike eilte zum Tresen, um hastig danach zu greifen. „Kann ich sie jetzt abholen?" Seine Stirnfalten vertieften sich. „Warum nicht?" Er hörte aufmerksam zu, und seine Augen wurden immer größer. „Dann lass doch *mich* mit ihr reden. Vielleicht hört sie ja auf mich, vor allem, wenn du ihr gerade gedroht hast, sie wegen Behinderung der Ermittlungen anzuklagen … Du kannst ja mit dabei sein, wenn ich mit ihr spreche, okay? Aber … lass es mich wenigstens versuchen." Er hörte wieder zu, und Jonathon stellte erleichtert fest, dass die Anspannung ein wenig von ihm abfiel. „Okay. Ich bin gleich da." Er legte auf.

„Und, wie sieht's aus?"

Mike wirkte beunruhigt. „Sue zeigt sich nicht kooperativ. Sie weigert sich zu verraten, wo sie gewesen ist. So eine dickköpfige …" Er holte tief Luft. „Gorland hat gesagt, ich kann kurz mit ihr reden, um zu sehen, ob ich sie vielleicht umstimmen kann."

„Hältst du das denn für wahrscheinlich?"

Mikes Augen blitzten. „Das hängt davon ab, ob ich ihr den Ernst der Lage begreiflich machen kann, damit sie endlich zur Vernunft kommt und sich den Fragen stellt." Er holte seinen Autoschlüssel hinter der Theke hervor.

„Ich komme mit."

Mike schnaubte. „Das habe ich mir schon gedacht. Na, dann mal los."

Auf der Fahrt zur Polizeiwache herrschte betretenes Schweigen. Jonathon vermutete, dass Mike schon genug auf dem Herzen hatte, also ließ er ihn in Ruhe fahren. Nach ihrer Ankunft eilten sie in den Empfangsbereich, wo Constable Billings Mike mit einem Nicken begrüßte.

„Der Detective Inspector ist gleich da." Constable Billings deutete auf die gepolsterte Bank an der Wand. „Sie können ruhig hier warten, Mr de Mountford."

Jonathon hatte jedoch andere Vorstellungen.

„Mike. Hier entlang." DI Gorland warf den beiden einen kühlen Blick zu.

„Ich möchte auch mitkommen", platzte es aus Jonathon heraus.

Gorland zog die Augenbrauen hoch. „Ich lasse Mike nur mit ihr reden, weil er ein Ex-Polizist ist und sie vielleicht zur Kooperation bewegen kann. Sie hingegen sind ein Zivilist."

„Ein Zivilist, dessen Vater den Polizeikommissar kennt, der Sie überhaupt erst hierhergebracht hat." Jonathon reckte sein Kinn vor. „Es geht bei diesem Fall um meinen Onkel. Ich habe nicht vor, Sue irgendwelche Fragen zu stellen. Ich will einfach nur dabei sein. Ich werde kein Wort sagen."

„Noch hast du sie nicht verhaftet, John", fügte Mike leise hinzu. „Es ist doch nur ein Gespräch, oder?"

Gorland verdrehte ungeduldig die Augen. „Na schön. Aber wenn er auch nur einen Mucks von sich gibt, fliegt er raus. Ist das klar?"

Mike sah zu Jonathon hinüber, der Gorland mit hoch erhobenem Kinn anblickte. „Kein Sterbenswörtchen." Aus dem Augenwinkel bemerkte Jonathon, wie Mikes Schultern leicht zitterten.

Gorland verengte die Augen, richtete sich dann aber auf. „Mir nach."

Er führte sie in einen kleinen Raum am hinteren Ende der Wache. Darin befand sich ein Holztisch mit vier Stühlen, der eher an einen Aufenthaltsraum als an ein Verhörzimmer erinnerte. Sue saß auf einem der Stühle und hatte die Hände um eine Tasse Tee gelegt. Als die Männer eintraten, blickte sie erstaunt auf.

„Mike? Was machst du denn hier?" Ihre geröteten Augen verrieten, dass sie geweint hatte.

Gorland bedeutete Jonathon, sich auf einen Stuhl an der Wand zu setzen. Mike nahm gegenüber von Sue Platz und verschränkte die Hände auf dem Tisch.

„DI Gorland hat gesagt, dass du ihm nicht verraten willst, wo du warst, als Dominic gestorben ist. Er vermutet, dass du etwas weißt."

„Ich sage ihm doch schon die ganze Zeit, dass ich nichts darüber weiß. Ich habe erst heute Morgen von Dominics Tod erfahren."

Mike nickte. „Sue, du könntest in ernsthafte Schwierigkeiten geraten. Du musst der Polizei die Wahrheit sagen."

Sue schluckte. „Und was, wenn … die Wahrheit mich auch in Schwierigkeiten bringt?"

Mike seufzte. „Ich kann mir vorstellen, was du zu verbergen hast, Schwesterherz, aber jetzt ist nicht der richtige Zeitpunkt für Geheimnisse. Ich verstehe, dass du Angst hast, aber falls ich richtig liege, hast du weniger zu befürchten, wenn du die Wahrheit sagst."

Sue senkte den Blick auf ihre Tasse und holte tief Luft. „Okay." Sie hob den Kopf und sah Gorland in die Augen. „Am Donnerstagabend war ich nicht mal in der Nähe des Anwesens. Ich war nämlich in … Reading. Dort habe ich beim Einbruch in ein Labor mitgeholfen, das unter dem Verdacht steht, Tierversuche durchzuführen."

Gorland zückte seinen Notizblock. „Solche Versuche sind hierzulande schon seit einer ganzen Weile verboten."

Sue schnaubte. „Soll ich Ihnen mal sagen, wie viele Tests an …"

„Nein", warf Mike entschieden ein. „Das hilft uns jetzt auch nicht weiter. Wie viele Leute waren noch dabei?"

Sue biss sich auf die Lippe. „Drei."

„Können Sie näher beschreiben, was Sie gemacht haben?"

Sie seufzte. „Am Donnerstagmorgen bin ich in aller Frühe nach Reading gefahren. Nachts sind wir ins Labor eingebrochen, und dann bin ich bis heute Morgen bei einem Mitglied der Gruppe geblieben. Wir haben uns einfach bedeckt gehalten und abgewartet, was passiert."

„Ihnen ist doch hoffentlich klar, dass Sie wegen Einbruchs und Sachbeschädigung belangt werden können, wenn das Labor Anzeige erstattet."

Sue lachte kurz auf. „Ich glaube nicht, dass es so weit kommt. Das würde für das Labor doch nur schlechte Publicity bedeuten."

Gorland tippte mit seinem Stift auf den Notizblock. „Ich brauche Namen."

Sue warf Mike einen kurzen Blick zu. Er nickte und nach einem Moment des Zögerns zählte sie schließlich die Namen auf.

Gorland blickte auf, nachdem er mitgeschrieben hatte. „Sind das alle?"

Sie zögerte erneut. „Ja."

Er klappte seinen Notizblock zu. „Gut. Wir werden Ihre Aussage überprüfen und abwarten, ob das Labor Anzeige erstatten wird. Bis dahin sind Sie entlassen."

Sue stieß einen langen Seufzer aus. „Okay." Sie schob ihren Stuhl zurück und stand auf. „Mike? Hol mich hier raus."

„Natürlich." Als Sue am Tisch vorbeiging, sah Mike Gorland in die Augen. „Da musst du dich jetzt wohl woanders umsehen, John."

„Keine Sorge, die Suche geht weiter." Er wandte sich an Jonathon. „Wir haben unsere Ermittlungen auf dem Anwesen abgeschlossen. Sie wollen ab sofort bestimmt lieber dort wohnen als im Pub. Der ist im direkten Vergleich sicher eine ziemliche Absteige."

Jonathon schenkte ihm ein dünnes Lächeln. „Detective Inspector, der Rest meiner Familie mag zwar in ähnlich imposanten Gebäuden wie dem Herrenhaus leben, aber Sie haben es hier mit einem de Mountford zu tun, der mit bescheidenen Wohnbedingungen bestens vertraut ist. Wenn Sie glauben, mich zu kennen, irren Sie sich gewaltig." Mit diesen Worten folgte er Mike und Sue aus der Wache hinaus zum Auto.

Eine Sache machte ihm jedoch zu schaffen. Er hatte das dumpfe Gefühl, dass Sue Gorland nicht die ganze Wahrheit gesagt hatte.

10

JONATHON FOLGTE Sue und Mike in den Pub. Sie ließ sich in einen der bequemen Sessel sinken und warf Mike einen eindringlichen Blick zu. „Ich kann gerade echt einen Drink gebrauchen."

Mike schmunzelte. „Warum wundert mich das nicht?" Er schnappte sich ein Glas und hielt es an einen der Getränkespender. „Was ist mit dir, Jonathon? Willst du auch was trinken?"

„Ja, bitte. Ich nehme eine Cola."

Sue wies auf den leeren Stuhl neben sich. „Setz dich. Wir können uns ein bisschen unterhalten, solange wir noch eine Verschnaufpause haben. Bald öffnet Mike wieder für die Abendgäste, und so wie ich ihn kenne, setzt er dich hier als Aushilfe ein."

Jonathon kicherte. „Da liegst du genau richtig. Er hat mich schon dazu verdonnert, Cocktails zu machen."

Mike drehte sich zu ihnen um. „Dazu *verdonnert*? Ich dachte, es hätte dir Spaß gemacht."

Jonathon lachte. „Das hat es ja auch! Ich warte nur darauf, dass du mich mit deinem Hundeblick anschaust und sagst: ‚Jon-a-thonnnnn, können wir das bitte wiederholen?'"

Sue starrte ihn an und brach in Gelächter aus. „Okay, was habe ich verpasst? Dafür, dass du noch gar nicht so lange hier sein kannst, klingt ihr beiden schon wie ein altes Ehepaar." Sie warf Mike einen prüfenden Blick zu. „Gibt es da etwas, das ich wissen sollte?"

Mike wurde rot. „Warum kommst du immer gleich auf so schmutzige Gedanken? Da liegst du ganz falsch."

„Was nicht ist, kann ja noch werden", sagte sie grinsend, und ihre Augen funkelten.

Jetzt war es an Jonathon, zu erröten. Er spürte, wie ihm die Hitze ins Gesicht stieg.

Sue musterte ihn, ehe sie sich wieder an Mike wandte. „Ich mag ihn."

„Ja, ich mag ihn auch." Mikes Stimme klang schroff. „Können wir jetzt bitte über was anderes reden?"

Zum Glück ging Sue auf seinen Wunsch ein. „Dieser Polizeiinspektor hat gesagt, du könntest jetzt wieder auf das Anwesen ziehen. Möchtest du das?"

Mit genau diesem Gedanken hatte Jonathon auf der Rückfahrt von der Polizeiwache gespielt. „Ich bin mir noch unsicher. Meinem Vater wäre es sicher lieber, wenn ich dort die Stellung halten würde, aber ..."

„Es ist noch nicht genug Zeit seit Dominics Tod vergangen", beendete Mike seinen Satz.

Jonathon nickte. „Trotzdem würde ich mich dort gerne mal umsehen." Es gab da eine Sache, der er auf den Grund gehen musste.

Mike holte seine Schlüssel aus der Tasche hervor. „Hier", sagte er und warf sie Jonathon über die Theke zu. „Du kannst meinen Wagen nehmen. Ich habe hier sowieso noch ein bisschen was für heute Abend vorzubereiten." Er schaute Sue eindringlich an. „Und *du* wirst mir dabei helfen. So kann ich sicher sein, dass du keinen Ärger machst." Er stellte ein Kognakglas auf dem Tresen ab.

„Ärger?" Sue riss die Augen auf. „Ich ..."

„Und komm mir nicht mit diesem Unschuldsblick. Vergiss nicht, dass ich dich gerade erst von der Polizeiwache abgeholt habe."

Mit einem Lachen ließ Jonathon die beiden allein im Pub zurück.

Bei seiner langsamen Fahrt durchs Dorf nahm er alle Eindrücke in sich auf. Es gab kleine Gassen, die von der Hauptstraße abzweigten und in denen hinter den üppigen Sommerhecken blassgelbe Strohdächer hervorragten. Als er die Torpfosten passierte und sah, wie die Nachmittagssonne auf das Herrenhaus auf dem Hügel fiel, machte sich ein gewisser Stolz in ihm breit. Das Zuhause seiner Familie ...

Bis zu diesem Moment hatte er den Gedanken ignoriert, dass es bald auch *sein* Zuhause sein würde. Es war eine unwirkliche Vorstellung. Jonathon hatte seine Karriere, auch wenn sein Vater sich weigerte, sie als solche anzuerkennen, und bisher hatte er nicht einmal darüber nachdenken wollen, sie an den Nagel zu hängen, um nach Merrychurch zu ziehen. Aber tief in seinem Inneren wusste er, dass er sich nicht gegen die Wünsche seiner Familie stellen würde. Das wäre ebenso aussichtslos wie der Versuch, gegen den Strom zu schwimmen.

Es war besser, auf den Wellen zu reiten, die sich vor ihm auftürmten, als sich von ihnen mitreißen zu lassen.

Jonathon bog in den Weg zum Haus ein und winkte den wenigen Leuten zu, die er unterwegs erblickte. Er hatte keine Ahnung, warum Dominic die Absicht gehabt hatte, das Land zu verkaufen und die Anwohner zu vertreiben. Wie es finanziell um das Anwesen bestellt war, wusste er nicht.

Dann muss ich es eben herausfinden.

Jonathon kam vor dem Haupteingang zum Stehen, stieg aus und schloss den Wagen ab. Sein Besuch hatte nur einen Grund: Er war auf der Suche nach Lilien.

Als Erstes schaute er sich im Arbeitszimmer um, aber dort waren keine Lilien zu sehen. Anschließend durchsuchte er das ganze Haus und betrat dabei jedes Zimmer, öffnete jeden Schrank und nahm jeden Winkel unter die Lupe. Fehlanzeige. Dann kehrte er ins Arbeitszimmer zurück und öffnete die Terrassentür. Die Blumenbeete draußen im Garten waren gut bestückt, also nahm Jonathon an, dass sich jemand um sie gekümmert haben musste. Allerdings wuchsen auch dort keine Lilien.

Nach einer Stunde des Suchens gab er auf. Wo auch immer die Pollen auf der Kleidung seines Onkels hergekommen waren, sie stammten nicht von dem Anwesen. Erschöpft stieg er in den Geländewagen und fuhr zurück zum Pub.

Mike lächelte, als er zur Tür hereinkam. „Hey, gerade noch rechtzeitig. Wir machen gleich auf." Er sah Jonathon an. „Ist alles in Ordnung? Du siehst wütend aus."

Sue kam mit zwei dampfenden Tassen aus der Küche. „Gutes Timing. Ich habe uns gerade Tee gemacht. Willst du auch einen?"

„Lieber Kaffee, wenn's geht."

Sue stellte die Tassen ab und ging auf ihn zu. „Ach, du siehst ganz schön platt aus." Sie legte einen Arm um ihn, und diese herzliche Geste war genau das, was er gerade brauchte.

Im Schnelldurchlauf erzählte er ihr und Mike von seiner Lilienjagd.

Sue schüttelte den Kopf. „Wenn du mir das schon früher gesagt hättest, hätte ich dir den Ausflug ersparen können."

„Oh?"

Sie nickte. „Du wirst auf dem Anwesen keine Lilien finden, weil Dominic sie nicht ausstehen konnte. Er hat immer gesagt, dass sie ihn an den Tod erinnern."

„In diesem Fall gibt es nur zwei Möglichkeiten: Entweder ist er irgendwo im Dorf versehentlich mit Lilien in Berührung gekommen, oder die Person, die ihn gestoßen hat, hat die Pollen mitgebracht und sie sind dabei auf Dominics Kleidung geraten." Das war zwar eine Antwort, aber nicht die, die er sich erhofft hatte. „Es ist wie die Nadel im Heuhaufen."

Mike schnaubte. „Die Nadel können wir auch wann anders suchen. Jetzt muss ich erst mal den Pub aufmachen." Er warf Jonathon einen flehenden Blick zu. „Magst du wieder mit anpacken?"

Jonathon zog die Augenbrauen hoch. „Tja, das kommt ganz darauf an, ob ich Gläser einsammeln oder Cocktails mixen soll."

Sue gluckste. „Hier, geh du hinter die Bar und mach dein Ding. Ich übernehme die niederen Arbeiten. Außerdem will ich mal sehen, wie du mit dem Cocktailshaker umgehst." Ihre Augen funkelten. „Und wehe, du bist nicht so gut wie Tom Cruise." Mit diesen Worten verschwand sie in der Küche.

Mike sah Jonathon unverhohlen an. „Na, worauf wartest du, *Tom*? Schwing deinen Arsch hinter die Theke." Er grinste.

Jonathon warf ihm einen spöttischen Blick zu. „Wirst du immer noch so mit mir reden, wenn ich der Herr über das Anwesen bin?"

Mike zuckte mit den Schultern. „Wahrscheinlich schon, aber gib's zu: Anders würdest du es gar nicht haben wollen." Mit einem weiteren Grinsen fuhr er damit fort, saubere Gläser in die Regale zu räumen.

Jonathon trat hinter die Theke und gab sich alle Mühe, nicht auf Mikes Hintern in den engen Jeans zu starren, die sich um seine muskulösen Oberschenkel spannten. *Schluss damit.* Es war auch nicht gerade hilfreich, dass Jonathon schon seit Monaten nicht einmal den Anflug einer sexuellen Annäherung gehabt hatte.

Aber Gott, es war ein verlockender Gedanke.

„MIKE, SOLL ich noch Zitronen mitbringen?" Jonathon war gerade auf dem Weg zur Tür.

„In der Küche sind noch welche", sagte Sue, während sie ein Tablett mit leeren Gläsern zur Spülmaschine trug. „Ich kann sie dir hol…" Ihre Augen weiteten sich.

Jonathon folgte ihrem Blick und bemerkte einen mittelgroßen, schlanken Mann mit rotbraunen Haaren und Stoppelbart. Er schaute sich im Pub um, als würde er jemanden suchen.

Jonathon eilte zu Sue hinüber. „Wer ist das?", flüsterte er.

„Bryan Mayhew, der Student, der im Moment auf dem Anwesen wohnt." Sie runzelte die Stirn. „Wo der wohl gesteckt hat?"

Bryan ging zielstrebig auf die Bar zu. „Guten Abend, Mike. Ein London Pride, bitte."

Die Leute um ihn herum verstummten und richteten ihre Blicke auf ihn.

Mike sah ihn ungläubig an. „Du bestellst gerade allen Ernstes ein Bier? Die Polizei sucht dich schon seit Freitag, um mit dir zu reden, und mehr hast du nicht zu sagen?" Ein Raunen ging durch die Menge, und mehrere Gäste blickten erwartungsvoll von Mike zu Bryan, ehe sie die Augen flüsternd auf ihre Gläser senkten.

Jonathon musterte Bryans Reaktion, und es war ihm nicht entgangen, wie dieser sich versteifte und die Augen aufgerissen hatte.

„Warum sollte die Polizei mit mir reden wollen?"

„Weil man dich schon eine Weile nicht mehr im Dorf gesehen hat und Dominic tot ist, deswegen." Mikes Stimme erhob sich, und im Rest des Pubs wurde es still.

Die Blässe, die Bryan ins Gesicht kroch, war nicht zu übersehen. „Er ist … tot?"

Jonathons Hauptverdächtiger sagte entweder die Wahrheit oder war ein verdammt guter Schauspieler, denn auf Jonathon wirkte seine Reaktion aufrichtig.

„Wo bist du gewesen?", wollte Mike wissen.

Die Gäste im Pub scheiterten kläglich daran, ihre Neugierde zu verbergen.

Bryan schluckte. „Ich … ich habe einen Freund besucht, bevor er in Urlaub gefahren ist."

„Und wann hast du das Dorf verlassen?" Mike lehnte sich an die Theke, und Jonathon hatte noch nie einen so wachsamen Blick in seinem Gesicht gesehen.

„Am Donnerstagnachmittag. Ich habe meine Tasche gepackt und bin mit dem Motorrad zu Andy nach Dorchester gefahren."

„Wann hast du meinen Onkel das letzte Mal gesehen?", platze es aus Jonathon heraus. Er konnte unmöglich länger stillhalten und stellte sich neben Mike, der eine Zitrone umklammert hielt.

„Deinen Onkel?" Bryan stutzte. „Oh mein Gott. Du bist Jonathon. Dominic hat erzählt, dass du ihn besuchen kommst. Ich … ich habe ihn am Donnerstagnachmittag kurz vor meiner Abreise gesehen. Er saß an seinem Schreibtisch im Arbeitszimmer." Er schluckte erneut. „Aber da war er noch am Leben, das schwöre ich. Er wollte gerade einen Anruf tätigen."

Mike hatte den Blickkontakt kein einziges Mal unterbrochen. „Die Polizei braucht den Namen, die Adresse und die Kontaktdaten deines Freundes, damit er dein Alibi bestätigen kann."

Bryan blinzelte. „M-mein Alibi? Mike, ich schwöre hoch und heilig, ich habe Dominic nicht getötet." Seine Stimme klang sicherer als zuvor. „Und was Andy betrifft, der reist gerade mit seinem Rucksack durch Bali, Singapur und weiß Gott wo sonst noch. Er wird mindestens einen Monat lang unterwegs sein. Ich bin unter anderem deshalb zu ihm gefahren, weil er mich gebeten hat, auf seine Wohnung aufzupassen. Sein Handy hat er zwar mitgenommen, aber es kann gut sein, dass er dort richtig beschissenen Empfang hat." Er zuckte zusammen. „Tut mir leid. Normalerweise fluche ich nicht in der Öffentlichkeit, aber das hier ist gerade eine Ausnahmesituation."

„Hast du an dem Nachmittag noch jemand anderen auf dem Anwesen gesehen?", fragte Jonathon plötzlich.

Bryan wandte seinen Kopf in Jonathons Richtung. „Jemand anderen?" Er holt tief Luft. „Nein, ich war ganz allein."

Jonathon sah ihm in die Augen. „Bist du dir sicher?" Er konnte nicht genau sagen, was ihm dieses beklemmende Gefühl im Magen bereitete. Vielleicht war es das leichte Zögern in Bryans Stimme.

Bryan wandte den Blick nicht ab. „Ja, ganz sicher." Er schenkte Mike ein schwaches Lächeln. „Ich denke, das Bier kann warten, oder? Zumindest, bis ich mit der Polizei gesprochen habe."

Mike nickte. „Ein gewisser DI Gorland möchte sich mit dir unterhalten. Sieh zu, dass du ihm alles erzählst, okay?"

Jetzt nickte auch Bryan. Er wandte sich zur Tür, hielt jedoch inne und blickte Jonathon an. „Ich nehme an, unter diesen Umständen möchtest du nicht, dass ich weiter auf dem Anwesen bleibe, oder?"

Bis zu diesem Zeitpunkt hatte Jonathon noch gar nicht darüber nachgedacht. „Ich wohne ja gerade selbst nicht einmal dort." Er warf Mike einen Blick zu. „Was denkst du?"

Mike rieb sich nachdenklich das Kinn. „Bryan, du wohnst doch im Nebengebäude, oder? Nicht im Herrenhaus, sondern in dem Teil, der zu den Ställen hinausführt?" Als Bryan nickte, wandte sich Mike an Jonathon. „Ich glaube nicht, dass er Probleme machen wird, wenn er weiterhin dableibt. Vorausgesetzt, die Polizei ist damit einverstanden. Und du auch", fügte er mit Nachdruck hinzu.

Jonathon wusste, was er meinte. Als neuer Herr über das Anwesen hatte er das letzte Wort.

Ich muss mich dringend mit Dominics Anwalt unterhalten.

Er schenkte Bryan ein schwaches Lächeln. „Na klar, kein Problem. Wie lange hast du denn vor, in Merrychurch zu bleiben?"

„Eigentlich meinte Dominic, ich solle doch den Sommer über bei ihm wohnen. Anschließend wollte ich an die Uni zurückkehren und meine Doktorarbeit schreiben." Bryan erschauerte. „Ich bin mir nicht sicher, ob ich so gerne allein auf dem Anwesen sein möchte, jetzt, wo ich weiß, dass er dort gestorben ist."

Moment mal. Jonathon legte den Kopf schief. „Es hat dir niemand gesagt, dass er dort gestorben ist." In seinem Kopf ging er wieder ihr gesamtes Gespräch durch.

Bryan stockte. „Ja, aber ... du hast mich doch gefragt, ob ich noch jemanden im Haus gesehen hätte, also bin ich davon ausgegangen ..."

„Eine plausible Schlussfolgerung", pflichtete Mike ihm bei. „Okay, du solltest jetzt am besten zur Polizeiwache gehen. Wenn du willst, kann ich dich fahren."

Bryan lächelte. „Danke, aber ich habe mein Motorrad draußen stehen. Und weißt du was? Mir ist jetzt wirklich nicht nach Trinken zumute." Er nickte Jonathon zu, bevor er zur Tür ging.

Kaum war er verschwunden, begann das Gemurmel, und die Gäste tauschten sich in zunehmender Lautstärke darüber aus, was gerade passiert war.

Mike blickte sich um, bevor er Jonathon mit erkennbarer Sorge ansah. „Alles in Ordnung? Du wirkst ein wenig ... neben der Spur."

Jonathon seufzte. „Mir ist nur plötzlich die Lust dazu vergangen, Cocktails zu machen, das ist alles." Sein Kopf dröhnte, und die Fragen, die ihn schon seit der schrecklichen Entdeckung gequält hatten, drehten sich wild im Kreis. „Würde es dir etwas ausmachen, wenn ich ein bisschen nach oben gehe?"

Das Gefühl von Mikes Hand auf seinem Rücken beruhigte ihn. „Überhaupt nicht", erwiderte er sanft. „Wenn du irgendetwas brauchst - etwas zu trinken, einen Snack oder sogar den Fernseher aus meinem Zimmer -, dann sag einfach Bescheid, okay?"

Jonathon blickte ihn voller Dankbarkeit an. „Danke. Das werde ich auf jeden Fall tun. Tut mir leid, dass ich dich mit den Ladys und ihren Wünschen nach Cosmopolitans und Martinis allein lasse. Oh, und natürlich auch mit Paul und seinen Screwdriver-Gelüsten."

Paul, der auf einem der Barhocker in Hörweite saß, brach in schallendes Gelächter aus. „Dann muss ich mich wohl mit meinem Bierchen zufriedengeben, was, Kleiner? Ab ins Bett mit dir, genau das brauchst du jetzt. Wird dir sicher guttun."

Jonathon glaubte, dass Paul damit recht haben könnte. Im Schlaf würde er wenigstens seine Ruhe haben vor den ihn umtreibenden Gedanken. Doch er durfte sich nicht zu früh freuen.

Sie können sich immer noch in meine Träume schleichen.

„VIELLEICHT BETRACHTEN wir das Ganze ja aus dem falschen Blickwinkel", sagte Mike plötzlich, bevor er den letzten Bissen Toast verschlang.

In der Küche herrschte Stille. Sue war immer noch in ihrem Zimmer. Jonathon hatte sich um sechs Uhr nach unten geschlichen, um Kaffee zu kochen, doch Mike war ihm damit schon zuvorgekommen.

Mike sah ihm in die Augen. „Du wirkst heute Morgen schon viel munterer. Der Schlaf har dir gutgetan."

Jonathon hatte das Gefühl, dass sein innerer Akku wieder aufgeladen war. „Mir geht es auch um Welten besser, danke. Wie meinst du das mit dem falschen Blickwinkel?"

Mike stand auf, um sich Kaffee nachzuschenken. Als er sich mit ausgestreckter Hand umdrehte und Jonathon ihm bereits seine leere Tasse entgegenhielt, musste er grinsen. „Du gewöhnst dich langsam an mich, was?"

Das fiel ihm auch nicht gerade schwer. Jonathon fühlte sich in seiner Nähe wohl und es war, als würden sie … perfekt zusammenpassen. Er erwiderte Mikes Grinsen. „Sagen wir einfach, wir brauchen beide unseren Kaffee, um unseren Kopf in Gang zu bringen."

„So ist es." Mike widmete sich wieder dem Nachfüllen der Tassen. „Weißt du, was wir bisher noch gar nicht in Betracht gezogen haben? Dominics Tätigkeit als Anwalt. Vielleicht war es ja ein Racheakt. *Vielleicht* hat es jemand getan, der damals von Dominic angeklagt und daraufhin verhaftet worden war. *Vielleicht* ist diese Person jetzt freigekommen und wollte sich rächen." Er reichte Jonathon grinsend eine Tasse. „Das ergibt doch Sinn, oder?"

Jonathon biss sich auf die Lippe. „Ich zerstöre ja nur ungern deine Illusion, Mr Ex-Polizist, aber glaubst du nicht, dass Dominic eine solche Person erkannt hätte, wenn sie hier im Dorf aufgetaucht wäre? Nach allem, was ich gehört habe, hat er sich oft unter die Leute gemischt - im Pub, in der Teestube und in der Kirche … Und Merrychurch ist nicht gerade riesig, oder? Selbst wenn es einer solchen Person gelungen wäre herzukommen, ohne Dominic über den Weg zu laufen, hätte sich das doch trotzdem rumgesprochen, oder?" Er nippte selbstgefällig an seinem Kaffee. „Habe ich recht?"

Mike verzog das Gesicht. „Einen Versuch wars ja wert."

85

Jonathon war tief berührt von seiner Fürsorge. Obwohl seine Schwester nun entlastet worden war, versuchte er weiterhin, ihm zu helfen. „Auf jeden Fall. Und es ist eine gute Idee, die wir unbedingt mit Gorland teilen sollten."

Mike zog die Augenbrauen hoch. „Wirklich?"

Jonathon nickte. „Nur weil ich ein paar mögliche Fehler in deiner Argumentation gefunden habe, muss ich ja noch lange nicht recht haben, oder? Also solltest du Gorland davon erzählen. Er kann sich die Sache ja zumindest mal ansehen. Dominic war einige Jahre als Anwalt tätig. Es könnte da draußen einen ganzen Haufen missmutiger Ganoven geben, die einen Grund hatten, ihm den Tod zu wünschen."

Mike nickte entschlossen. „Du hast recht. Ich werde ihn anrufen." Er warf einen Blick auf die Wanduhr. „Aber vielleicht etwas später. Ich kann mir kaum vorstellen, dass er über Anrufe vor sieben Uhr sonderlich erfreut wäre." Er schmunzelte, und seine Augen funkelten. „Wobei der Gedanke schon ziemlich verlockend ist."

Jonathon blickte ihn streng an. „Muss ich etwa dein Handy konfiszieren?"

Mike brach in schallendes Gelächter aus, und bei dem Geräusch wurde es Jonathon ganz warm ums Herz.

Wir dürfen nur nicht aufhören nachzudenken. Wenn wir uns zusammentun, können wir dem Täter auf die Schliche kommen.

Das hoffte er zumindest.

11

WENN BLICKE töten könnten …
Gorland stemmte die Hände in die Hüften, was mittlerweile zu seinem Markenzeichen geworden war, und funkelte Mike an. „Halt dich da raus, Mike. Das ist eine Polizeiangelegenheit, schon vergessen? Es geht dich nichts mehr an."

Mike bemühte sich, ihn so streng wie möglich anzustarren. „Meine Güte, es war doch nur eine Idee. Ich habe dir bloß vorgeschlagen, es dir mal genauer …"

„Dann sage ich es noch einmal: Es geht dich nichts mehr an, kapiert? Und von Ideen wie dieser halte ich ohnehin nicht viel, also lass es einfach sein." Gorland warf ihm einen letzten stechenden Blick zu, ehe er sich umdrehte und den Pub verließ.

Jonathon räusperte sich. „Das ist ja gut gelaufen", sagte er mit gespielter Heiterkeit.

Mike sah ihn eindringlich an. „Ach, soll Gorland doch denken, was er will. Ich glaube immer noch, dass die Idee gar nicht so abwegig ist. Da fällt mir ein …" Er zückte sein Handy und schaute unter seiner Brille hindurch auf den Bildschirm.

Ungeduldig trommelte Jonathon mit den Fingern auf die Theke. „Willst du mir verraten, was du vorhast?"

Mike blickte auf. „Ich suche einen ehemaligen Kollegen von mir, der uns vielleicht weiterhelfen kann."

Jonathon spürte ein leichtes Kribbeln im Bauch. „Aber Gorland hat doch gesagt …"

„Was Gorland gesagt hat, interessiert mich nicht. Außerdem bin diesmal ja nicht *ich* derjenige, der die Nachforschungen anstellt. Das überlasse ich Keith. Glaub mir, dieser Kerl kann sogar die sprichwörtliche Nadel im Heuhaufen finden." Er lächelte sanft. „Siehst du? Ich rufe nur einen alten Kumpel an, mehr nicht." Er scrollte weiter.

„Und ich glaube, du betreibst hier reine Semantik." Trotzdem hatte Jonathon nicht vor, ihn aufzuhalten, schon gar nicht, da sich Mikes Verdacht als richtig erweisen könnte.

AUCH NACHDEM die Mittagsgäste wieder gegangen waren und Abi sich verabschiedet hatte, gab es noch keine Antwort von Mikes Freund Keith. Langsam bekam Jonathon das Gefühl, dass sie ihre Zeit vergeudeten. Es war bereits sechzehn Uhr, und Mike hatte ihn um zehn angerufen. *Wenn es etwas zu finden gäbe, wäre es mittlerweile doch sicher aufgetaucht, oder?*

Jonathon zuckte zusammen, als Mikes Handy plötzlich laut klingelte.

„Du warst wohl gerade in deiner eigenen Welt", bemerkte Mike und nahm sein Handy von der Theke. Als er auf den Bildschirm blickte, grinste er. „Aha."

Jonathon legte den Lappen beiseite, mit dem er die Tische abgewischt hatte, und ging zu Mike.

„Okay, das klingt interessant. Warte mal kurz, Keith, ich stell dich auf laut."

Jonathon riss die Augen auf. *Gute Neuigkeiten?*, flüsterte er tonlos.

Mike nickte. „So, noch da, Keith? Mein Kumpel Jonathon hört jetzt auch mit. Kannst du bitte wiederholen, was du mir gerade gesagt hast?"

„Hallo, Kumpel Jonathon", sagte Keith hastig. „Also, Mike, damit wir uns einig sind: Diese Informationen hast du nicht von mir, ja? Ich weiß, wer an diesem Fall dran ist. So was spricht sich schnell herum."

„Ich werde kein Wort sagen, versprochen."

„Okay." Keith klang nicht allzu überzeugt. „Ein Fall ist besonders herausgestochen. Dominic hat mal einen Mann verteidigt, der wegen eines Sexualdelikts angeklagt war. Der Typ hat seine Unschuld beteuert, wurde aber für schuldig befunden. Daraufhin ist er ziemlich wütend geworden und hat Dominic die Schuld an dem Urteil gegeben, weil er ihn angeblich nicht gut genug verteidigt habe."

„Also hatte er einen Grund, einen Groll gegen Dominic zu hegen", stellte Jonathon fest.

„Schon, aber die Sache wird noch komplizierter."

„Inwiefern?", fragte Mike stirnrunzelnd.

„Ich schicke dir gleich alle Fakten per E-Mail, Mike. Ich hoffe, es hilft euch weiter."

„Danke, Kumpel. Du hast was gut bei mir."

Keith schmunzelte. „Ach, solange du es für dich behältst, sind wir quitt. Und wenn ich mal in der Gegend bin, kannst du mich ja auf ein Bier einladen."

„Abgemacht." Mike legte auf und schaute auf sein Handy. „Okay, ich habe die E-Mail bekommen." Er verstummte, als er sie las. Schließlich verfinsterte sich sein Gesicht. „Jetzt verstehe ich, was er mit Komplikationen meinte."

„Na los, sag schon."

Mike verdrehte die Augen. „Immer mit der Ruhe! Also … Aidan Prescott wurde vor etwa zehn Jahren aus dem Gefängnis entlassen."

„Dann hätte er seinen Groll aber ganz schön lange gehegt. Ist es denn wahrscheinlich, dass er sich mit seiner Rache so viel Zeit gelassen hat?"

„Wohl eher nicht, aber das liegt vor allem daran, dass er tot ist."

Jonathon starrte ihn entgeistert an. „Tot?"

Mike nickte. „Laut Keith hatte Prescott eine schlimme Zeit im Gefängnis. Als er rauskam, war er ein gebrochener Mann, und anscheinend konnte er nirgendwo mehr Anschluss finden. Also ... hat er sich das Leben genommen."

„Oh mein Gott." Jonathon wusste nicht, was ihm mehr zu schaffen machte - dass Aidan Prescott für ein Verbrechen ins Gefängnis gegangen war, das er angeblich nicht begangen hatte, oder dass sie mit dieser Spur gerade in eine Sackgasse geraten waren.

„Ah, Moment mal!" Mike starrte auf sein Handy. „Hier steht, dass Prescott verheiratet war und ein Kind hatte. Der Name der Frau ist Amy, und der Sohn heißt Andrew ..."Langsam löste er seinen Blick vom Bildschirm und sah Jonathon in die Augen.

„Warum kommen mir diese Namen so bekannt vor?" Als er sich daran erinnerte, wo er sie gehört hatte, lief es ihm eiskalt den Rücken hinunter. „Dieser Typ, den wir am Fluss getroffen haben ... du hast ihn mir doch als Andrew Prescott vorgestellt, oder? Und seine Mutter ist Amy ..."Er erschauderte. „Denkst du, sie wissen, dass Dominic ihn damals vor Gericht verteidigt hat? Sind sie deshalb ins Dorf gezogen - um sich zu rächen? Was, wenn ... was, wenn Andrew ihn getötet hat?"

„Jetzt mach aber mal halblang." Mike legte sein Handy beiseite und griff nach Jonathons Hand. „Nicht so voreilig. Wir wissen nicht, ob es wirklich so war, okay? Es gibt da dieses tolle Wort, von dem du vielleicht schon mal gehört hast. Wie hieß es doch gleich? Ach ja: Zufall."

„Zufall?" Jonathon entriss ihm seine Hand und sprang so schnell auf, dass sein Hocker ins Wanken geriet und umkippte. „Ich bitte dich, Mike. Ist das dein Ernst?"

„Okay, schon gut. Ich verstehe ja, wie das aussieht, aber es gibt nur eine Möglichkeit, herauszufinden, ob an der Sache etwas dran ist." Mike machte ein ernstes Gesicht. „Ich werde zu ihm gehen und mit ihm reden."

„Aber nicht ohne mich." Jonathon verschränkte die Arme vor der Brust.

Mike sah ihn kurz schweigend und mit ausdrucksloser Miene an. „Na gut", sagte er schließlich, „aber das Reden überlässt du bitte mir. Verstanden?"

Jonathon nickte eifrig. „Ich mache keinen Mucks."

Mike schnaubte. „Ist klar. Auch wenn ich dich erst seit sechs Tagen kenne, weiß ich jetzt schon, dass du dich daran nicht halten wirst." Er hielt abwehrend die Hände hoch. „Ich habe meinen Teil gesagt. Jetzt lass uns ins Auto steigen und zu Andrew fahren."

„Und wenn sich herausstellt, dass er Dominic getötet hat?" Jonathon erschauderte. „Was, wenn er gewalttätig wird?"

Mike warf ihm einen ernsten Blick zu. „Was hat er gemacht, als du ihn zum ersten Mal getroffen hast?"

„Enten gefüttert."

„Eben. Vielleicht irre ich mich ja, aber würde jemand, der kleine Enten füttert, gewalttätig werden?"

Jonathon verdrehte die Augen. „Ich bin mir sicher, dass selbst Jack the Ripper mindestens einmal in seinem Leben Enten gefüttert hat", raunte er halblaut. Das brachte Mike dazu, die Augenbrauen so hoch zu ziehen, dass sie fast in seinem Haaransatz verschwanden.

Schließlich deutete Mike auf die Tür. „Ab ins Auto. Und keine Faxen. Sonst ..."

Jonathon war sich ziemlich sicher, dass die unausgesprochene Drohung nur ein Bluff war, aber er wollte es nicht darauf ankommen lassen.

JONATHON MUSSTE zugeben, dass Andrew Prescotts Cottage wirklich hübsch war. Klein, aber fein. Der Vorgarten, der sich unter den Blumenkästen auf beiden Seiten ausbreitete, war das reinste Farbenmeer.

„Die beiden haben sich hier wirklich Mühe gegeben", bemerkte Mike, als sie den gepflasterten Weg entlanggingen. „Da hat jemand einen grünen Daumen."

„Und eine Vorliebe für Lilien", fügte Jonathon mit Blick auf ein Büschel langstieliger Blumen hinzu, die einen berauschenden Duft verströmten.

„Ja, das ist mir auch schon aufgefallen. War ja klar, dass dir das nicht entgeht." An der Haustür hielt Mike inne und sah Jonathon eindringlich an. „Denk daran, was ich gesagt habe: Ich übernehme das Reden."

Jonathon verdrehte die Augen. „Ich werde brav sein wie ein Lamm." Mikes kräftiges Schnauben bewies nur, wie gut er Jonathon kannte. Jonathons Hände waren feucht und er hatte keine Ahnung warum. Er redete sich ein, dass Mike über reichlich Erfahrung verfügte. Wenn Andrew etwas mit Dominics Tod zu tun hatte, würde Mike es schon herausfinden.

Mike klingelte und trat einen Schritt zurück. Die Tür öffnete sich und Andrew stand stirnrunzelnd vor ihnen. „Ich habe mir schon gedacht, dass ihr das seid, als ich durch die Vorhänge geblinzelt habe. Was kann ich für dich tun, Mike?" Er warf Jonathon einen flüchtigen Blick zu.

„Können wir reinkommen? Wir müssen etwas besprechen."

Andrew zog die Augenbrauen hoch. „Das klingt nach einem ... offiziellen Besuch. Bist du neuerdings wieder bei der Polizei?"

Mike lachte, aber Jonathons Magen krampfte sich zusammen. Vielleicht bildete er sich das nur ein, aber Andrew wirkte nervös. „Nein, immer noch dein guter alter Kneipenwirt, aber ich wäre nicht hier, wenn es nicht wichtig wäre."

Andrew starrte ihn immer noch mit gerunzelter Stirn an. Dann schien er nachzugeben. „Okay, kommt rein." Er ließ sie eintreten. „Die erste Tür links. Mum ist auch da. Ich hoffe, das stört euch nicht?"

„Ganz und gar nicht." Mike verstand es perfekt, die Stimmung zu lockern. Jonathon hatte den Eindruck, dass er ein guter Polizist gewesen sein musste.

Sie folgten Andrew in ein gemütliches kleines Wohnzimmer, in dem seine Mutter in einem Sessel mit hoher Rückenlehne saß.

Andrew wies mit der Hand auf das Sofa. „Bitte setzt euch. Möchtet ihr einen Tee oder einen Kaffee?"

Mike winkte ab. „Nein, danke."

„Also, warum seid ihr hier?"

Mike warf Jonathon einen Blick zu, bevor er das Wort ergriff. „Ich befasse mich gerade mit dem Tod von Dominic de Mountford, wenn natürlich auch nicht in offizieller Funktion. Ich habe Nachforschungen über seine Karriere angestellt und nach jemandem gesucht, der einen Groll gegen ihn gehegt haben könnte. Und dabei bin ich … auf deinen Vater gestoßen."

„Oh?" Andrew blinzelte und straffte die Schultern. „Ich verstehe ja, wie man auf den Gedanken kommen kann, dass er etwas mit Dominics Tod zu tun haben könnte, aber er kann doch jetzt nicht mehr von Interesse sein. Schließlich ist er tot."

Kurz sah Jonathon zu Andrews Mutter hinüber, die steif in ihrem Sessel saß und den Blick auf Mike gerichtet hatte.

„Ja, ich weiß. Es scheint mir nur ein großer Zufall zu sein, dass du mit deiner Mutter ausgerechnet nach Merrychurch gezogen bist. Ich habe mich gefragt, ob das etwas mit deinem Vater zu tun hatte."

„Tatsächlich nicht. Wir hatten keine Ahnung, dass Dominic hier lebt. Es war eine große Überraschung für uns."

„Ach so." Mike sah Jonathon in die Augen, und dieser konnte ihm den Gedanken förmlich ablesen: *Wir sind in eine Sackgasse geraten.*

„Ich bin froh, dass er tot ist."

Das plötzliche Aufblitzen von Bosheit in Andrews Mutter beschleunigte Jonathons Puls.

„Mum, das meinst du doch nicht so", sagte Andrew leise.

Sie starrte ihn an. „Und ob. Er hat unser Leben zerstört. Ohne seine Inkompetenz wäre dein Vater nie ins Gefängnis gekommen. Er war nach seiner Entlassung nicht mehr derselbe, und das weißt du auch. Du hast es ihm doch *versprochen*, Andrew! Hast du das etwa schon wieder vergessen?" Spucke flog ihr von den Lippen, und ihre Augen funkelten wild. „Wir haben beide an seinem Bett gestanden und geschworen, dass …"

„Mum!"Andrew erbleichte.

Jonathon drehte sich der Magen um. *Oh mein Gott, wir hatten recht. Er hat Dominic wegen der Sache mit seinem Vater umgebracht.* Er wollte sich übergeben - gleich nachdem er Andrew eine verpasst hatte, auch wenn Jonathon ein schmächtiges Nichts war.

Mike sah Andrew mit ruhigem Blick an. „Können wir uns vielleicht irgendwo anders unterhalten?"

Andrew schluckte. „Natürlich. Kommt mit in die Küche." Er wandte sich an seine Mutter. „Mum, ich mache dir einen Tee, ja?" Ohne eine Antwort abzuwarten, führte er die beiden Männer aus dem Zimmer. In der kleinen Küche angekommen, zog Andrew leise die Tür hinter ihnen zu. „Das tut mir leid. Mum ist schon eine ganze Weile nicht mehr sie selbst." Er lehnte sich gegen die Tür.

Mike stand mit dem Rücken zur Spüle, die Arme verschränkt. Er gab Jonathon ein Zeichen, sich auf den Hocker am Tisch zu setzen, bevor er sich wieder Andrew zuwandte. „Sollen wir das, was sie gesagt hat, also einfach ignorieren? Willst du uns weismachen, dass sie Schwachsinn gefaselt hat?"

Andrew war immer noch kreidebleich. „Ich …"Er starrte Mike mit großen Augen an, doch dann senkte er die Schultern und machte einen Buckel. „Ich sollte euch am besten die Wahrheit sagen."

„Das ist eine gute Idee. Also …?"

Andrew fuhr sich durch die Haare. „Das vorhin war eine Lüge. Wir sind ganz bewusst nach Merrychurch gezogen. Mum hat die Entscheidung getroffen, aber nur, weil Dad sie damals dazu gebracht hatte, es ihm zu schwören. Nach seiner Entlassung aus dem Gefängnis wollte er sich einen Job suchen, aber er war körperlich und nervlich völlig am Ende. Jede Arbeit, die er fand, hielt nicht lange, und von da an ging es nur noch bergab. Es dauerte nicht lange, bis er anfing, von Rache zu sprechen."

„Oh Gott." Jonathon starrte Mike an, und sein Herz raste.

Mike machte eine beschwichtigende Geste, ehe er sich wieder an Andrew wandte. „Sprich weiter. Lass alles raus. Es tut gut, mit jemandem darüber zu reden, oder?"

Andrew nickte, und langsam kehrte wieder Farbe in sein Gesicht zurück. „Ja, und wie. Es ist eine solche Erleichterung."

Bei Mikes einfühlsamer Art wurde Jonathon ganz warm ums Herz. *Er kann gut mit Menschen umgehen.* Eine Eigenschaft, die ihn zu einem ausgezeichneten Wirt und wahrscheinlich auch zu einem verdammt guten Detektiv machte.

„Mum und ich mussten Dad schwören, dass wir ihn rächen würden."Andrews Gesicht verfinsterte sich. „Ich glaube, da hatte er schon den Entschluss gefasst, sich umzubringen. Natürlich konnten weder Mum noch ich ahnen, wie schlimm es um ihn stand. Aber er redete immer weiter auf sie ein, dass alles Dominics Schuld sei und er für sein Versagen büßen müsse. Ich … ich habe ihm damals keine Beachtung geschenkt. In meinen Augen war es ein verrückter Gedanke. Aber … nach seinem Tod hat Mum die Sache einfach nicht ruhen lassen. Ach was, sie sprach von nichts anderem mehr. Ich glaube, das war der Grund dafür, dass … ihr Verstand aus dem Gleichgewicht geraten ist. Sie ist psychisch labil, Mike. Und ich glaube beim besten Willen nicht, dass sie in der Lage gewesen wäre, Dominic zu töten."

„Aber jetzt mal genug von ihr – wie sieht es denn mit dir aus?", platzte Jonathon heraus. Mike warf ihm einen warnenden Blick zu, aber er konnte sich nicht mehr zusammenreißen. „Wo warst du am Donnerstagabend?"

Andrews Gesicht wurde aschfahl. „Du ... du glaubst, ich habe ihn getötet? Um Gottes willen! So etwas könnte ich niemals tun."

„Danach hat er nicht gefragt", warf Mike leise ein.

Als Jonathon Andrews geballte Fäuste und den entsetzten Gesichtsausdruck bemerkte, kamen leise Zweifel in ihm auf. Zugegebenermaßen hatte er keine so gute Menschenkenntnis wie Mike, aber Andrew wirkte auf ihn wie ein anständiger Kerl.

„Am Donnerstag? Ich ... ich war den ganzen Abend hier."

„Kannst du das beweisen?", hakte Mike mit ruhiger Stimme nach, und Jonathon erkannte, dass er nicht fragte, weil er Andrew misstraute, sondern weil er seine Unschuld beweisen wollte.

„Nein." Andrews Schultern erschlafften erneut. „Mum ist an dem Abend früh ins Bett gegangen, so gegen sechs. Sie war schon den ganzen Tag über sehr schläfrig. In letzter Zeit ... ist sie ständig am Schlafen."

Als es plötzlich an der Haustür klingelte, schreckten alle gleichzeitig auf.

„Ich geh schon." Andrew ließ sie in der Küche zurück.

Jonathon sah Mike eindringlich an. „Du glaubst nicht, dass er es getan hat, oder?"

Mike schüttelte den Kopf. „Mein Instinkt sagt mir, dass er unschuldig ist. Aber er hat kein Alibi, also ..."Er verstummte, als Stimmen zu ihnen drangen - darunter auch eine, mit der er bestens vertraut war. „Verdammt. Das ist Gorland."Er stürmte aus der Küche, und Jonathon folgte ihm.

Im Flur standen Gorland und Constable Billings. Gorland verzog das Gesicht, als er Mike erblickte. „Was zum Teufel machst du hier?"

„Ich besuche einen Nachbarn und Stammgast aus meinem Pub", sagte Mike mit fester Stimme. „Ist das etwa verboten?"

Gorland zog die Augenbrauen hoch. „Aha. Und der Mann, den du besuchst, hat interessanterweise ein starkes Motiv für den Mord an Dominic. So ein Zufall aber auch." Er grinste höhnisch. „Was habe ich über das Einmischen in Polizeiangelegenheiten gesagt?"

Jonathon rutschte das Herz in die Hose. Natürlich. Wenn Mikes Freund Keith auf den Fall Aidan Prescott stoßen konnte, dann konnte Gorland das auch.

„Hast du vor, ihn festzunehmen?", fragte Mike.

„Mr Prescott wird uns auf die Wache begleiten, um ein paar Fragen zu beantworten. Nicht, dass es dich etwas angehen würde."

Andrew riss den Kopf in Mikes Richtung und sah ihm in die Augen. „Mike? Kannst du Ms Embry von nebenan bitten, auf Mum aufzupassen? Ich will nicht, dass sie allein ist."

Mike nickte. „Na klar. Und außerdem wirst du eh nicht lange weg sein." Er warf Gorland einen strengen Blick zu. „Nicht, wenn sie merken, dass sie den Falschen mitgenommen haben."

Gorland blickte so finster drein, dass sich seine Augen fast in der Dunkelheit verloren. „*Sie* sind kein Detektiv mehr, *Mr Tattersall*. Vergessen Sie das ja nicht." Mit einem Kopfnicken bedeutete er Constable Billings, Andrew nach draußen zu geleiten. Gorland warf Mike einen letzten Blick zu, bevor er ihnen aus dem Haus folgte.

Jonathon ergriff Mikes Arm. „Wir müssen etwas machen. Ich glaube nicht, dass Andrew es getan hat."

Mikes Augen waren voller Mitgefühl. „Ich auch nicht, aber er hat kein Alibi."

„Aber reicht das aus, um Anklage gegen ihn zu erheben? Dafür brauchen sie doch sicher handfeste Beweise, die ihn mit dem Tatort in Verbindung bringen, oder?" Es musste doch *irgendetwas* geben, das sie tun konnten - etwas, was Mike tun konnte. „Bitte, Mike?"

Mike seufzte. „Kümmern wir uns erst mal um seine Mutter. Dann gehen wir zurück in den Pub und strengen unsere grauen Zellen an, okay?"

Es war zwar nicht die Antwort, die Jonathon sich erhofft hatte, aber fürs Erste musste sie genügen. „Na gut."

12

ALS SIE in den Pub zurückkamen, hatte Sue schon alles für die Abendgäste vorbereitet. „Ich dachte, ich mach mich mal nützlich."

Mike fiel ihr um den Hals. „Danke, Schwesterherz." Er schaute Jonathon an. „Hilfst du heute wieder hinter der Bar aus?"

„Ich bin für jede Ablenkung dankbar."

Sue warf ihm einen scharfen Blick zu. „Was ist passiert?"

Mike seufzte. „Die Polizei hat Andrew Prescott zum Verhör mitgenommen."

„Was?" Sue stutzte. „Warum?"

„Dominic hat wohl damals Andrews Vater vor Gericht vertreten, der dann ins Gefängnis gekommen ist. Er gab Dominic die Schuld und ließ Amy und Andrew Rache schwören."

Sue riss die Augen auf. „Aber ... Andrew ist doch so ein lieber Kerl. Er könnte keiner Fliege etwas zuleide tun."

„Er hat kein Alibi für Donnerstagabend."

Darauf folgte eine so tiefe Stille, dass sich Jonathon die Nackenhaare aufstellten.

Sue war kreidebleich. „Er kann Dominic nicht getötet haben."

Jonathon spürte ein Kribbeln. „Warum habe ich das Gefühl, dass du etwas weißt?"

Sie schluckte. „Es ist physisch unmöglich, dass er Dominic getötet hat, weil er an diesem Abend nicht mal in der Nähe von Merrychurch war."

„Und woher willst du das wissen?" Mike sah sie eindringlich an. Als sie nicht sofort antwortete, verschränkte er die Arme. „Susan Elizabeth Bentley ..."

Wütend funkelte sie ihn an. „Du weißt, wie sehr ich es hasse, wenn du meinen zweiten Vornamen benutzt, du Arsch."

„Dann sag mir, was los ist, sonst wiederhole ich ihn." Mike schenkte ihr ein böses Grinsen.

„Na schön!"

Jonathon war hin- und hergerissen zwischen dem Wunsch zu erfahren, was sie verheimlichte, und dem Versuch, nicht über Mikes kindisches Benehmen zu lachen.

Sue holte tief Luft. „Andrew war in dieser Nacht in Reading."

Mike blinzelte. „In Reading? Willst du damit etwa sagen, dass er an dem Einbruch ins Labor beteiligt war? Mit dir?" Als sie nickte, runzelte Mike die Stirn. „Warum sollte er so etwas machen? Das sieht ihm überhaupt nicht ähnlich."

Sie seufzte. „Dieser Mann würde alles für mich tun. Er ist total vernarrt in mich."

„Wie lange läuft das schon?", fragte Mike ungläubig.

„Wir sind jetzt seit sechs Monaten mehr oder weniger zusammen." Ihre Wangen gewannen wieder etwas an Farbe.

„Und das erfahre ich jetzt erst?"

Sue warf ihm einen stechenden Blick zu. „Ich muss dir doch nicht alles erzählen, oder? Und es ist nicht gerade allgemein bekannt. Dafür gibt es zu viele Leute hier im Dorf mit einem guten Gedächtnis, wenn du weißt, was ich meine." Sie richtete sich auf. „Du musst zur Polizei gehen und ihnen sagen, dass sie die falsche Person in Gewahrsam haben – schon wieder."

„Ich glaube nicht, dass Detective Inspector Gorland auf mich hören wird."

„Sue hat recht", warf Jonathon ein. „In den Augen der Polizei hat er ein starkes Tatmotiv, und es gibt in Dominics Mordfall momentan offensichtlich keine anderen Verdächtigen. Du musst etwas tun."

„Ich werde ganz bestimmt nicht zur Polizei gehen. Ich habe hier einen Laden zu schmeißen, oder habt ihr das etwa schon wieder vergessen?" Mike zog die Augenbrauen hoch.

„Dann werde *ich* Sue eben begleiten." Jonathon schob das Kinn vor und streckte die Hand nach Mikes Schlüsseln aus.

Einen Moment lang starrte Mike ihn an, dann schnaubte er und griff in seine Hosentasche. Er warf Jonathon die Schlüssel zu. „Du bist ein richtiger Dickkopf, weißt du das?"

Jonathon lächelte ihn an. „Ach, genau das magst du doch an mir." Als ihm die Intimität seiner Aussage bewusst wurde, fragte er sich, wie sie in nur sechs Tagen an diesem Punkt angelangt sein konnten. Mikes erschrockener Blick wich einem aufrichtigen Lächeln, was darauf hindeutete, dass Jonathon nicht als Einziger so empfand.

Er ist ein guter Mensch. Intelligent, humorvoll, attraktiv, und er beschützt seine Schwester mit aller Kraft. Damit erfüllte er für Jonathon alle wichtigen Kriterien. Das kleine Detail, dass er verdammt sexy war, stand auf der Liste natürlich keineswegs ganz unten.

„Also, wollen wir dann jetzt mal los?" Sue zerrte an seinem Ellbogen und riss ihn aus seinen Träumereien.

Jonathon schenkte Mike ein verschmitztes Grinsen. „Wenn du dich geschickt anstellst, mache ich heute Abend wieder Cocktails."

Das brachte auch Mike zum Grinsen. „Ich werde es weitersagen. Und jetzt spiel den tapferen Ritter und bring Gorland dazu, seinen Fehler einzusehen."

Jonathon lachte. „Dieser Mann kann mich - meinem Vater sei Dank - ohnehin nicht ausstehen. Das wird die Sache nicht gerade besser machen." Er hielt Sue die Tür auf und folgte ihr aus dem Pub zum Auto.

Bei der Fahrt durchs Dorf staunte Jonathon darüber, wie die Abendsonne auf die Baumkronen fiel und das grüne Laub noch intensiver zum Leuchten brachte. Die Häuser aus honigfarbenem Stein strahlten warm. Merrychurch war ein schöner Ort zum Leben.

„Er hat dich wirklich gern", murmelte Sue neben ihm, den Blick auf die Straße gerichtet.

„Ich habe ihn auch gern."

Sie kicherte. „Ich bin nicht dumm, und blind bin ich auch nicht."

Jonathon runzelte die Stirn. „Wie meinst du das?"

„Man muss kein Genie sein, um zu merken, dass er auf dich steht. Und so, wie ich das sehe, beruht dieses Gefühl auf Gegenseitigkeit."

Mist. Wenn sogar Sue das merkte …

„Und nur, damit du es weißt: Ich finde das schön."

„Ach ja?" Es fiel ihm immer schwerer, sich aufs Autofahren zu konzentrieren.

„Natürlich. Seit er hergezogen ist, habe ich ihn noch kein einziges Mal so entspannt erlebt. Und außerdem lächelt er mehr. Ich glaube, das liegt an dir."

„Oh." Das gab ihm ein gutes Gefühl.

„Aber wenn du ihm wehtust, schneid ich dir die Eier ab, klar?"

Verdammt. Jonathon rang nach der Luft, die ihm bei seinem erschrockenen Keuchen entwichen war. „Du nimmst auch kein Blatt vor den Mund, oder? Und wer sagt, dass sich zwischen uns überhaupt etwas entwickeln wird?"

„Willst du etwa nicht, dass sich zwischen euch etwas entwickelt? Denn wie ich schon sagte: Ich bin nicht blind."

Jonathon war sich nicht sicher, wie ehrlich er sein sollte. „Sagen wir einfach, ich will nichts erzwingen. Ich habe eine sehr organische Auffassung von Beziehungen. Wenn es so sein soll, dann wird es auch ohne mein Zutun passieren." Er blickte zu ihr hinüber. „Oder *deinem*, okay?"

Sue seufzte. „Du kannst mir nicht verübeln, dass ich Mike glücklich sehen will. Als er aus dem Dienst entlassen wurde, war er am Boden zerstört. Ich weiß, dass es ihm hier im Dorf gefällt und er gerne den Pub führt, aber ich hatte immer das Gefühl, dass ihm etwas fehlt. Ich bin nicht naiv, Jonathon. Ich weiß, dass er … *einsam* sein muss, wenn du verstehst, was ich meine."

Jonathon schmunzelte. „Meine Güte, jetzt zier dich doch nicht so!" Bei Sues Beschreibung von Mikes Lage brach ihm innerlich das Herz.

Sie schnaubte. „Ja, tut mir leid, aber noch ausführlicher möchte ich nicht auf das Sexleben meines Bruders eingehen. Und da wären wir wieder."

Jonathon kam auf dem Parkplatz zum Stehen.

Sue schnallte sich ab. „Hoffentlich glauben sie mir."

Sie stiegen aus dem Geländewagen aus und betraten die malerische Polizeiwache.

Als sie hereinkamen, saß Constable Billings am Empfangstisch. „Mrs Bentley, Mr de Mountford, womit kann ich Ihnen helfen?"

Ehe Jonathon etwas sagen konnte, ergriff Sue das Wort. „Sie könnten zum Beispiel aufhören, Andrew Prescott zu befragen. Sie haben den falschen Mann, und ich kann es beweisen."

Constable Billings blinzelte. „Ich verstehe." Nach einem kurzen Blick in Jonathons Richtung griff er zum Telefon. „Sir? Mrs Bentley und Mr de Mountford sind hier. Offenbar haben sie Beweise, die Andrew Prescott entlasten." Er hielt inne und hörte zu, aber Jonathon konnte sein Zucken nicht übersehen. „Ja, Sir." Dann legte er den Hörer auf und seufzte. „DI Gorland ist gleich da."

Der Constable tat Jonathon leid. Er nahm an, dass es nicht sehr angenehm war, unter Gorland zu arbeiten.

Nach wenigen Minuten wurde die Tür hinter Constable Billings aufgerissen und Gorland kam heraus. Seine Jacke fehlte, und seine Ruhe war deutlich getrübt. „Das wird ja langsam zur Gewohnheit."

„Sie müssen Andrew freilassen. Er hat nichts mit Dominics Tod zu tun. Am Donnerstagabend war er mit mir in Reading. Und wenn Sie noch mehr Zeugen wollen, fragen Sie einfach die Leute, deren Namen ich Ihnen schon genannt habe." Sue holte tief Luft.

Gorland verengte die Augen. „Sie haben also gelogen, als ich Sie gefragt habe, wie viele Leute bei dem Einbruch dabei waren."

„Ja." Sue reckte ihr Kinn vor. „Dass er dabei war, schien nicht von Bedeutung für Sie. Aber jetzt kann ich gerne eine Aussage machen, falls das nötig ist."

Er gab einen Laut der schieren Verzweiflung von sich. „Na schön. Kommen Sie mit. Sie nicht, Mr de Mountford. Sie können hier warten. Ich war zu Ihnen bisher mehr als entgegenkommend und wüsste nicht, warum Sie bei dieser Sache dabei sein sollten."

„Ich bin ganz Ihrer Meinung." Jonathon schenkte ihm ein höfliches Lächeln. „Ich wollte Sie sowieso nicht danach fragen." Er sah sich um und nahm dann auf einem Stuhl vor dem Schreibtisch Platz. „Ich warte hier auf dich, Sue."

„Danke, mein Lieber." Sue folgte Gorland aus dem Empfangszimmer.

Dass sie ihn *mein Lieber* genannt hatte, gab ihm ein warmes Gefühl.

„Übernachten Sie immer noch im Pub?", fragte Constable Billings. „Ich hätte gedacht, dass Sie lieber auf das Anwesen ziehen würden." Dann machte er ein langes Gesicht. „Wobei, ich kann natürlich verstehen, warum Sie das nicht möchten. Der Gedanke, dass Dominic dort gestorben ist, ist sicher nicht leicht für Sie. Ich weiß, dass Sie sich nahestanden."

Mit so einer einfühlsamen Äußerung hätte Jonathon nicht gerechnet. „Ich wusste gar nicht, dass Sie ihn so gut kannten."

Constable Billings lächelte. „Sie wissen doch, dass er manchmal im Pub eingekehrt ist, oder? An meinen dienstfreien Abenden trinke ich da auch gerne ein Bier und spiele eine Partie Darts oder Karten. Ich bin unzählige Male gegen Dominic angetreten. Er konnte gut mit Pfeilen umgehen."

„Er hat Darts gespielt?" Das war Jonathon neu.

Constable Billings lachte. „Mein Gott, er hat mich so oft auseinandergenommen. Zum Glück haben wir nie Wetten über das Ergebnis abgeschlossen." Er lächelte. „Dominic war ein lieber Kerl. Vielleicht etwas einsam. Ich dachte immer, dass er bestimmt deswegen in die Teestube und den Pub geht. Und es gibt in diesem Dorf viele Leute, die ihn wirklich mochten."

„Aber irgendjemand mochte ihn nicht." Jonathon erschauderte.

Zu seiner Überraschung streckte Constable Billings die Hand über den Schreibtisch und tätschelte ihm den Arm. „Wir finden diese Person, wer auch immer es war." Er ließ seine Hand sinken. „Bleiben Sie noch bis zum Fest hier?"

Jonathon nickte. „Nach meinem Gespräch mit Rachel Meadows hatte ich eine Idee. Mein Onkel hat wohl immer eines seiner Aquarelle als Preis für die Tombola gestiftet. Das hat mich überrascht, weil ich gar nicht wusste, dass er gern gemalt hat." Er schüttelte den Kopf. „Ich habe so viel Neues über Dominic erfahren. Jedenfalls werde ich mich im Herrenhaus umsehen und ein Gemälde als Spende aussuchen. Ich möchte die Tradition gerne fortsetzen."

Constable Billings lächelte. „Das hätte Dominic sehr schön gefunden."

„War Bryan Mayhew schon hier, um eine Aussage zu machen?" Es war zwar erst knapp vierundzwanzig Stunden her, aber Jonathon hoffte, dass Bryan sein Versprechen gehalten hatte.

„Ja. Um ehrlich zu sein, haben wir ihn überhaupt nicht verdächtigt. Er hat kein Motiv. Ihr Onkel war so freundlich, ihn im Nebengebäude wohnen zu lassen und ihm für seine Doktorarbeit Zugang zu den Familienporträts und der Gruft zu gewähren. Ihm standen im Grunde alle Räume offen. Leider war er nicht da, als Dominic gestorben ist, sonst hätte er vielleicht etwas gesehen." Constable Billings deutete mit einem Kopfnicken zur Tür, durch die Sue und Gorland gegangen waren. „Dann ist Andrew Scott also unschuldig? Das freut mich. Er scheint ein lieber Kerl zu sein, so wie er sich um seine Mutter kümmert. Ich habe manchmal im Dorf oder in der Teestube mitbekommen, wie sie sich unterhalten haben. Es ist bestimmt nicht immer leicht, für sie zu sorgen. Ich glaube, er hat mit ihr alle Hände voll zu tun."

Nach allem, was Jonathon mitbekommen hatte, musste er ihm da zustimmen. Er hatte sich kurzzeitig gefragt, ob Amy irgendwie auf das Anwesen gekommen sein könnte, aber mit ihrem Rollstuhl schien das eher unwahrscheinlich.

Da kam ihm ein Gedanke. „DI Gorland hat gesagt, dass Sie im Arbeitszimmer meines Onkels Spuren von Messingpolitur und Wachsstiften gefunden haben. Können Sie sich daran erinnern, ob Dominic irgendwann mal Frottagen von Messinggravuren angefertigt hat?"

Constable Billings schüttelte den Kopf. „Diese Information war mir auch neu."

„Übrigens habe ich auf dem Anwesen nach Lilien gesucht. Weder in den Gärten noch in den Gewächshäusern bin ich fündig geworden." Da er von Andrews Unschuld überzeugt war, wollte er die Lilien vor seinem Cottage gar nicht erst ins Spiel bringen. Das schien nicht mehr von Bedeutung zu sein.

Die Augen des Constables leuchteten auf. „Ich weiß, wer Ihnen damit helfen könnte: Melinda Talbot, die Frau des Pfarrers."

„Melinda? Ich kenne sie. Mike und ich waren neulich bei ihr im Pfarrhaus auf einen Tee zu Besuch."

Constable Billings nickte. „Mit Lilien kennt sie sich aus. Ihre Lilien gewinnen so gut wie jedes Jahr auf dem Dorffest den Hauptpreis. Also weiß sie bestimmt, wer noch welche züchtet." Er verdrehte die Augen. „Gott, bin ich blöd. Ich weiß nicht, warum sie mir nicht früher eingefallen ist."

„Sie waren zu beschäftigt damit, über mögliche Verdächtige nachzudenken und nicht über Leute mit guter Ortskenntnis", warf Jonathon ein. „Und außerdem steht Melinda ja ohnehin nicht unter Verdacht, oder?"

Constable Billings lachte. „Melinda? Sie ist eher die Art Mensch, die jemandem in der Öffentlichkeit die Leviten lesen würde. Sagen wir es mal so: Mit ihr würde ich mich nicht anlegen."

Jonathon starrte ihn an. „Aber sie scheint so eine nette Dame zu sein."

Constable Billings schnaubte. „Das würden Sie nicht sagen, wenn Sie mal im Kindergottesdienst mit ihr aneinandergeraten wären."

„Im Kindergottesdienst?" Jonathon kicherte.

Der Constable schüttelte erneut den Kopf. „Und dabei habe ich doch nur ein paar Fragen gestellt. Zum Beispiel: Warum hat Gott Stechmücken erschaffen? Und wenn es regnet, ist das dann Gott, der auf uns pinkelt? Und als Jesus auf dem Wasser gelaufen ist, war das sein erstes Mal oder hatte er vorher heimlich geübt? Oh, und kann Gott unsere Gedanken lesen?"

Jonathon brach in Lachen aus. „Oje. Ich hätte zu gern ihr Gesicht gesehen."

„Meine Mutter fand es nicht so lustig, als Melinda sie am Telefon gebeten hat, mich ab sofort sonntags lieber zu Hause zu lassen." Constable Billings verstummte, als die Tür aufging und Sue herauskam, dicht gefolgt von Andrew Prescott und Gorland. Andrews Gesicht war blass, und Jonathon bemerkte, dass sich er und Sue an der Hand hielten.

„Vielen Dank, dass Sie zu uns gekommen sind, Mrs Bentley. Stellen Sie sich mal vor, wie viel Zeit und Peinlichkeiten Sie uns hätten ersparen können, wenn Sie von vornherein die Wahrheit gesagt hätten." Gorland schien wütend zu sein, was Jonathon nicht im Geringsten überraschte. Er hatte das Gefühl, dass dies Gorlands natürlicher Zustand war.

Sue nickte Gorland nur knapp zu und wandte sich dann an Jonathon. „Andrew begleitet uns in den Pub. Seine Mutter kommt noch eine Weile ohne ihn zurecht. Celia Embry wird sich schon melden, wenn er gebraucht wird. Aber jetzt hat er erst mal einen Drink und eine kleine Auszeit nötig." Liebevoll schaute sie ihn an. „Das kam bei ihm in letzter Zeit eindeutig zu kurz."

Andrew warf ihr einen dankbaren Blick zu und drückte ihre Hand. Dann sah er Jonathon in die Augen. „Aber nur, wenn das okay ist?"

Jonathon lächelte. „Mike wird es sicher nicht im Geringsten stören." Er wandte sich an Sue. „Bestimmt hat er ein paar Fragen an euch beide."

Sue stöhnte auf. „Genau davor habe ich Angst."

Andrew hob ihre Hand an seine Lippen und küsste ihre Finger, was Jonathon als eine sehr zärtliche Geste empfand. „Du brauchst keine Angst zu haben. Ich bin ja bei dir. Wir müssen es nicht mehr für uns behalten, okay?"

Sue blickte ihm in die Augen und holte tief Luft. „Ja, okay."

Mit einem Räuspern verschwand Gorland wieder hinter der Tür, durch die er gerade gekommen war. Constable Billings schenkte Jonathon ein Grinsen, das dieser erwiderte.

Jonathon ließ Mikes Schlüssel um seinen Zeigefinger kreisen. „So, ab nach Hause." Mit einem letzten Kopfnicken in Constable Billings Richtung führte er sie aus der Polizeiwache. Er hatte das Gefühl, dass ihnen ein sehr interessantes Gespräch bevorstand, auch wenn sie der Identität von Dominics Mörder keinen Schritt nähergekommen waren. Zumindest hatte er eine neue Fährte.

Er musste sich mit Melinda Talbot über Lilien unterhalten.

13

ALS SIE in den Pub zurückkehrten, war Mike bereits fleißig hinter der Theke zugange. Er begrüßte Jonathon mit einem strahlenden Lächeln. „Gutes Timing. Kannst du mir zur Hand gehen? Heute Abend ist das ganze Dorf angetanzt, um einen Drink zu bestellen." Er nickte Sue und Andrew zu. „Setzt euch. Wir unterhalten uns, wenn sich der Ansturm etwas gelegt hat."

„War ja klar, dass er mich nicht so einfach davonkommen lässt", murmelte Sue.

Andrew legte schweigend den Arm um ihre Schultern, was beinahe schon provokant wirkte. Dem gedämpften Keuchen und Geflüster der Pubgäste nach zu urteilen konnte Jonathon seine Geste vollkommen verstehen.

Er flitzte hinter die Bar und gab Mike die Schlüssel zurück. Kurz darauf fragte schon die erste Kundin nach einem Cocktail, also krempelte er die Ärmel hoch und machte sich an die Arbeit. „Ist es mittwochabends immer so voll?"

Mike, der neben ihm ein Bier zapfte, schnaubte. „Auf gar keinen Fall. Ich glaube, die Neuigkeiten sprechen sich nach wie vor herum. Jeder will mal einen Blick auf dich erhaschen."

„Immer noch? Ich bin doch schon seit dem Wochenende hier. So langsam müssten sie doch mal so viel von mir gesehen haben, dass der Reiz des Neuen nachlässt." Jonathon goss Wodka in einen Messbecher und kippte ihn in den Cocktailshaker.

„Und wie ging es meinem charmanten Ex-Kollegen?"

Jonathon schmunzelte. „Ich glaube, er war ganz schön verärgert darüber, einen Verdächtigen verloren zu haben." Allerdings teilten die beiden Gorlands Verlust. Jonathon deutete mit einem Kopfnicken auf Sue und Andrew, die Händchen haltend an einem kleinen Tisch saßen und in ein inniges Gespräch vertieft waren. „Damit gibt es hier im Dorf seit heute Abend ein Geheimnis weniger."

Mike seufzte. „Ja. Ich bin froh, dass sie jemanden gefunden hat. Aber es ist wirklich schade, dass sie davor nicht den Mut hatte, mir von ihm zu erzählen."

„Und bevor er zu einem Mordverdächtigen wurde", fügte Jonathon hinzu. „Er hätte sich bestimmt auch gewünscht, dass du unter anderen Umständen von ihrer Beziehung erfährst."

„Du sagst es."

Jonathon sah Mike an. „Aber du wirst ihnen doch hoffentlich nicht das Leben schwer machen? Glaubst du nicht, dass sie schon genug durchgemacht haben?"

Mike lächelte ihn an. „Sue hat dich schon um den Finger gewickelt, was?"

Jonathon hatte nicht vor, ihm von ihrer jüngsten Unterhaltung zu berichten. „Ich glaube, sie hat so schon genug um die Ohren. Du hast doch selbst gesagt, es gibt in diesem Dorf viele Leute, die gerne böse Gerüchte über sie verbreiten. Das wird nur noch mehr Öl ins Feuer gießen."

Mike starrte Andrew an. „Ich hoffe, er hat ein dickes Fell."

Jonathon hatte das Gefühl, dass Andrew Mike noch überraschen könnte. Er schenkte Mike ein Grinsen. „Meinst du nicht, das Glas ist langsam voll genug?" Das Bier tropfte über den Rand.

„Was? Oh, Mist!" Mike riss seinen Kopf nach unten und stöhnte. Er leerte das Glas in der Tropfschale und blickte Jonathon an. „Hast du keine Cocktails zu mixen, *Tom*?"

Mit einem Kichern schüttete Jonathon den Martini durch ein Sieb. Die Arbeit an der Bar gefiel ihm immer besser.

MIKE VERABSCHIEDETE die letzten Gäste und schloss die Tür. „Endlich Feierabend." Er sah sich im Pub um. „Wo sind Andrew und meine Schwester?"

„Sie sind in der Küche und machen uns Sandwiches. Wir hatten kein Abendessen, schon vergessen?" Jonathon wischte den Tresen ab und räumte die letzten Gläser in die Spülmaschine. Dann richtete er sich seufzend auf. „Na toll. Es ist sechs Tage her, dass ich Dominic gefunden habe, und was habe ich seitdem vorzuweisen? Ich kann jetzt tolle Cocktails mixen, aber der Antwort auf die Frage, wer mit ihm im Arbeitszimmer war, sind wir immer noch keinen Schritt näher." Ihn überkam eine Welle der Frustration.

Mike ging hinter die Bar und zog Jonathon in seine Arme. Jonathon erstarrte kurz vor Überraschung, entspannte sich dann aber und schmiegte sein Gesicht an Mikes kratzige Wange. Er wusste nicht, was er mit seinen Händen machen sollte, aber dann schloss er sie um Mikes Körper und legte sie auf seinen Rücken.

„Alles wird gut, da bin ich mir sicher", murmelte Mike.

Jonathon war dankbar für den Zuspruch, aber was sich noch besser anfühlte, waren Mikes starke Arme, die ihn stützten.

Ein Husten brachte Mike dazu, ihn loszulassen.

„Oh, Entschuldigung. Störe ich etwa?" In Sues Stimme schwang Belustigung mit. Grinsend stellte sie einen Teller mit Sandwiches auf der Theke ab.

So schön ihre Unterstützung auch war, gerade verfluchte Jonathon ihr Timing.

„Wenn du dich dann wieder eingekriegt hast …"Mike räusperte sich. „Wie seid ihr beide zusammengekommen?"

Andrews Blick huschte zu Sue, und sie nickte. Er stieß einen Seufzer aus. „Im letzten Jahr ist Mum immer … anstrengender geworden. Sie brauchte mehr Pflege, und ich war die ganze Zeit so verdammt erschöpft. Ich bin jetzt quasi ihr

Betreuer, also wollte ich eine Kurzzeitpflegekraft engagieren, aber Mum weigerte sich. Das tat sie nur, wenn sie lichtere Augenblicke hatte. Letzten Endes habe ich auf etwas zurückgegriffen, worauf ich nicht stolz bin."

Sue nahm seine Hand und drückte sie. „Hey, du hast getan, was du tun musstest, um deinen Verstand zu bewahren."

„Geht es hier um etwas Illegales?" Mike runzelte die Stirn.

„Nein, aber unmoralisch war es schon." Andrew holte tief Luft. „Ich … habe ein paar Schlaftabletten zerkleinert und ihr ins Essen gemischt. Das kam nicht oft vor, nur ab und zu, wenn ich eine Pause gebraucht habe."

„In so einer Phase habe ich ihn am Fluss in seinem Auto gesehen. Er saß schlafend am Steuer." Sue warf Andrew einen liebevollen Blick zu. „Das hat mir einen Riesenschrecken eingejagt. Zuerst dachte ich, er wäre tot."

„Bis ich mich mit einem lauten Schnarcher selbst geweckt habe", gab Andrew mit rotem Gesicht zu. „Sie ließ sich von mir nach Hause fahren und lud mich dann auf einen Kaffee ein."

„Ich dachte mir, dass er einen Wachmacher gebrauchen könnte", sagte sie mit einem sanften Lächeln. „Jedenfalls kamen wir so ins Gespräch. Wir trafen uns immer mal wieder auf einen Kaffee, aber von den Schlaftabletten habe ich erst viel später erfahren. Und da war es schon um mich geschehen."

Andrew beugte sich vor und gab ihr einen Kuss auf die Wange. „Um mich auch." Er blickte auf seine Armbanduhr. „Tut mir leid, aber ich muss jetzt wirklich nach Hause. Celia sagt, dass Mum schon im Bett liegt und schläft, aber die Gute ist immer noch bei uns, und es ist fast Mitternacht. Ich will sie nicht verärgern, weil sie wirklich gut darin ist, ab und zu auf Mum aufzupassen."

„Soll ich mitkommen?", fragte Sue.

Andrew strahlte. „Wirklich?"

Sue lief rot an. „Da wir unsere Beziehung ja jetzt nicht mehr geheim halten, ist es vielleicht an der Zeit, dass wir deine Mutter einweihen. Bis morgen weiß es sowieso das ganze Dorf." Sie gluckste. „Nach dem Gerede zu urteilen, das hier den ganzen Abend im Umlauf war. Von den Blicken ganz zu schweigen." Sie verdrehte die Augen.

Andrew schmunzelte. „Wenn das so ist, kannst du gerne mitkommen. Ich würde mich sehr darüber freuen."

Sue legte ihm eine Hand auf den Arm. „Morgen müssen wir Sherlock abholen. Ich vermisse ihn, und er treibt Becca und ihre drei Katzen bestimmt in den Wahnsinn, auch wenn er unsterblich in Lucy, ihren Golden Retriever, verliebt ist."

„Das machen wir. Mum kann auch mitkommen. Der Ausflug wird ihr guttun. Und bis dahin haben wir bestimmt genug Gesprächsstoff für die Fahrt nach Reading."

„Oh ja. Ganz oben auf meiner Liste steht die Entscheidung, die ich gerade getroffen habe." Sue reckte das Kinn. „Ich werde den Namen Bentley ablegen und wieder offiziell Sue Tattersall heißen. Als der DI mich mit diesem Scheißnamen angesprochen hat, wurde mir bewusst, dass ich so nie wieder genannt werden will."

Ein verlegenes Lächeln huschte über Andrews Gesicht. „Das ist eine tolle Idee." Er streckte Mike die Hand entgegen. „Vielen Dank, dass du so verständnisvoll bist und mir geglaubt hast, Mike. Das bedeutet mir sehr viel."

Mike schüttelte seine Hand und deutete dann auf Jonathon. „Er hat darauf bestanden, dass ich etwas unternehme."

Andrew strahlte. „Oh, wie lieb. Vielen Dank." Dann zog er an Sues Arm. „Los, gehen wir." Er führte sie zum Haupteingang und Mike folgte ihnen, um sie herauszulassen. Als er zurückkam, verschlang Jonathon bereits sein zweites Sandwich. Er gab ein genüssliches Geräusch von sich, das Mike zum Lächeln brachte.

„Klingt, als hättest du das gebraucht." Mike nahm sich auch ein Sandwich und begann zu essen.

Jonathon nickte und aß seines mit einem Bissen auf. „Und jetzt sollte ich schlafen gehen."

„Was hältst du davon, wenn ich uns morgen Frühstück mache?"

Er stieß einen zufriedenen Seufzer aus. „Das klingt wunderbar." Impulsiv nahm er Mike fest in die Arme. „Schlaf gut."

„Du auch."

Jonathon ließ ihn alleine in der Bar zurück und schlurfte müde die Treppe hinauf. Die Erschöpfung machte ihm nichts aus, denn er hatte den ganzen Abend damit verbracht, Cocktails zu mixen. Was er jetzt brauchte, war eine Nacht ohne Träume - eine Nacht, in der er tief und ungestört schlafen würde.

JONATHON STELLTE das Wasser ab, stieg aus der Wanne und griff nach seinem Handtuch. Unten duftete es bereits nach frisch gebratenem Speck, und bei dem Gedanken an ein Sandwich mit knusprigem Speck auf dicken Brotscheiben mit einem großzügigen Klecks brauner Soße trocknete er sich noch schneller ab.

Als er die Küche betrat, war der Speck schon perfekt fertig gebraten, und es duftete himmlisch. Mike hatte das Brot in Scheiben geschnitten, und der Geruch von frisch gekochtem Kaffee erfüllte die Luft.

„Du verwöhnst mich", sagte Jonathon mit einem zufriedenen Seufzer, als er sich an den massiven Holztisch setzte.

Mike lachte. „Du musst dich heute Morgen gut stärken. Du hast einen Besuch zu machen."

Jonathon zog die Augenbrauen hoch. „Ach ja?" Er griff nach einem Teller und belegte sein Sandwich so dick mit Speckstreifen, dass von der Brotscheibe nichts mehr zu sehen war.

„Jap. Ich will mich ja nicht einmischen, aber du solltest wirklich Dominics Anwalt aufsuchen. Nicht nur, weil du der Erbe bist und das Testament sehen musst, sondern weil seine Hinterlassenschaft neue Hinweise liefern könnte."

„Zum Beispiel?"

Mike zuckte mit den Schultern. „Keine Ahnung. Das war nur so ein Gedanke. Ich denke dabei auch an Leute, die nicht in seinem Testament stehen, obwohl sie das eigentlich sollten."

„Ach so." Jonathon klopfte mit der flachen Hand auf die Unterseite der Soßenflasche. „Da kommt einfach nichts raus."

„Vorsicht!", rief Mike, als Jonathon einen weiteren Schlag ausführte. „Manchmal dauert es kurz, und dann …"Er verstummte, als ein riesiger Klecks brauner Soße auf dem Speck landete. Viel zu viel braune Soße.

Jonathon starrte die Flasche an, als wäre es ihre Schuld.

Mike schmunzelte, nahm ein Messer und schaufelte etwas von der Soße auf die Klinge. „Oh, schau mal, da ist ja Speck drunter! Du wolltest doch Speck zu deiner braunen Soße haben, oder?"

Jonathon funkelte ihn an. „Manchmal bringst du mich ganz schön auf die Palme."

Mike lachte. „Iss auf. Dann kannst du in der Kanzlei anrufen und einen Termin vereinbaren. Es wird Zeit, dass wir ein paar Antworten bekommen."

Dem konnte Jonathon nur zustimmen, aber er wollte sich nicht hetzen lassen. Sandwiches mit Speck musste man einfach in Ruhe genießen.

ES ÜBERRASCHTE Jonathon kaum, dass Mr Omerods Geschäftssitz keinerlei Ähnlichkeit mit einer Kanzlei hatte. Er wohnte in einem Cottage mit quadratischen Fenstern, einer weiß gestrichenen Holztraufe und einem Schild an der Hauswand neben der schwarz glänzenden Tür, an der ein Messingklopfer in Form eines Löwenkopfes hing.

Jonathon hob den Kiefer des Löwen an und klopfte. „He, Mike", raunte er. „Siehst du das? Messing."

Mike schmunzelte. „Was habe ich darüber gesagt, dass wir jetzt plötzlich überall Messing sehen?"

Die Tür öffnete sich, und vor ihnen stand ein älterer, weißhaariger Mann in einem schwarzen Anzug mit weißem Hemd und schwarzer Krawatte. Es dauerte einen kurzen Moment, bis Jonathon klar wurde, dass dies die erste Person war, der er begegnete, die in Trauer gekleidet zu sein schien.

„Mr de Mountford. Kommen Sie doch bitte herein." Sein Blick blieb an Mike hängen, und er zog die Augenbrauen hoch.

Jonathon deutete auf Mike. „Ich habe Mike gefragt, ob er mitkommen möchte. Ich wohne seit Freitag bei ihm im Pub. Das ist doch kein Problem, oder?"

„Selbstverständlich nicht." Mr Omerod sprach mit trockener Stimme. Er machte Platz, um sie eintreten zu lassen. „Mein Büro befindet sich auf der linken Seite."

Jonathon gefielen die weißen Wände und die schwarzen Eichenbalken, die schwarze Ledercouch unter dem Fenster und die Stühle mit gerader Rückenlehne vor dem hochlackierten Schreibtisch. Dahinter befand sich dunkles Holzregal, gefüllt mit schweren Büchern in staubigen Schwarz- und Rottönen.

Mr Omerod deutete auf die Stühle. „Nehmen Sie bitte Platz. Möchten Sie vielleicht einen Tee?"

„Nein, danke." Jonathon setzte sich, und Mike ließ sich auf dem Stuhl neben ihm nieder.

„Ich habe mich über Ihren Anruf heute Morgen gefreut. Eigentlich wollte ich mich bei Ihnen melden. Ich hatte damit gerechnet, schon früher von Ihnen zu hören."

Auf diesen Tadel hatte Jonathon sich bereits eingestellt. Zweifellos hatte sein Vater schon kurz nach ihrem Gespräch angerufen. „An Dominic erinnert zu werden, war, um ehrlich zu sein, das Letzte, was ich wollte." Das klang zwar nach einer dürftigen Ausrede für sein Fernbleiben, aber es entsprach der Wahrheit. Er hatte bis zu diesem Morgen gebraucht, um genug Elan für das Treffen mit dem Anwalt aufzubringen, selbst nachdem Mike ihn regelrecht dazu gedrängt hatte. Jonathon war sich nicht ganz sicher, warum er diesen Besuch vermieden hatte. Vielleicht lag es daran, dass er Mr Omerod immer mit seiner Familie in Verbindung brachte.

Keine angenehme Assoziation.

Mr Omerod räusperte sich. „Nun, unter den gegebenen Umständen ist das verständlich. Ich glaube, Dominic stand Ihnen näher als jedem anderen Familienmitglied, selbst Ihrem Vater." Er öffnete einen dicken Ordner auf dem Schreibtisch. „Da ich kürzlich mit Ihrem Vater gesprochen habe, gehe ich davon aus, dass Sie den wichtigsten Punkt im Testament Ihres Onkels bereits kennen."

„Wenn Sie meinen, dass er mich zu seinem Erben bestimmt hat, dann ja."

Mr Omerod nickte. „Genau. Sie erben de Mountford Hall mit dem gesamten Besitz und den Ländereien. Ich sollte allerdings hinzufügen, dass ein Teil dieser Ländereien derzeit an Bauunternehmer verkauft wird."

„Das habe ich schon mitbekommen. Wissen Sie, warum mein Onkel das Grundstück verkaufen wollte?"

„Leider nicht. Die Beweggründe für den Verkauf hat Dominic für sich behalten. Ich habe ihn lediglich beraten." Mr Omerod hustete. „An dieser Stelle sollte ich wohl darauf hinweisen, dass in den letzten Monaten einige Änderungen am Testament vorgenommen wurden."

„Dominic hat sein Testament umgeschrieben?" Mike setzte sich aufrecht hin und sah Jonathon mit funkelnden Augen an. „Jetzt kommen wir der Sache langsam näher. Welche Änderungen hat er vorgenommen?"

Mr Omerod stieß einen ungeduldigen Seufzer aus. „Vielleicht hätte ich mich deutlicher ausdrücken sollen: Ich habe seine Anweisungen bezüglich der Änderungen ausgeführt und ein neues Testament aufgesetzt, das anschließend unterschrieben und beglaubigt wurde. Eine Woche später rief er mich jedoch an und bat mich, nochmals ein neues Testament aufzusetzen." Er hustete erneut. „Ich sage zwar *neu*, aber es war identisch mit dem Original. Aus irgendeinem Grund hat Dominic seine Meinung geändert und beschlossen, das Testament doch in seiner ursprünglichen Form zu belassen."

„Inwiefern unterschied sich dann Dominics überarbeitetes Testament von dieser Fassung?", wollte Jonathon wissen. Falls die Begünstigten von diesen Überarbeitungen wussten, könnten ein paar Leute ziemlich verärgert gewesen sein ...

Mr Omerod betrachtete das Dokument, das vor ihm lag. „Es gab nur eine bedeutende Änderung. Dominic wollte jemandem im Dorf ein großes Vermögen hinterlassen."

„Groß ist ein dehnbarer Begriff", bemerkte Mike trocken. „Von welcher Summe sprechen wir hier?"

Mr Omerods Blick huschte von Mike zu Jonathon, der ermutigend nickte.

„Dominic hatte beschlossen, Trevor Deeping - wohnhaft in der Mill Lane in Merrychurch - eine Summe von fünfzigtausend Pfund zu vermachen."

Mike starrte Mr Omerod an. „Trevor? Im Ernst?"

„Woher kenne ich diesen Namen?", fragte Jonathon. „Moment mal ... Habe ich ihn nicht im Pub kennengelernt?"

Mike nickte langsam. Seine Augen leuchteten. „An dem Abend, als du zum ersten Mal Cocktails gemacht hast. Du hast sogar Drinks für seine Frau Sarah zubereitet. Trevor ist ein Verkäufer und reist viel herum."

Jonathon versuchte, sich an ihn zu erinnern. „Der Typ, der mir nicht in die Augen sehen wollte. Der, den du in der Nacht von Dominics Tod betrunken nach Hause gebracht hast."

„Jap. Das war Trevor." Mike sah Mr Omerod interessiert an. „Hat Dominic je gesagt, ob Trevor etwas von der Änderung des Testaments wusste?"

„Das hat Dominic nie erwähnt." Mr Omerod schloss den Ordner.

„Hat er Ihnen gesagt, warum er ihm diese Summe hinterlassen wollte?", drängte Jonathon. Vielleicht gab es eine plausible Erklärung. Womöglich hatte dieser Trevor Dominic das Leben gerettet. *Aber wenn das der Fall war, warum hat Dominic dann seine Meinung geändert und ist zu dem ursprünglichen Testament zurückgekehrt?*

An diesem Punkt gingen Jonathon die Ideen aus.

„Das weiß ich nicht. Was auch immer der Grund war, er hat ihn nicht mit mir geteilt. Und da das Testament wieder in seine ursprüngliche Form gebracht wurde, sah ich keinen Grund, weiter darauf herumzureiten. Abgesehen von kleinen Hinterlassenschaften für seine Angestellten - zu denen übrigens auch Ihre

Schwester gehört, Mr Tattersall - geht der Großteil seines Vermögens an Sie." Er blickte Jonathon eindringlich an. „Sie sind soeben ein sehr wohlhabender Mann geworden, Jonathon." Mr Omerod schenkte ihm ein dünnes Lächeln. „Herzlichen Glückwunsch."

Jonathon wusste nicht, was er sagen sollte. *Wie zum Teufel reagiert man auf eine solche Information?* Na gut, er hatte sich zwar schon darauf eingestellt, aber es aus dem Munde von Dominics Anwalt zu hören, machte die Sache irgendwie realer. Absurderweise war das, was ihn gerade am meisten interessierte, jedoch nicht sein Erbe.

Vielmehr beschäftigte ihn diese große Summe. *Warum in aller Welt sollte Dominic einem Verkäufer aus dem Dorf fünfzigtausend Pfund vermachen?* Und was noch rätselhafter war: Warum hatte Dominic seinem Anwalt keinen Grund für ein solches Vermächtnis genannt?

Sie hatten es hier mit einem Geheimnis zu tun, und Jonathon war fest entschlossen, es zu lösen.

14

„JONATHON!"

Er fuhr zusammen. „Meine Güte, schrei mich doch nicht so an."

Mike grinste. „Ich habe jetzt schon zum vierten Mal deinen Namen gesagt. Auf welchem Planeten warst du gerade?"

Jonathon seufzte schwer. „Tut mir leid. Ich war in Gedanken." Er warf einen Blick auf sein Handy. Es war gerade mal halb elf. Mike würde erst in ein paar Stunden seine Hilfe im Pub benötigen, und Jonathon gingen jede Menge Fragen durch den Kopf.

Was er jetzt brauchte, war ein Spaziergang.

„Hey, würde es dir etwas ausmachen, wenn ich mir ein bisschen die Beine vertrete? Nicht allzu lange. Ich brauche nur etwas frische Luft und Zeit für mich."

Mike neigte den Kopf zur Seite. „Da hast du gerade etwas angesprochen, was ich ohnehin erwähnen wollte: Wann immer du bereit bist, bringe ich dich und deinen Koffer gerne rauf zum Anwesen. Du weißt schon, dass du nicht hierbleiben *musst.*"

Das Letzte, was Jonathon in diesem Moment wollte, war, in dem großen Herrenhaus mit seinen Gedanken alleine zu sein. Darüber hinaus hatte er sich langsam an Mikes Nähe gewöhnt. Anscheinend schon *zu sehr*, vor allem, wenn Sue bereits sein Interesse an ihrem Bruder bemerkt hatte.

Er schmunzelte in sich hinein. *Wer hätte da schon kein Interesse? Ich bin schließlich nicht blind.*

„Wenn es so weit kommt, dass ich dir im Weg bin, musst du Bescheid sagen, okay? Und falls das nicht der Fall ist, wäre es dann in Ordnung, wenn ich hierbleibe? Mir … gefällt es hier."

Mike lächelte. „Du bist nicht im Weg. Ich habe dich gerne hier, und um ehrlich zu sein, wirst du mir fehlen, wenn du wieder dorthin zurückkehrst, wo du hergekommen bist. Und jetzt geh spazieren. Wenn du zurückkommst, wartet hier ein frischer Kaffee auf dich, falls du möchtest. Und wenn du dann noch etwas an deinem Laptop zu tun hast oder so, dann mach das unbedingt. Du hast diese Woche schon mehr als genug für mich getan."

Jonathon musste Mike einfach drücken. „Danke." Dann ließ er ihn an der Bar zurück und machte sich auf den Weg zur Tür.

Draußen war es ein schöner Morgen, und er stellte fest, dass der Juli unbemerkt vergangen war. Das bedeutete, dass das Fest am 12. August nur noch zehn Tage entfernt lag. Ursprünglich hatte er vorgehabt, bis dahin zu bleiben, aber jetzt war alles in der Schwebe. Er erinnerte sich an Melindas Worte über die Bedeutung des Festes und beschloss, an seinen Plänen festzuhalten. Außerdem würde es sich bis dahin sicher herumgesprochen haben, dass er der neue Herr über das Anwesen war.

Und genau da lag der Knackpunkt dessen, was ihn störte.

Jonathon schlenderte durch die ruhigen, grünen Gassen und ließ die malerische Atmosphäre auf sich wirken. Sie war vollkommen anders als in Manchester, wo er derzeit wohnte. Er liebte die pulsierende Stadt, ihre Bars und ihr Nachtleben - das geschäftige Treiben, das alles zu durchdringen schien. Außerdem lag es auch weit von seiner Familie entfernt, was ein zusätzlicher Vorteil war. Doch sein Erbe brachte ein Dilemma mit sich. *Konnte* er sein Leben in Manchester für die idyllische Ruhe in Merrychurch aufgeben? Er hatte das Dorf zwar immer geliebt, sogar als Teenager, aber das waren jedes Mal nur kurze Besuche gewesen. Die Verantwortung für das Anwesen zu übernehmen, dauerhaft hier zu leben … wäre er dazu in der Lage?

Und dann gab es da noch die Erwartungen seines Vaters. Heiraten, Kinder kriegen …

Jonathon wusste, dass er eine sture Ader hatte. In seiner Jugend hatte man ihn immer wieder darauf hingewiesen. Er wusste auch, dass seine Weigerung, auf die Wünsche seines Vaters einzugehen, wenig mit Sturheit zu tun hatte, sondern eher damit, dass er nicht bereit war, seine Sexualität zu verleugnen - nicht einmal für seine Familie.

Dann wurde ihm etwas klar.

Wenn ich der Herr über das Anwesen hier in Merrychurch bin, wie will er mich dann davon abhalten, mein eigenes Leben zu führen? In Manchester hatte er genau das tun können, fernab vom kritischen Blick seines Vaters. Dort interessierte es niemanden, dass er Jonathon de Mountford - das jüngste Mitglied einer der ältesten Familien Englands - war. Dort war er einfach nur *der Fotograf*, der in einer Altbauwohnung in der Canal Street lebte und sich gelegentlich auf einen One-Night-Stand einließ, aber meistens für sich blieb.

One-Night-Stands in Merrychurch? Selbst mit Jonathons begrenztem Wissen über das Dorf schien das höchst unwahrscheinlich. Angesichts der demografischen Zusammensetzung der Einwohner konnte er sich vorstellen, dass ein solches Verhalten seine neuen Nachbarn beunruhigen oder sogar empören würde. Und so sehr er sich dagegen sträubte, Teil des Establishments zu werden - *so* radikal wollte er auch nicht mit den Traditionen brechen.

„Du scheinst in Gedanken versunken zu sein."

Jonathon wurde in die Gegenwart zurückgerissen und blickte sich um. Der große, bärtige Mann mit dem dunkelbraunen Haarschopf kam ihm irgendwie bekannt vor. Dann fiel es ihm ein. „Hallo, Sebastian. Tut mir leid, ich habe dich nicht kommen hören. Du hast recht, ich war gerade in meiner eigenen Welt."

„Ich hoffe, es war eine schöne Welt, aber unter den gegebenen Umständen kann ich verstehen, wenn dem nicht so war." Er musterte Jonathon aufmerksam. Neben sich schob er ein Fahrrad her.

„Um ehrlich zu sein, habe ich mich die letzten Tage gut beschäftigt." Es war nur in Momenten wie diesem, wenn seine eigenen Gedanken ihn einholten, dass die Trauer von ihm Besitz ergriff.

Sebastian sah ihn mit warmen braunen Augen an. „Du musst dir Zeit zum Trauern nehmen", sagte er sanft. „Vielleicht hast du nicht dein ganzes Leben mit Dominic verbracht, aber trotzdem lag er dir sehr am Herzen. Und es ist nie verkehrt, Tränen über einen geliebten Menschen zu vergießen. Irgendwann müssen wir alle das einmal tun." Er runzelte leicht die Stirn. „Wir alle empfinden Bedauern, wenn jemand stirbt. Wir haben das Gefühl, dass wir nicht genug Zeit mit der Person verbracht haben. Wir fühlen uns betrogen. Aber wir alle müssen loslassen. Du wirst ihn immer in deiner Erinnerung bewahren. Das kann dir niemand nehmen."

Jonathon hielt inne und konzentrierte sich auf die Zeit, die er mit Dominic verbracht hatte. „Da hast du natürlich recht." Sebastians Bemerkung über das Bedauern hatte einen wunden Punkt getroffen. Erst jetzt wurde ihm klar, wie viel über Dominic er nicht wusste, und ja, er fühlte sich betrogen. Jemand hatte ihm die Jahre gestohlen, in denen er seinen Onkel noch besser hätte kennenlernen können - den einzigen Verwandten, der ihn immer verstanden, akzeptiert und ermutigt hatte.

Dann gab er sich einen Ruck. „Und was treibst du heute Morgen so?"

„Melinda hat etwas Suppe und Brot für Amy Prescott gemacht und mich damit zum Cottage geschickt."

Jonathon lachte. „Ich wusste gar nicht, dass *Lieferjunge* zu den Aufgaben eines Hilfspfarrers gehört."

Sebastian lachte. „Glaub mir, ich habe viele Rollen."

Da kamen ihm Melindas Worte wieder in den Sinn. „Hast du morgen Abend schon was vor?", fragte er plötzlich.

Sebastian kicherte. „Freitagabend? Nicht viel, aber das ist normal. Abends lese ich höchstens mal ein Buch - außer natürlich, wenn ich an einer Predigt arbeite. Und da Lloyd am Sonntag predigt … Warum fragst du?"

„Hättest du Lust, mit mir im Pub was zu trinken? Wir könnten sogar Darts spielen, wenn du magst. Nicht, dass ich darin besonders gut wäre. In meinem ganzen Leben habe ich vielleicht zweimal Darts gespielt."

Sebastian errötete. „Wirklich? Ich habe schon seit Jahren nicht mehr Darts gespielt." Er lächelte. „Früher war ich mal richtig gut."

„Ein, zwei Bier, ein kleines Duell …"Jonathon stieß Sebastian mit dem Ellbogen an. „Na los, sag Ja." Nach dem, was Sebastian gerade zugegeben hatte, war es offensichtlich, dass Melinda recht gehabt hatte und er dringend einmal abends ausgehen musste. Außerdem war Jonathon gerührt, dass Sebastian ihn angesprochen und sich nach seinem Wohlbefinden erkundigt hatte.

Sebastians Augen leuchteten. „Okay. Morgen Abend. So gegen neun? Oder ist das zu spät?"

„Neun klingt gut. Und wenn du Glück hast, mixe ich dir sogar einen Cocktail."

Sebastian schnaubte. „Das geht mir dann doch etwas zu weit. Ich bin eher ein Biertrinker." Er krümmte die Finger seiner rechten Hand. „Aber bei ein paar Runden Darts bin ich gerne dabei. Mach dich schon mal auf deine Niederlage gefasst."

Jonathon lachte. „Ach, so ist das also. Du willst den armen Nicht-Dartspieler abziehen."

Sebastian hievte sein Bein über den Fahrradlenker und schwang sich auf den Sattel. „Na klar. Anders würde es doch keinen Spaß machen." Und damit trat er langsam in die Pedale und fuhr los, wobei ein melodisches Pfeifen zu Jonathon zurück wehte.

Jonathon setzte seinen Spaziergang auf dem Weg fort, der zum Anwesen führte. Um ihn herum war das süße Zwitschern der Vögel in den Hecken zu hören, und von oben kam der Ruf einer einsamen Lerche. Die meisten Menschen, die ihm entgegenkamen, nickten ihm freundlich zu. Langsam begann er zu verstehen, warum Dominic gerne Zeit im Pub oder bei lokalen Veranstaltungen verbracht hatte. Zwar hatte er im Herrenhaus auf dem Hügel gelebt, aber er hatte auch Beziehungen im Dorf geknüpft.

Als Jonathon die Steinpfosten mit dem Wappen der de Mountfords erreichte, blieb er am Straßenrand stehen und blickte zu dem weißen Gebäude hinauf. Seit dem Treffen mit Mr Omerod erschien ihm die Vorstellung, dort zu leben, viel … realer. Es war ein gewaltiger Unterschied zu seiner Wohnung in Manchester, die in einem belebten Viertel lag, mit dem Lärm und der Hektik des Verkehrs ständig im Hintergrund. Doch Jonathon war auch mit der Ruhe vertraut. Seine Reisen durch Australien und Indien hatten ihm einen Einblick in den spirituellen Frieden verschafft - Momente, in denen er die Last des modernen Lebens abgeworfen und das Wissen angenommen hatte, dass er nur ein winziger Fleck im Kosmos war. Momente der Demut, in denen er seine Kamera gezückt hatte, um zu versuchen, zumindest einen Bruchteil der Ehrfurcht einzufangen, die in ihm aufgestiegen war.

Er könnte die Wünsche seines Vaters ignorieren. Er könnte sich weigern, sein Erbe anzutreten. Aber er wusste, dass er damit auch Dominics Wünsche missachten würde, und er glaubte nicht, dass er damit glücklich leben könnte. Ihm blieb also nur eine Möglichkeit.

Es sah so aus, als würde Jonathon bald nach Merrychurch ziehen.

Diese Erkenntnis hatte etwas Befreiendes. Es war leichter zu akzeptieren, dass sich sein Leben in einem wichtigen Punkt ändern würde. Zwar würde er eine neue Adresse bekommen, aber er hatte nicht die Absicht, seine Karriere aufzugeben - im Herrenhaus gab es genug Platz, um ein Atelier einzurichten. Und wenn er in Merrychurch einen Neuanfang schaffen wollte, dann nach seinen eigenen Vorstellungen.

Jonathon hatte nicht vor, einen Christopher Street Day im Dorf einzuführen oder seine Sexualität an die große Glocke zu hängen, aber er würde hier so weitermachen wie in seinem bisherigen Leben: ohne sich zu verstecken. Und falls jemand Besonderes - *bitte, Gott* - in sein Leben treten sollte, würde es vielleicht zu etwas kommen, was es in der Geschichte des Dorfes bisher noch nie gegeben hatte.

Eine gleichgeschlechtliche Hochzeit.

Jonathon lächelte in sich hinein. *Nur nichts überstürzen. Eins nach dem anderen.* Bis zu so einem Meilenstein war es noch ein weiter Weg, und er war nur in kleinen Schritten zu erreichen.

Dann merkte er, wie arrogant seine Annahme war, die Bewohner von Merrychurch zu kennen. Vielleicht bestand ja das halbe Dorf aus Paaren auf dem LGBTQI-Spektrum. Das brachte ihn zum Lächeln. Sein Vater würde einen Schlaganfall bekommen.

Jonathon fühlte sich schon wieder viel unbeschwerter und machte kehrt, um zum Pub zurückzukehren. Als er sich dem Dorfzentrum näherte, kam ihm eine Idee. Mr Omerod zufolge lebte Trevor Deeping in der Mill Lane. Vielleicht sollte Jonathon ihm mal einen Besuch abstatten. Nichts Ernstes, nur ein kleiner Plausch über ein gewisses Erbe. In Anbetracht von Trevors merkwürdigem Verhalten an jenem Abend im Pub kam Jonathon zu dem Schluss, dass es dort eine Spur zu untersuchen gab.

Ach, ich hör mich ja schon an wie Hercule Poirot. Und außerdem ist es nicht so, als wäre dieser Trevor ein Verdächtiger.

Trotzdem wollte Jonathon Antworten. Und ein Gespräch mit Trevor schien der einzige Weg zu sein, sie zu bekommen.

In seiner Karten-App hatte er die Mill Lane schnell gefunden. Natürlich half ihm das nicht weiter: Trevor und seine Frau könnten theoretisch in jedem Haus der Straße wohnen. Jonathon schlenderte durch das Dorf und blickte in die schmalen Gassen, durch die gerade mal ein Auto passte. Zu Zeiten der Gründung von Merrychurch war an Straßenverkehr noch nicht einmal zu denken gewesen. Bei dem weißen Schild mit der schwarzen Schrift angekommen, ging er nach rechts in die Mill Lane, in der sieben Häuser standen - alle auf einer Seite. Gegenüber befand sich ein Holzbau mit einer dunkelgrünen Tafel, die verriet, dass es sich um eine Wassermühle handelte, die noch in Betrieb war. Ein Bach lief an der Straße entlang und mündete in einen kleinen Teich, wo er von einem Wasserrad geschöpft wurde, das sich langsam drehte und das klare Wasser in einen tieferen Teich fließen ließ. Der Anblick war unbestreitbar malerisch.

Aber noch malerischer waren die Häuser selbst. Sie waren alle miteinander verbunden und wurden von einem langen Strohdach bedeckt. Jedes Haus hatte winzige Fenster, einige verfügten über Blumenkästen, und die gepflasterte Straße endete überall an der Haustür. Am Ende der Straße entdeckte Jonathon einen Parkplatz - eine gute Idee, denn vor den Häusern geparkt würden die Autos nur das perfekte Bild zerstören. Er hätte gewettet, dass jedes einzelne Gebäude unter Denkmalschutz stand, und er wollte sie unbedingt von innen sehen.

Jonathon schlenderte über das Kopfsteinpflaster und versuchte, nicht durch die Fenster zu spähen. Was jedes Haus besonders machte, war der Anstrich: Die Fassaden waren in Pastelltönen wie Rosa, Hellgrün, Hellgelb und Hellblau gehalten und erinnerten ihn an die Häuschen, die er einmal an der Südküste gesehen hatte. Zum Glück keine grellen Farben.

In diesem Moment fielen ihm die handbemalten Schilder an den Steinwänden auf. Darunter waren die üblichen Namen wie *Mill Cottage*, *Rainbow's End* und *The Haven* ... Jonathon fand das eine nette Idee. Als sein Blick auf das vierte Schild fiel, hielt er jedoch inne.

Deepings Den.

Ja, das konnte kein Zufall sein.

Jonathons Herz raste ein wenig wegen seines eigenen Übereifers, und er pochte mit dem Messingklopfer an die tiefblaue Tür.

Eine Frau mit langen blonden Haaren öffnete stirnrunzelnd die Tür. Dann lächelte sie. „Ich erinnere mich an Sie. Sie sind der Cocktailmann."

Jonathon lachte. „Wenn das mal keine treffende Beschreibung ist. Guten Tag, ich bin Jonathon de Mountford, und wenn ich mich nicht irre, sind Sie Sarah. Ich habe mich gefragt, ob Ihr Mann zu Hause ist." Er sprach in lässigem Ton.

Sarah schüttelte den Kopf. „Tut mir leid, er ist diese Woche geschäftlich unterwegs. Aber am späten Nachmittag sollte er zurück sein." Sie legte den Kopf schief. „De Mountford? Also sind Sie *doch* Dominics Neffe. Als das im Pub jemand sagte, hielt ich es für einen Scherz." Sie verengte die Augen. „Warum wollen Sie mit Trevor sprechen?"

Vielleicht bildete Jonathon sich das nur ein, aber es klang, als habe sich ein harter Ton in ihre Stimme geschlichen.

„Ach, ich wollte nur ein bisschen mit ihm plaudern, mehr nicht." Er hatte keine Ahnung, ob Trevor überhaupt von der Existenz des Vermächtnisses wusste, und er wollte kein Aufsehen erregen.

„Ach so. Ich werde ihm ausrichten, dass Sie hier waren." Sie schenkte ihm ein höfliches Lächeln. „Und wenn Sie mich jetzt entschuldigen, kümmere ich mich wieder um meine Wäsche. Es war schön, Sie wiederzusehen." Und damit schloss sie die Tür.

Jonathon war sich nicht sicher, aber er hatte das Gefühl, dass er gerade angelogen worden war. Sein Instinkt sagte ihm, dass Sarah nicht die Absicht hatte, Trevor von seinem Besuch zu erzählen, und ihrem Gesichtsausdruck nach zu urteilen war das Wiedersehen mit Jonathon ebenso angenehm für sie gewesen wie der Biss in eine Zitrone.

Was in aller Welt geht hier also vor sich?

Jonathon drehte sich um und schlenderte die Straße zurück in Richtung Pub. Er hatte immer noch Fragen und würde erst zufrieden sein, wenn er Antworten bekommen hatte.

15

JONATHON SCHENKTE sich eine Tasse Kaffee ein und nahm am Küchentisch Platz. Der zunehmende Lärm hinter der Tür verriet ihm, dass Mike den Pub für die Mittagsgäste geöffnet hatte, aber Jonathon war nicht in der Stimmung, ihm zu helfen. Er hatte einen Notizblock und einen Stift aus seinem Zimmer geholt und stellte eine Liste mit Verdächtigen auf.

Es frustrierte ihn, dass sich jedes Mal, wenn sie glaubten, jemanden mit dem perfekten Motiv gefunden zu haben, herausstellte, dass diese Person ein Alibi hatte oder - in einem Fall - tot war. Seufzend betrachtete er seine kurze Liste.

Sue – hat sich mit Dominic gestritten und ihn bedroht. ABER sie war an dem Laboreinbruch in Reading beteiligt, wofür es Zeugen gibt.
Aidan Prescott – verstorben.
Andrew Prescott – hat versprochen, seinen Vater zu rächen. ABER war mit Sue bei dem Laboreinbruch dabei.
Amy Prescott – Versprechen an ihren Mann (siehe oben). ABER sitzt im Rollstuhl.
Melinda Talbot – LILIEN. Aber hat sie ein Motiv?
Bryan Mayhew – wohnt auf dem Anwesen. Kein Motiv?
Ben Threadwell – Mieter von einem Cottage in der Nähe des Herrenhauses. Grundstück steht zum Verkauf – kurz vor der Zwangsräumung.

Wichtige Hinweise:
Spuren von Wachs/Messingpolitur auf dem Fotoalbum.
Das fehlende Foto – wer ist mit Dominic auf dem Bild?
Lilienpollen auf Dominics Kleidung.

So langsam bekam Jonathon das Gefühl, dass er nicht gerade der geborene Detektiv war. *Scheiß auf Poirot und Miss Marple. Bei ihnen sah es immer so leicht aus.* Er ließ den Block auf dem Tisch liegen und schlurfte zur Bar.

Mike, der gerade ein Bier zapfte, sah lächelnd auf. „Wie war der Spaziergang?"

„Nicht so ergiebig, wie ich gehofft hatte." Jonathon schaute sich nach den Gästen um, die bereits an der Bar oder den Tischen saßen. „Abi ist noch nicht da, oder?"

Mike verzog das Gesicht. „Sie hat angerufen und gesagt, dass sie heute nicht kommen kann. Sie muss zum Zahnarzt. Ich habe ein Schild aufgehängt, dass die Küche heute geschlossen bleibt. Wer Hunger hat, muss woanders hingehen oder sich mit Chips und Salzstangen zufriedengeben. Es sei denn …"Seine Augen funkelten. „Du kannst nicht zufällig Sandwiches machen, oder? Und ein paar Salate zaubern?" Mikes Augen weiteten sich. „Bitte, bitte?"

Jonathon konnte Mikes Hundeblick nicht ertragen. Er war so schon viel zu süß. „Na gut, ich schau mal, was im Kühlschrank ist, und gebe dir dann eine überarbeitete Speisekarte. Einverstanden?"

Mike grinste. „Du bist der Beste."

Lachend schüttelte Jonathon den Kopf. „Nein, aber ich lasse mich viel zu leicht überreden." Es machte ihm nichts aus mitzuhelfen, nicht, wenn Mikes Gäste dadurch länger im Pub blieben. Er ging in die Küche und warf einen Blick in den Kühlschrank. Dann überprüfte er die Brotvorräte. Nach einem kurzen Abstecher in den Laden wäre er bestens gerüstet, um ein paar hungrige Mäuler stopfen.

„Ich geh schnell einkaufen", rief er Mike zu. „Wenn ich zurückkomme, können wir die übliche Auswahl anbieten. Gib mir eine Dreiviertelstunde."

Mike wischte sich gespielt erleichtert die Stirn und lächelte. „Du bist wunderbar."

Jonathon lachte. „Schon gut." Beim Herausgehen aus dem Pub war sein letzter Gedanke, dass er es liebte, Mike dieses Lächeln ins Gesicht zu zaubern.

ALS JONATHON die Bar wieder betrat, wischte Mike bereits die Oberflächen ab. Es waren nur noch ein paar Gäste da, und der Pub würde in fünf Minuten schließen. Es war für beide ein arbeitsreicher Start in den Nachmittag gewesen.

„Habe ich noch Zeit für einen schnellen Schoppen?", rief da jemand.

Mike warf einen Blick auf seine Armbanduhr. „Nur wenn du ihn in fünf Minuten runterkippen kannst." Er schüttelte den Kopf. „Man könnte meinen, dass du gar nicht nach Hause gehen willst. Ich bin mir sicher, dass Sarah dich schon vor Stunden erwartet hat."

Bei dem Namen riss Jonathon den Kopf in die Höhe und schaute zur Bar. Und tatsächlich - dort saß Trevor in der hintersten Ecke. Perfekt. Jonathon schritt auf Trevors Tisch zu. „Hey, genau dich habe ich gesucht."

Trevor starrte ihn stirnrunzelnd an. „Mich? Warum das denn?"

„Ich war heute Morgen bei Dominics Anwalt, und in dem Gespräch fiel dein Name. Da habe ich mich gefragt, in welcher Verbindung du zu meinem Onkel standest."

Trevor wurde blass. „Verbindung? Welche Verbindung? Ich habe deinen Onkel nicht einmal gekannt. Da muss diesem Anwalt ein Fehler unterlaufen sein." Er schaute sich im Pub nach den wenigen verbliebenen Gästen um, blinzelte nervös und wollte gerade von seinem Stuhl aufstehen.

„Bitte warte." Jonathon würde Trevor nicht aus dem Pub gehen lassen, solange es Fragen zu beantworten gab. „Ich wollte dich nicht beunruhigen."

„Wer ist denn hier beunruhigt?" Trevor reckte sein Kinn vor, setzte sich aber wieder hin. „Du hast den Falschen, das ist alles."

„Bitte, meine Herren, die Zeit", rief Mike und läutete die kleine goldene Glocke, die hinter der Theke hing. „Ihr müsst zwei Stunden warten, bis wir wieder öffnen. Ich bin mir sicher, ihr haltet das aus."

Das brachte ein paar Männer zum Schmunzeln.

„Okay, ich bin dann mal weg." Trevor stand auf und griff nach seiner Jacke. „Sarah fragt sich bestimmt schon, wo ich bleibe."

„Sie weiß doch, dass du irgendwann heute Nachmittag nach Hause kommst. Auf fünf Minuten kommt es da bestimmt auch nicht mehr an, oder?"

„Woher ..."Trevors Augen weiteten sich. „Hast du mit Sarah gesprochen?" Er ließ sich wieder auf seinen Stuhl sinken.

Jonathon nickte. „Heute Morgen war ich bei dir zu Hause, um mit dir zu reden."

Die Angst stand Trevor ins Gesicht geschrieben. „Was ... was hast du zu ihr gesagt?"

In Jonathon Magen begann es zu brodeln. „Nur, dass ich mich mit dir unterhalten wollte. Mehr nicht." Er hörte das dumpfe Geräusch des Riegels, der an der Eingangstür vorgeschoben wurde. Mike hatte zugesperrt. Das war die Gelegenheit. „Also", sagte Jonathon mit sanfter Stimme. „Ich habe mich nur gefragt, warum Dominic dich in sein Testament aufgenommen hat."

Trevors Augen verengten sich. „Dieser Mistkerl", raunte er. „Er hat mir geschworen, dass er es wieder rückgängig macht und den Plan nicht durchzieht."

„Und woher willst du das wissen, wenn du Dominic angeblich nicht gekannt hast?", fragte Mike und ging auf ihren Tisch zu.

Trevors Rücken war steif und sein Gesicht immer noch aschfahl. Jonathon musterte ihn eingehend. Trevor war etwa Ende vierzig, hatte hellbraune Haare und braune Augen. Trotz der Art, wie er sie anstarrte, gefiel Jonathon sein Gesicht. Er hatte den Eindruck, dass Trevor ein freundlicher Mensch war.

„Okay." Jonathon schlug einen schmeichelnden Ton an, der hoffentlich besänftigend genug wirkte. „Wir sind jetzt ungestört. Und was immer du sagst, es bleibt unter uns. Ich ... bin hier nur auf der Suche nach Antworten."

Mike zog einen Stuhl heran und setzte sich zu ihnen.

Trevor nickte und seine Gesichtszüge wurden etwas weicher. Dieser kleine Fortschritt gab Jonathon Hoffnung.

„Dominic hat dir also erzählt, dass er sein Testament geändert hat?"

Trevor nickte erneut. „Er hat mir mitgeteilt, dass er mir fünfzigtausend Pfund hinterlässt. Ich ... ich habe ihm gesagt, dass ich das nicht will."

„Aber warum? Warum wollte er dir Geld vermachen? Und warum hast du es abgelehnt?"

Trevor seufzte. „Weil das zu viele Fragen aufgeworfen hätte. In diesem Dorf bleibt nichts lange geheim. Ich bin überrascht, dass wir überhaupt so lange unentdeckt geblieben sind."

Geheim ... Unentdeckt geblieben ... Jonathon schluckte. „Am besten fängst du ganz von vorne an."

Mike ging zur Bar und kehrte mit drei Gläsern Brandy zurück. Eins davon reichte er Trevor. „Ich glaube, das kannst du brauchen." Dann nahm er wieder Platz.

Ohne zu zögern, trank Trevor das Glas mit einem Schluck aus und stellte es schaudernd auf dem Tisch ab. „Womit fange ich am besten an? Im Prinzip läuft es darauf hinaus, dass Dominic und ich eine Affäre hatten. Letzten Monat war unser zehnter Jahrestag." Er schnaubte. *„Jahrestag.* Es war ja nicht so, als hätten wir es jemandem erzählen können. Trotzdem haben wir uns eine Nacht in einem Hotel gegönnt, und wie immer hat er es zu etwas Besonderem gemacht."

Jonathon fühlte sich, als wäre er in einer Mystery-Serie gelandet. „Dominic ... und du? Aber ..."Sein Gehirn hatte Schwierigkeiten, die Verbindung herzustellen.

Trevor sah ihn eindringlich an. „Du scheinst dich nicht zu ekeln. Ich hätte gedacht, das wäre deine erste Reaktion."

Jonathon lächelte. „Tja, da muss ich dich zum Glück enttäuschen. Erstens kenne ich damit jetzt endlich den Grund, warum Dominic nie geheiratet hat. Und zweitens: Warum sollte es mich anwidern zu erfahren, dass Dominic und ich mehr gemeinsam hatten, als ich dachte?"

Trevor starrte ihn an. „Du bist ... schwul? Wusste Dominic das?"

„Ich habe es ihm nie gesagt, und ich bezweifle, dass mein Vater diese spezielle Information je mit ihm geteilt hat. Er hatte selbst genug Probleme, damit klarzukommen." Eine Mischung aus Kummer und Bedauern überkam ihn. *Jetzt ist es zu spät.* Erneut wurde ihm die Zeit bewusst, der er beraubt worden war. Sie hätten noch so viele Seiten voneinander kennenlernen können und würden nun nie mehr die Gelegenheit dazu bekommen.

„Übrigens bin ich nicht schwul." Trevor sah sie an und war jetzt sichtlich ruhiger. „Ich habe mich schon immer sowohl zu Männern als auch zu Frauen hingezogen gefühlt. Ich liebe meine Frau, aber als ich Dominic begegnet bin, lief es bei uns gerade nicht so gut."

„Wie hat das alles angefangen?"

Trevor schüttelte den Kopf. „Ich habe geschäftlich in der Nähe von London übernachtet. Dominic war im selben Hotel. Wir haben uns ein, zwei Flaschen Wein geteilt und ich habe wohl mehr von mir preisgegeben als beabsichtigt. Eines führte zum anderen und ich ... habe die Nacht in seinem Zimmer verbracht." Er seufzte. „Damals war es für uns nur Sex. Zu dem Zeitpunkt hätte keiner von uns ahnen können, dass sich daraus etwas so Langfristiges entwickeln würde ... oder dass ich mich in ihn verliebe." Jonathon holte tief Luft, und Trevor nickte langsam.

„Ach, ich habe ihn so geliebt. Aber wir waren vorsichtig. Wir haben ein-, zweimal im Monat eine Nacht in einem Hotel in Kent verbracht. Das war weit genug von Merrychurch entfernt, dass wir dachten, uns würde nie jemand erwischen." Gedankenverloren rieb er seinen Ringfinger. „Wir haben uns immer als Ehepaar ausgegeben. Ich trug einen Ring, den Dominic mir gekauft hatte." Er schluckte. „Ich weiß, es ist viel verlangt, aber er muss noch irgendwo im Herrenhaus sein ... Vielleicht könntest du ja ...?"

Jonathon nickte eifrig. „Wenn ich ihn finde, bringe ich ihn dir." Jedes Wort, das Trevors Lippen verließ, kam eindeutig von Herzen. „Ich nehme an, dass deine Frau nichts davon wusste?"

Trevor schüttelte vehement den Kopf. „Und ich will auch, dass es so bleibt. Ich könnte sie um nichts in der Welt verletzen. Ich weiß, ich habe sie betrogen, aber ... Dominic konnte man nur schwer widerstehen, und als er in mein Leben trat ... habe ich meinen Impulsen nachgegeben und mich darauf eingelassen. Ich hätte nie gedacht, dass ich zwei Menschen gleichzeitig lieben könnte, aber so wahr mir Gott helfe, ich habe es getan."

„Als Dominic dich also in sein Testament aufnahm ...", setzte Mike an.

„Das konnte ich nicht zulassen. Ich weiß, dass er mir nur für meine Diskretion in all den Jahren danken und mir das Leben ein wenig angenehmer machen wollte. Aber sehen wir den Tatsachen mal ins Auge: Wenn die Leute davon Wind bekommen hätten, wären sofort Gerüchte aufgekommen und alle hätten sich gefragt, warum der Herr über das Anwesen einem einfachen Verkäufer fünfzigtausend Pfund hinterlässt. Da wäre sofort jemand neugierig geworden und hätte angefangen zu graben. Und ihr wisst genau, was dann passiert wäre. Ich wäre sofort geoutet worden. Also habe ich dankend abgelehnt und ihn angefleht, das Testament wieder in den ursprünglichen Zustand zu versetzen."

„Das hat er auch getan." Mike deutete auf Jonathon. „Er hat Jonathon als seinen Erben eingesetzt."

Trevors Gesicht erhellte sich. „So sollte es auch sein. Jedes Mal, wenn er über dich gesprochen hat, platzte er fast vor Stolz. Und vielleicht hat er irgendwie geahnt, dass du schwul bist. Einfach so ein leises Gefühl. Ich weiß, dass er dich sehr geliebt hat." Sein Blick verfinsterte sich. „Aber in den letzten Wochen hat etwas an ihm genagt. Ich weiß nicht, was es war, aber ... er sprach oft davon, alles wieder in Ordnung zu bringen. Ich weiß nicht, was er damit meinte. Aber als wir das letzte Mal ... zusammen waren, war es, als würde ein Geheimnis ihn innerlich zerreißen. Ich wollte ihn einfach nur festhalten und für ihn da sein. Ich kam mir so furchtbar nutzlos vor ..."Ehe Trevor den Kopf senkte, bemerkte Jonathon eine Träne auf seiner Wange glitzern.

„Ich will ja keinen Sand ins Getriebe streuen", warf Mike plötzlich ein, „aber mir ist gerade ein Gedanke gekommen. Jetzt, wo Jonathon über den Inhalt von Dominics Testament informiert wurde, könnte auch die Polizei Einsicht in das Dokument verlangen."

„Warum?" Jonathon runzelte die Stirn.

„Denk doch mal nach. Wir wollten herausfinden, ob es irgendwelche Punkte in Dominics Testament gibt, die Aufschluss über seine Todesumstände liefern könnten. Wenn wir so denken können, kann die Polizei das auch."

„Glaubst du, sie werden von den Änderungen erfahren, obwohl er sie wieder zurückgezogen hat?" Trevor wurde starr. „Aber warum sollten sie denken, dass ich etwas mit Dominics Tod zu tun hatte?"

„Vielleicht bestand die Gefahr, dass Dominic dich outet, und du hast ihn umgebracht, um das zu verhindern. Nicht, dass ich glaube, dass du ihn getötet hast, okay?" Mike hob die Hände. „Und außerdem hast du ja ein Alibi."

„Echt?" Die Verwirrung stand Trevor ins Gesicht geschrieben.

Mike nickte. „Letzte Woche, am Donnerstagabend. Denk mal nach. Wo warst du da?"

Trevor biss sich auf die Lippe, doch dann weiteten sich seine Augen. „Oh Gott, das war der Abend, an dem ich so hackedicht war, oder? Und du hast mich nachts noch heimgefahren?"

Mike nickte erneut.

„Ist er in dieser Nacht gestorben?"

„Der Polizei zufolge schon am Abend", warf Jonathon ein. „Einen genaueren Zeitpunkt haben sie nicht genannt. Also könnten sie immer noch argumentieren, dass du ihn getötet hast, bevor du in den Pub gekommen bist. Wo warst du denn davor?"

Trevor legte die Stirn in Falten. „Ich war ... auf dem Rückweg von Birmingham. Ich war ein paar Tage lang weg gewesen. Aber als ich im Dorf ankam, konnte ich einfach nicht nach Hause fahren. Ich ... wollte ihn sehen, aber das ging natürlich nicht. Das war unsere einzige Regel - kein Kontakt im Dorf. Ich durfte nicht mal das Anwesen aufsuchen. So gab es nichts, was die Aufmerksamkeit auf uns lenken konnte. Und da Sarah auch keinen Kontakt zu ihm hatte, war es leicht, sich daran zu halten." Er seufzte. „Ich habe den Wagen ein paar Kilometer vom Herrenhaus entfernt in einer Gasse geparkt. Ich saß einfach nur da und starrte aus dem Fenster. Und dann dachte ich mir: ‚Das ist doch dumm.' Also bin ich zum Pub gefahren. So viel wollte ich eigentlich gar nicht trinken. Irgendwie habe ich mich selbst bemitleidet und ... zu tief ins Glas geschaut. Den Rest kennt ihr ja."

„Die Polizei könnte dir also ein Motiv unterstellen, und du hast kein gutes Alibi." Mike fuhr sich mit der Hand übers Gesicht. „Okay, wenigstens können wir uns schon darauf einstellen. Bestimmt würde sich selbst Gorland diese Gelegenheit nicht entgehen lassen. Also mach dich schon mal darauf gefasst, okay, Trevor?"

Er nickte. „Aber weiß der Himmel, wie ich das Sarah erklären soll, falls ich verhört werde." Sein Gesicht war immer noch finster. „Vielleicht ist es endlich an der Zeit, ehrlich mit ihr zu sein." Damit stand er auf und griff nach seiner Jacke. „Ich sollte jetzt lieber nach Hause gehen. Sie macht sich bestimmt schon Sorgen."

Zögernd legte Jonathon die Hand auf Trevors Arm. „Danke, dass du es mir erzählt hast. Das hat einige Fragen beantwortet, aber was noch wichtiger ist ... Ich bin froh, dass er jemanden an seiner Seite hatte. Es tat mir immer leid, ihn all die Jahre so allein zu sehen."

Trevor schenkte ihm ein schwaches Lächeln. „Er wusste, dass ich ihn liebe, und ich glaube, er hat mich auch geliebt. Dominic war kein Mann der großen Liebeserklärungen, aber er hat mir seine Gefühle ... auf andere Weise gezeigt." Sein Gesicht errötete. „Die letzten zehn Jahre werde ich sicher niemals vergessen, so viel steht fest."

Jonathon zog seine Hand zurück. „Sag uns Bescheid, wenn etwas passiert, okay?"

„Na klar." Trevor folgte Mike zur Tür.

Jonathon nahm sein Glas in die Hand und nippte kurz an dem Brandy, bevor er ihn mit einem Schluck runterkippte und hustete, als er seinen Rachen erreichte.

Damit habe ich nun wirklich nicht gerechnet. Trevors Bemerkung über Dominics jüngsten Gemütszustand warf jedoch neue Fragen auf. Was hatte Dominic damit gemeint, dass er alles wieder in Ordnung bringen wollte?

Noch ein Geheimnis.

Da draußen kann es keine weiteren Überraschungen mehr geben – oder etwa doch?

16

NACHDEM MIKE Trevor hinausbegleitet hatte und in die Bar zurückgekehrt war, stand Jonathons Entschluss fest. „Wir brechen auf."

Mike zog die Augenbrauen hoch. „Ach ja? Und wohin?"

„Zu Melinda, um mit ihr über Lilien zu sprechen." Jonathon wollte ein paar Namen von seiner Liste streichen. Er konnte sich zwar nicht vorstellen, dass die gutmütige Pfarrersgattin Dominic brutal geschubst hatte, aber ihre Lilien machten sie zu einer wichtigen Informationsquelle.

Mike zuckte mit den Schultern. „Warum nicht?" Dann grinste er. „Und wenn wir Glück haben, hat sie heute Morgen schon etwas gebacken."

Jonathon verdrehte die Augen. „Denkst du eigentlich immer nur mit deinem Magen?"

Mike schnaubte. „Wenn es um die Backkünste von Melinda oder Rachel Meadows geht, dann schon." Er musterte Jonathon von oben bis unten. „Na, dann los. Wenn wir gehen wollen, dann am besten direkt."

Kopfschüttelnd folgte Jonathon Mike durch die Hintertür nach draußen.

Der Weg zur Kirche lag dank der Bäume, die ihre Äste über das Kopfsteinpflaster streckten, im Schatten, und die Luft war kühl. Der August verlief ähnlich wie der Juli - es sah sogar aus, als würde es noch heißer werden. Auch der Kirchhof lag tief im Schatten, und durch das grüne Blätterdach drang nur wenig Licht.

An der Steinmauer, die das Kirchengelände umgab, sah Jonathon eine Bewegung aufblitzen. Bryan Mayhew kniete vor einem Grabstein und hielt ein weißes Blatt Papier dagegen. Die Oberfläche des Papiers rieb er vorsichtig mit einem Kohlestift ab. Als sie sich näherten, blickte er auf und lächelte.

„Hallöchen. Ich habe gerade einen Überraschungsfund gemacht." Er deutete auf den Grabstein. „Das hier ist die Ruhestätte von Jonathon de Mountford."

Jonathon konnte ein Schaudern nicht unterdrücken. „Wie bitte?"

Bryan nickte. „Er wurde offenbar Ende des achtzehnten Jahrhunderts geboren, und soweit ich weiß, ist er kurz nach der Geburt gestorben. Ich bin mir nur nicht sicher, warum er hier draußen begraben wurde und nicht in der Gruft. Vielleicht, weil er noch ein Baby war? Aber dieser Name ..."

„Wusstest du, dass du nicht der erste Jonathon bist?", fragte Mike und ging in die Hocke, um den Stein unter die Lupe zu nehmen. Der Schriftzug war kaum noch zu erkennen.

Jonathon starrte den Stein verwundert an. „Ich hatte keine Ahnung. Bist du bei deiner Recherche darauf gestoßen?"

„Jap." Bryan zückte einen Notizblock aus seiner Gesäßtasche. „Er war das erstgeborene Kind von Elizabeth de Mountford. Danach bekam sie noch sechs weitere Kinder." Er lächelte. „Und du bist ein direkter Nachkomme."

„Wow." Der Anblick seines verblassten Namens auf dem Stein ließ Jonathon immer noch erschaudern. Er richtete sich auf. „Gut, dann lassen wir dich mal weitermachen."

„Alles klar." Bryan war bereits in seine Notizen vertieft und winkte ihnen geistesabwesend hinterher.

Mike schmunzelte, als sie zum Pfad zurückkehrten. „Akademiker."

Sie gingen um die Kirche herum zum Pfarrhaus, und Jonathon bewunderte den schönen Garten mit den üppigen Beeten und den ordentlich angelegten Rabatten. „Sie hats echt drauf, oder?"

„Melinda? Ja, sie ist der Hammer. Du solltest die Kirche mal zur Erntezeit sehen. Ihre Gestecke sind das reinste Farbenmeer."

Als Mike zu Ende gesprochen hatte, öffnete sich die Haustür und Melinda erschien, gekleidet in Leinenhosen und eine cremefarbene Bluse. „Mike, Jonathon – was für eine angenehme Überraschung." Ihr Gesicht legte sich vor Freude in Falten.

„Ich wollte Ihnen gern ein paar Fragen stellen." Jonathon sah keinen Grund, um den heißen Brei herumzureden.

„Das klingt spannend. Ich bin gerade unterwegs in den Garten hinter der Mauer, um etwas Salat für das Abendessen zu pflücken. Wollt ihr mitkommen?"

„Sehr gerne." Jonathon folgte ihr durch ein gewölbtes Tor auf einem Weg, der um das Haus herumführte. Vor ihnen lag eine rote Backsteinmauer mit einem kunstvollen Schmiedeeisentor. Melinda führte die beiden hindurch, und Jonathon hielt den Atem an. Kletterpflanzen bedeckten die Mauern, und ein berauschender Duft erfüllte die Luft. Der Garten war in ordentliche Beete unterteilt, die von kleinen Pfaden durchzogen wurden. „Haben Sie das angelegt?"

Melinda lachte. „Um Himmels willen – nein. Diesen Garten gibt es schon so lange, wie hier das Pfarrhaus steht, also wahrscheinlich ein paar Jahrhunderte." Sie deutete auf das Holztor am anderen Ende der Mauer. „Dahinter ist mein Treibhaus. Dein Onkel hat es für mich gebaut."

„Ach, wirklich?"

Sie lächelte. „Ich hatte nur ein kleines Gewächshaus, und Dominic wollte sich bei mir für die Kirchenblumen revanchieren. So ein netter Mann." Sie wandte sich an Jonathon. „Also, was möchtest du wissen?"

„Ich habe gehört, dass Sie eine Expertin für Lilien sind."

Melinda strahlte. „Als Expertin würde ich mich nicht gerade bezeichnen, aber … ich hatte wohl immer Glück mit meinen Blüten."

„Jetzt sind Sie aber viel zu bescheiden", sagte Mike herzlich. „Ich bin noch nicht so lange im Dorf und selbst ich habe schon von Ihrer Sammlung der Schleifen für den ersten Platz bei den vergangenen Festen mitbekommen. Sue hat mir davon erzählt."

„Dann kommt mal mit, meine Lieben, und ich zeige euch meinen ganzen Stolz." Melinda ging den schmalen Pfad entlang auf eine mit Kletterpflanzen bewachsene Mauer zu.

„Rieche ich da etwa Geißblatt?" Der Duft erinnerte Jonathon an den Garten seiner Mutter.

Melinda nickte. „Ich habe zwei Arten, die beide sehr intensiv duften. In diesem Bereich baue ich auch Nachtjasmin an, und natürlich meine *Lilium regale*. Niemand sonst im Dorf züchtet diese Art." Sie deutete auf die hohen, grünen Rispen, die mit trompetenförmigen, weißen Blüten geschmückt waren.

„Ach, eine Königslilie?", sagte Mike beiläufig. Als Jonathon ihm einen Blick zuwarf, zuckte er mit den Schultern. „Ich hatte eben Latein in der Schule."

Jonathon schmunzelte. „Ein Mann mit vielen Talenten." Er ging auf die nächstgelegene Lilie zu und beugte sich vor, um ihren Duft einzuatmen. „Oh, wow. Das riecht ja himmlisch."

„Ich habe deinem Onkel angeboten, welche für seine Gärten zu züchten, aber er ist nie darauf zurückgekommen."

Den Grund dafür hatte Jonathon bereits erfahren.

Melinda warf ihm einen nachdenklichen Blick zu. „Ich sollte dir wohl gratulieren, Jonathon de Mountford - auch wenn es sich falsch anfühlt, jemanden zu beglückwünschen, der unter solch furchtbaren Umständen geerbt hat."

„Aha, dann hat es sich also rumgesprochen."

Sie nickte. „Die meisten, die ich heute Nachmittag im Dorf getroffen habe, waren deswegen ganz aus dem Häuschen. Lässt du dich jetzt auf dem Anwesen nieder? Oder wird Jonathon de Mountford seine Abenteuer um die Welt fortsetzen und uns weiterhin mit seinen Fotos in Erstaunen versetzen?"

Jonathon merkte, dass Mike ihn gespannt beäugte, als wollte auch er unbedingt seine Pläne erfahren. „Ich werde meine Karriere nicht aufgeben", sagte er mit Nachdruck.

„Gut so." Melindas Augen leuchteten. „Wenn du mich fragst, wäre das eine Verschwendung von Talent."

„Auf jeden Fall." Mikes Stimme klang rau.

„Aber … ich habe trotzdem vor, nach Merrychurch zu ziehen."

Mikes Augen weiteten sich. „Wann hast du das beschlossen?" Dann nickte er langsam. „Lass mich raten - bei deinem Morgenspaziergang."

Jonathon machte eine bestätigende Geste. „Ich habe ja gesagt, es gibt viel, worüber ich nachdenken muss." Damit wandte er sich an Melinda. „Was mich zu dem Grund für unseren Besuch führt: Wir wollen wissen, wer im Dorf noch Lilien züchtet." Er grinste. „Oder anders gefragt: Wer ist beim Fest dieses Jahr Ihre größte Konkurrenz um den Hauptpreis?"

„Ich weiß zwar nicht, warum ihr euch das fragt, aber ihr werdet schon eure Gründe haben. Mal sehen." Sie zählte die Namen an den Fingern ab. „Doreen Pointer ist oft im Rennen um die Preise, genau wie Les Nugent. Ben Threadwell hat in den letzten Jahren einige prächtige Blüten hervorgebracht. Sarah Deeping staubt für gewöhnlich auch einen Preis ab - ihre Osterlilien sind jedes Mal ein echter Hingucker."

Jonathon erstarrte. „Sarah Deeping?" Er sah Mike kurz in die Augen, bevor er seine Aufmerksamkeit wieder auf Melinda richtete.

„Oh ja. Sarah hat wirklich einen grünen Daumen. Ab und zu hilft sie mir mit den Blumen für die Kirche. Ich versuche, die Gestecke regelmäßig zu variieren, und Sarah bringt oft Blumen aus ihrem Garten mit." Melinda seufzte. „Die Arme. Manchmal tut sie mir leid. Sie kommt vorbei und putzt die Kirche, wenn Trevor weg ist, damit sie etwas zu tun hat. Sie hasst es, dass Trevor so viel beruflich unterwegs ist, aber das würde sie ihm nie ins Gesicht sagen. Sie traut sich nicht, den Mund aufzumachen."

Da war Jonathon sich nicht so sicher. Bei ihrem Gespräch heute Morgen hatte Sarah nicht im Geringsten schüchtern gewirkt.

„Wollt ihr noch zum Tee bleiben? Sobald ich einen schönen, prallen Salatkopf gepflückt habe, ist das der nächste Punkt auf meiner Liste. Ihr seid herzlich eingeladen." Melindas Augen funkelten. „Vor allem, weil ich gerade ein paar Scones mit Rosinen gebacken habe. Sie sind bestimmt noch warm."

Jonathon warf Mike einen Blick zu und brach in Gelächter aus. „Hören Sie auf, Melinda, sonst sabbert Mike Ihnen noch die Lilien voll."

Mike sah in spöttisch an. „Sabbern? Bin ich etwa ein Hund?"

Melinda lachte ebenfalls. „Das genügt als Antwort. Dann kommt mal mit rein. Ach, Jonathon, könntest du bitte zu Sebastian gehen und ihn zum Tee rufen? Ich habe ihn heute kaum zu Gesicht bekommen."

„Na klar. Und übrigens habe ich Ihren Vorschlag befolgt. Er kommt morgen Abend im Pub auf einen Drink vorbei."

Melinda strahlte. „Braver Junge. Auf dich ist doch Verlass." Sie klopfte Mike auf die Schulter. „Und du kannst dich nützlich machen und mir einen Salatkopf pflücken, um den Rücken einer alten Dame zu schonen." Sie zeigte grinsend auf das Holztor. „Geh dadurch, Jonathon, und dann nach links. Das Cottage findest du am Ende des Gartens."

„Okay." Jonathon verließ sie und folgte einem schmalen Pfad zum Tor. Als er es öffnete, fand er sich am Rande einer riesigen Rasenfläche wieder, die mindestens dreißig Meter lang war. Auf der rechten Seite stand das Pfarrhaus mit den Terrassentüren zum Innenhof, und am anderen Ende sah er ein kleines Cottage mit Strohdach. Jonathon schlenderte über den Rasen zu der niedrigen Haustür und klopfte an. Zu seiner Überraschung ging sie von alleine auf.

„Hallo? Sebastian?" Er steckte seinen Kopf durch die Tür und spähte hinein.

Es war ein gemütliches, kleines Haus mit einer winzigen Küche auf der rechten Seite, etwas, das wie ein noch winzigeres Badezimmer aussah, einem Wohnzimmer und einer Tür zum Schlafzimmer. An der einen Wand stand ein Schreibtisch, an der anderen eine alte, abgenutzte Couch. Über dem Schreibtisch befanden sich zwei Regalbretter voller Bücher.

Jonathon bemerkte ein paar Bilderrahmen unter den Regalen und ging hinüber, um sie sich genauer anzusehen. Es handelte sich eindeutig um Zeitungsausschnitte, in denen Kinder aller Altersgruppen mit weißen Karateanzügen abgebildet waren und Posen für die Kamera vorführten. In einem der Artikel ging es um die Eröffnung einer Karateschule für sozial benachteiligte Kinder in London, und …

„Kann ich dir helfen?"

Jonathon richtete sich so schnell auf, dass er sich den Kopf am Regal stieß. „Autsch!" Er rieb sich die Stelle, während er sich zur Schlafzimmertür umdrehte, wo Sebastian mit neutraler Miene stand. „Ich habe beim Reingehen nach dir gerufen. Tut mir leid, ich wollte nicht einfach so eindringen. Melinda hat mich geschickt, um dich zum Tee zu rufen."

„Ach so." Sebastian legte den Kopf schief. „Ist alles in Ordnung? Da hast du dir ja gerade eine ganz schöne Beule eingefangen."

„Du hast mich erschreckt. Ich bin selbst dran schuld." Jonathon ging auf die Tür zu, und Sebastian folgte ihm. „Wir wollten Melinda besuchen, und dann hat sie uns zum Tee eingeladen."

„Ja, das macht sie oft." Sebastian schmunzelte. „Jetzt verstehst du auch meine Bemerkung über heimatlose Kinder."

„Steht das noch mit dem Drink und Darts morgen Abend?"

„Oh, ja, natürlich. Wie gehts deinem Kopf?"

„Tut ein bisschen weh, aber das wird schon wieder." Jonathon hatte ein schlechtes Gewissen. Sebastian musste gedacht haben, dass er herumschnüffeln würde, und um ehrlich zu sein gab es für sein Verhalten auch kein besseres Wort. Am liebsten hätte er sich nach der Karateschule erkundigt, aber nachdem er an einem Ort erwischt worden war, an dem er nichts zu suchen hatte, wollte Jonathon das Thema lieber ruhen lassen.

Außerdem hatte er im Moment größere Sorgen - zum Beispiel, wie er Mike davon abhalten wollte, alle Scones alleine aufzuessen.

„DU STECKST aber auch voller Geheimnisse, oder?"

Jonathon füllte einen Cosmopolitan in ein Cocktailglas und stellte es vor seiner Kundin ab, bevor er Paul seine volle Aufmerksamkeit widmete. „Wie bitte?"

„Ich hatte ja keine Ahnung, dass der Herr über das Anwesen meine Cocktails zubereitet hat." Paul grinste. „Das hast du verschwiegen."

„Nicht direkt. Ich habe es selbst erst heute Morgen erfahren." Jonathon schmunzelte. „Die Dinge sprechen sich hier im Dorf wirklich schnell herum, was?"

Paul musste lachen. „Aber hallo, Kumpel. Wenn du etwas Gutes tust, bekommt das jeder mit. Und wenn du dir einen Fehler erlaubst, sickert es doppelt so schnell durch." Er hob sein Bierglas. „Also dann, auf dich. Viel Glück und alles Gute."

„Danke, Paul." Jonathon war gerührt.

Paul wedelte mit der Hand. „Ich halte mich für einen guten Menschenkenner, und du scheinst mir ein netter, fleißiger Bursche zu sein. Außerdem vertraut Mike dir offensichtlich, und er hat einen guten Instinkt."

Mikes Lachen drang zu ihnen herüber. „Ach, er arbeitet umsonst. Was gibt es da nicht zu mögen?" In diesem Moment klingelte sein Handy. Mike sah auf den Bildschirm und sein Blick verfinsterte sich. „Oje." Er nahm den Anruf entgegen und schaute Jonathon mit besorgten Augen an. „Hallo, Graham. Was gibts?"

Graham? Dann fiel es Jonathon ein. Constable Billings.

Sein Magen überschlug sich.

Mike hörte aufmerksam zu, und seine Stirn legte sich in tiefe Falten. „Mhm ... Ja ... Okay, danke, dass du Bescheid gesagt hast. Hältst du mich bitte auf dem Laufenden, wenn es etwas Neues gibt? ... Jaja, okay. Bis dann." Er legte das Handy langsam im Regal unter der Bar ab, immer noch sichtlich aufgebracht.

„Irgendwas ist passiert." Jonathon rückte näher an ihn heran. „Was ist los?"

„Graham hat Bescheid gesagt, dass Gorland Trevor vor zwei Stunden zum Verhör mitgenommen hat."

Verdammt. „Und?"

Mike seufzte schwer. „Sie haben ihn einfach verhaftet. Er hat ihnen die Wahrheit gesagt, und das hat schon gereicht. Er hat kein wasserdichtes Alibi. Graham zufolge glaubt Gorland, dass es einen Streit um das Erbe gegeben hat und Trevor Dominic umbringen wollte, damit das Geheimnis mit ihm stirbt."

„Aber ... das alles ergibt keinen Sinn. Dominic hat die Änderungen am Testament doch wieder rückgängig gemacht. Trevor war gar kein Erbe mehr." Jonathon wurde übel.

„Und jetzt hat Gorland einen Mann in seiner Zelle sitzen, der kein Alibi, aber dafür - so denkt *er* zumindest - ein starkes Motiv hat. Ich glaube genauso wenig an Trevors Schuld wie du, aber ich weiß nicht, wie wir ihm helfen können. Gorland steht sicher tierisch unter Druck. Dominics Tod ist jetzt eine Woche her, und er hat immer noch keinen Hauptverdächtigen. Wenn man obendrein noch die Anrufe bedenkt, die er bestimmt von deiner Familie bekommt - was macht das dann aus ihm?"

„Einen Polizisten, der einen Riesenfehler begeht", schlussfolgerte Jonathon.

„Hey." Mikes Stimme wurde sanfter. „Mir gefällt das auch nicht. Aber es gibt da etwas, was wir tun können."

„Und das wäre?"

„Herausfinden, wer wirklich in Dominics Arbeitszimmer war - und es Gorland beweisen, bevor er die Sache noch weiter ausufern lässt."

„Dann sollten wir uns lieber beeilen." Jonathon hasste den Gedanken an Trevor in einer Polizeizelle. Trevor hatte gerade den Mann verloren, den er geliebt hatte, und es musste schrecklich sein, nun auch noch Dominics Tod in die Schuhe geschoben zu bekommen.

„Im Moment musst du erst mal Cocktails mixen und ich muss Bier zapfen. Gerade jetzt kann keiner von uns etwas tun."

Da hatte Mike nicht ganz unrecht.

Die Detektivarbeit würde bis zum Morgen warten müssen.

17

„WARUM KONNTEN wir nicht einfach in deiner Küche Kaffee trinken?", fragte Jonathon, als sie die Tür zur Teestube aufdrückten. „Ist deine innere Naschkatze da wieder mit dir durchgegangen?"

Mike gab ihm einen Klaps auf den Hintern. „Du Spießer. Es hat schon seine Gründe, warum Rachel beim Fest immer für ihre Backkünste ausgezeichnet wird. Und wenn ich Lust auf ein Stück von ihrem Möhrenkuchen habe, kannst weder du noch sonst jemand in diesem Dorf mich davon abhalten."

„Oha. Nichts läge mir ferner, als mich zwischen einen Mann und seine Zuckergelüste zu stellen." Jonathon lächelte. „Außerdem tut es gut, hin und wieder mal aus dem Pub rauszukommen." Vielleicht würde der Tapetenwechsel ja seine deduktiven Fähigkeiten anregen, denn das hatten sie bitter nötig. Die Nachforschungen über die Lilien hatten bisher nur einen Namen ins Spiel gebracht, und Jonathon hatte Sarah Deeping auf seine Liste gesetzt, obwohl es sonst nichts gab, was sie mit Dominics Tod in Verbindung brachte. Allerdings hatten sie nur Trevors Wort dafür, dass sie nichts von der Affäre wusste. Was andere mögliche Verdächtige anging, so glaubte Jonathon langsam, dass sie alle Möglichkeiten ausgeschöpft hatten. Es sei denn, Dominic hatte noch mehr Leichen im Keller …

Rachel strahlte, als sie eintraten. „Hallo, ihr Lieben. Schön, euch zu sehen. Setzt euch, ich bin sofort da."

Jonathon wies auf einen freien Tisch, und sie nahmen Platz. Die Teestube war bereits mehr als der Hälfte gefüllt, und Jonathon fragte sich, ob das für zehn Uhr normal war. Um sie herum ertönte leises Stimmengewirr und nach den Wortfetzen zu urteilen, die er aufschnappte, ging es um Dominic - und Trevor.

„Die Neuigkeit hat wohl schon im Dorf die Runde gemacht", raunte er Mike zu. Er betrachtete die anderen Gäste und war sich sowohl der auffälligen als auch der verstohlenen Blicke in seine Richtung bewusst.

„Ja." Mike sah nicht gerade erfreut aus. „Und die Tatsache, dass sie heimlich ineinander verliebt waren, ist für sie ein gefundenes Fressen - auch wenn es sie überhaupt nichts angeht."

„Ihr habt es bestimmt schon mitbekommen, oder?" Rachel beugte sich vor und senkte die Stimme. „Seit ich heute Morgen aufgemacht habe, reden die Leute von nichts anderem. Man könnte meinen, dass es hier im Dorf noch nie einen größeren Skandal gegeben hätte." Sie schüttelte den Kopf. „Ach, die arme Sarah tut mir leid. Wie es ihr jetzt wohl geht, wo sie weiß, dass alle über sie reden? Es war sicher vor Trevors Festnahme schon schlimm genug, von der Sache zu wissen."

Jonathon blinzelte, und sein Magen krampfte sich zusammen. „Aber … hat sie denn überhaupt von der Affäre gewusst? Trevor zufolge hat sie das nicht."

Rachel schnaubte. „Tut mir leid, aber das glaube ich nicht. Eine Frau bekommt es normalerweise mit, wenn ihr Mann sie betrügt. Es ist wie ein sechster Sinn. Und jetzt passt alles zusammen."

„Wie meinst du das?", fragte Mike.

Rachel sah sich kurz in der Teestube um, bevor sie ihre Stimme zu einem Flüstern senkte. „Vor ein paar Monaten, gegen April, bin ich durchs Dorf gegangen und habe Dominics geparkten Land Rover in der Nähe der Mill Road gesehen. Sarah saß neben ihm, und sie schienen sich zu streiten. Es hat zwar in Strömen geregnet, aber ich konnte sie erkennen. Ich habe Sarah noch nie so … wütend gesehen. Wenn ich so darüber nachdenke, hat auch Dominic wütend gewirkt. Als sich jedenfalls heute Morgen die Neuigkeiten rumgesprochen haben, musste ich wieder an diesen Tag denken. Ich habe mich gefragt, worüber die beiden sich wohl gestritten haben." Sie seufzte. „So, genug getratscht. Was hättet ihr gerne?"

Sie bestellten Kaffee und zwei Stücke Kuchen. Nachdem Rachel ihren Tisch verlassen hatte, rückte Jonathon mit seinem Stuhl näher an Mike heran. „So viel zu Trevors Aussage, dass Sarah keinen Kontakt zu Dominic hatte", raunte er.

„Wenn Rachel recht hat", sagte Mike leise, „und ich sehe keinen Grund, ihr nicht zu glauben -, dann können wir eine weitere Verdächtige auf die Liste setzen."

Jonathon seufzte. „Da steht sie bereits, seit wir von den Lilien erfahren haben." Er spürte ein mulmiges Gefühl im Bauch. „Glaubst du, dass Trevor sich geirrt hat und Sarah doch von der Affäre wusste?"

„Kann schon sein, oder? Ich meine - die Sache lief zehn Jahre lang. In dieser Zeit haben die beiden doch sicher mindestens einen Fehler gemacht, der sie verraten hat. Nehmen wir also mal an, dass Sarah es herausgefunden hat. Würde sie Trevor damit konfrontieren? Wir wissen, dass sie das nicht getan hat, also bleibt nur die Konfrontation mit Dominic. Vielleicht haben sie sich gestritten, weil Dominic ihrer Aufforderung, die Affäre zu beenden, nicht nachgekommen war."

„Also ist sie zum Herrenhaus gefahren, in einen großen Streit mit ihm geraten, hat ihn geschubst und so versehentlich umgebracht?" Jonathon dachte über diese Idee nach. „Sie müsste schon sehr stark sein, um ihm bei dem Stoß die Rippen zu brechen."

„Wie war das doch gleich mit verschmähten Frauen, die zu allem fähig sind?", bemerkte Mike mit weiser Stimme. „Und wenn sie kurz vorher im Garten gearbeitet hat, würde das auch die Lilienpollen erklären, oder?" Mike schüttelte den Kopf. „Das klingt zwar weit hergeholt, aber es könnte sich schon so zugetragen haben. Nur kann die Polizei sie ohne Beweise nicht zum Verhör mitnehmen, und ich glaube nicht, dass Rachels Erinnerung, sie an einem regnerischen Tag in Dominics Land Rover gesehen zu haben, ausreichen würde."

132

Jonathon erschauderte. Es war kaum zu glauben, dass er erst vor einer Woche sorglos und glücklich im Dorf angekommen war und sich auf die Zeit mit Dominic gefreut hatte.

„Hey." Mikes Hand legte sich auf seine. „Alles okay?" Seine Stimme klang besorgt.

„Ich denke nur darüber nach, wie innerhalb einer Woche alles auf den Kopf gestellt wurde." Außerdem beschäftigte ihn seine Vietnamreise und sein nächstes Buch ...

„Hast du das ernst gemeint, was du zu Melinda gesagt hast - dass du hier in Merrychurch leben wirst?"

Jonathon nickte. „Es fühlt sich richtig an. Aber nur, weil ich auf dem Anwesen wohne, muss ich mich noch lange nicht den Wünschen meines Vaters beugen."

Mike schmunzelte. „Daran habe ich auch keine Sekunde gezweifelt. Aber was ist mit seinem Argument, dass du der letzte de Mountford bist? Wer wird nach dir erben?"

„Meine Güte, Mike. Ich bin noch nicht mal auf das Anwesen gezogen und du planst schon, wer es bekommt, wenn ich ins Gras beiße?" Jonathon kicherte. „Und was das Erbe betrifft ... Es gibt da diese wunderbare Sache namens *Adoption*. Schon mal gehört?" Er grinste. „Ich werde heiraten - denn Gott bewahre uns vor einem Skandal in der Familie, weil ein schwules Pärchen ein *uneheliches Leben* führt - und dann adoptieren wir ein Kind."

Mike lachte. „Du hast bereits alles geplant, oder? Steht auch schon irgendwo ein zukünftiger Gatte in den Startlöchern?"

Jonathon lächelte. „*Soo* weit habe ich auch wieder nicht vorausgeplant. Aber ich werde mein wahres Ich nicht verbergen." Bei dem Gedanken überkam ihn die Trauer. „Dominic hat das getan und sieh nur, wohin es ihn geführt hat."

„Du weißt nicht, ob es so war", bemerkte Mike und schlang seine Finger um Jonathons Hand. Die intime Geste erwärmte ihn.

„Nein, aber bislang ist es das wahrscheinlichste Szenario, oder?"

„Das kann ich nicht leugnen." Mikes Gesichtsausdruck schien seine eigene Sorge widerzuspiegeln. Er richtete sich auf und ließ Jonathons Hand los, als Rachel sich ihnen näherte, und Jonathon vermisste sofort seine warme Berührung. Dann fragte er sich, warum Mike losgelassen hatte.

Will er meinen Ruf schützen oder seinen eigenen?

Jonathon war bestens in der Lage, für sich selbst einzustehen, und angesichts der jüngsten Ereignisse wollte er sich nicht mehr verstecken.

JONATHON LAG auf seinem Bett und starrte die Zimmerdecke an. Mike war unten und bereitete alles für die Abendschicht vor. Es war nicht so, als wolle Jonathon faulenzen - er brauchte einfach etwas Zeit für sich. Mikes Gegenwart lenkte ihn zu sehr ab …

Er machte sich nur selbst etwas vor, wenn er behaupten würde, dass Mike bei seinen Plänen, auf das Anwesen zu ziehen, keine Rolle gespielt hätte. Mike war zwar nicht der Hauptgrund - dessen war er sich zumindest sicher -, aber natürlich hatte Jonathon darüber nachgedacht, dass Mike sein Nachbar sein würde. Sein *extrem attraktiver* Nachbar. Und ein Teil von ihm wünschte sich sehnlichst, dass Mike dasselbe empfand.

Als er das Geräusch polternder Schritte auf der Treppe hörte, setzte er sich ruckartig auf. Die Tür flog auf und Mike stürmte ins Zimmer.

„Jetzt ist die Kacke richtig am Dampfen", keuchte er.

„Was? Was ist passiert?"

„Graham hat gerade angerufen. Sarah Deeping wurde verhaftet."

Im Nu war Jonathon vom Bett aufgesprungen. „Aufgrund welcher Beweise?"

„Auf Dominics Computer sind gelöschte E-Mails gefunden worden - weiß der Geier, warum er sie gelöscht hat … Jedenfalls hat Sarah ihm in den Nachrichten gedroht, dass sie ihn, wenn er die Affäre nicht beenden würde, vor dem ganzen Dorf outen würde - auch vor seiner Familie."

„Fuck!" Jonathon starrte ihn entsetzt an. „Das wars dann also? Hat sie gestanden?"

Mike schüttelte den Kopf. „Sie streitet es ab, aber sie kann nicht beweisen, wo sie zum Tatzeitpunkt war. Die Polizei glaubt, dass sie dachte, Trevor könne ohne Dominic wieder *normal* werden." Dabei malte er Anführungszeichen in die Luft.

Jonathon schnaubte. „Ja, als ob das so funktionieren würde."

„Jetzt hat die Polizei also sowohl Sarah als auch Trevor wegen desselben Verbrechens in Gewahrsam. Und halt dich fest - Gorland will Trevor noch nicht freilassen."

Jonathon verdrehte die Augen. „Sie können es doch nicht *beide* getan haben." Das Geläut der Kirchenglocke drang durch sein offenes Fenster, und er starrte Mike an. „Äh, Moment mal. Musst du nicht den Pub öffnen?"

„Verdammt." Mike stürmte aus dem Zimmer und raste die Treppe hinunter.

Jonathon folgte ihm, wenn auch in einem etwas gemächlicheren Tempo. Er wollte sich nicht zu früh freuen. Dass Sarah für Dominics Tod verantwortlich sein sollte, würde er erst glauben, wenn die Geschworenen sie dafür verurteilt hatten. Aber dann dachte er an die E-Mails, die Lilien und Rachels Erinnerung an den Streit zwischen Sarah und Dominic … Jonathon konnte nicht leugnen, dass immer mehr Zeichen auf sie als Täterin hindeuteten.

„JETZT GEHTS ums Ganze." Sebastian zielte, warf seinen Pfeil ab und grinste, als dieser mit Schwung auf der Dartscheibe landete. „Meine Damen und Herren, der Sieger steht fest."

Jonathon schmunzelte. „Dürfen sich Hilfspfarrer überhaupt so aufplustern? Was ist nur aus der guten alten Bescheidenheit geworden?"

Sebastian lachte. „Da kann wohl jemand nicht gut verlieren. Apropos: Die nächste Runde geht auf den Verlierer, stimmt's?" Er pflückte seine Pfeile von der Scheibe und packte sie in einer schwarzen Hülle ein.

Jonathon musste zugeben, dass dies der entspannteste Abend seit seiner Ankunft im Dorf war. Sebastian war um neun Uhr sichtlich heiter eingetrudelt und hatte den ganzen Abend gute Laune verbreitet. Vielleicht lag das auch daran, dass er alle fünf Partien gewonnen hatte. Jonathon konnte mit seiner Niederlage umgehen.

„Also gut. Noch ein Glas *Timothy Taylor's*?"

Sebastian nickte. „Und eine Packung Käse-Zwiebel-Chips, bitte." Seine Augen funkelten. „Vom Gewinnen krieg ich immer Hunger."

Jonathon stieß einen Seufzer aus. „Du wirst nicht lockerlassen, bis Mike dich zur Sperrstunde rausschmeißt, oder?"

Sebastian lachte. „Jap. Also, wo bleibt mein Bier?"

Jonathon schüttelte den Kopf und ging kichernd zu Mike an die Bar hinüber.

„Genießt du deinen freien Abend?", fragte Mike mit einem Lächeln. „Er scheint gut drauf zu sein."

„Dreimal darfst du raten, warum. Er ist ein verdammt guter Dartspieler. Der Beweis für eine vergeudete Jugend, wenn du mich fragst", brummte Jonathon. „Bitte noch zwei Gläser *Timothy Taylor's* und eine Packung Käse-Zwiebel-Chips."

„Kommt sofort." Mike schnappte sich zwei saubere Gläser vom Regal und nickte in Sebastians Richtung. „Er wirkt viel entspannter."

„Ja, oder?" Vielleicht hatte Melinda ja recht gehabt und alles, was Sebastian brauchte, war ein Mensch in seinem Alter, zu dem er eine Bindung aufbauen konnte.

Jonathon trug die Gläser zu Sebastians Tisch, die Ecke der Chipstüte zwischen die Zähne geklemmt. Sebastian stand lächelnd auf, um ihm zu helfen. Nachdem sie sich beide gesetzt hatten, nahm Sebastian einen großen Schluck von seinem Bier und stöhnte auf.

„Ich kann mich nicht erinnern, wann ich das letzte Mal so einen Abend hatte."

„Dann ist es doch gut, dass ich dich eingeladen habe, oder?" Jonathon hob sein Glas. „Auf den Sieger."

„Prost!" Sie stießen an.

„Wolltest du schon immer für die Kirche arbeiten?"

Sebastian schüttelte den Kopf. „Mein Vater war Pfarrer, aber ich hätte nie gedacht, dass ich mal in seine Fußstapfen treten würde. Als er dann vor fünf Jahren in den Ruhestand gegangen ist, habe ich es doch langsam in Erwägung gezogen. Ich bin zur selben Bibelschule gegangen, die er auch besucht hatte. Er wollte, dass ich seine Gemeinde übernehme, aber das war mir eine Nummer zu groß. Ich wollte lieber klein anfangen. Dann bekam er mit, dass die St Mary's Church einen Hilfspfarrer suchte - und den Rest kennst du ja." Er nahm einen Schluck aus seinem Glas.

„Du hast es ihm zuliebe gemacht, oder?"

Sebastian hielt inne, und seine Augen weiteten sich. „Sehr scharfsinnig von dir. Ja, das stimmt. Als Kind wollte ich unbedingt ein Lehrer für Naturwissenschaften werden. Das Gebiet hat mich schon immer fasziniert. In der Schule war ich ein Riesenstreber."

„In gewisser Weise bist du ja trotzdem ein Lehrer geworden", sinnierte Jonathon.

Sebastian nickte. „Stimmt. Ich habe mir gedacht, nach ein, zwei Jahren würde ich wissen, ob ich weitermachen will. Bis jetzt macht es mir Spaß, obwohl ich vorher nicht musste, dass ich so viele verschiedene Aufgaben übernehmen würde."

„Zum Beispiel?"

Sebastian lachte. „Ich bin hier das Mädchen für alles und mische überall mit." Er zählte die Punkte an seinen Fingern ab. „Fangen wir mit dem Offensichtlichen an: Ich halte Predigten - bisher immer nur einmal pro Monat, aber die Vorbereitungszeit wird von vielen ziemlich unterschätzt. Ich besuche Gemeindemitglieder, die krank sind oder nicht zum Gottesdienst kommen können. Und dann gibt es da noch die ganzen Aufgaben im Kirchengebäude: Ich suche die Kirchenlieder aus, richte die Blumen, reinige die Kerzenständer auf dem Altar, räume nach dem Gottesdienst die Kniebänke auf und so weiter ..."

Jonathon lachte. „Ganz schön fleißig."

„Ja, aber weißt du das? Alles andere wäre langweilig, und so habe ich immer was zu tun." Er hielt inne und musterte Jonathon. „Dein Leben ist aber auch alles andere als langweilig."

„Ah, weil ich so viel auf Reisen bin?"

Sebastian nickte. „Du hast ein Auge für fantastische Motive. Aber diese Freiheit, das alles tun zu können - das Reisen, die finanziellen Mittel -, darum beneide ich dich."

Jonathon schnaubte. „Und schon wieder legst du Eigenschaften an den Tag, die für dein Amt sehr untypisch sind."

Sebastian lächelte. „Da hast du natürlich recht. Vielleicht bin ich ja doch kein so guter Hilfspfarrer."

„Was wäre denn die Alternative?"

Sebastians Augen funkelten. „Wer weiß? Niemand kann vorhersehen, was die Zukunft bereithält, oder? Das Leben steckt voller Überraschungen."

„Jonathon? Hast du kurz Zeit?"

Sebastian deutete mit dem Kopf in die Richtung, aus der Mikes Stimme kam. „Damit nimmt dein freier Abend wohl ein vorzeitiges Ende. Mike hat eine Menge Kundschaft."

Jonathon drehte sich auf seinem Stuhl, um nachzusehen. „Oje. Wo kommen die denn alle her?" Er stand auf. „Tut mir leid, aber …"

„Ach was, schon gut. Mike kann eindeutig Hilfe gebrauchen. Danke für das Turnier. Ich trink noch schnell mein Bier aus, dann mach ich mich auf den Heimweg." Sebastian warf einen Blick auf seine Uhr. „Außerdem ist es schon fast elf. Um die Zeit lieg ich normal längst im Bett." Er grinste.

Jonathon lachte. „Jaja. Melinda hat mir erzählt, dass du gerne mal bis spät in die Nacht arbeitest - also mir machst du nichts vor." Er streckt ihm die Hand entgegen. „Danke für den schönen Abend. Das hat wirklich Spaß gemacht."

Sebastian lächelte. „Gern geschehen."

„Jonathon!"

„Ups." Jonathon ließ ihn stehen und huschte hinter die Bar. „Okay, da bin ich. Was soll ich tun?"

„Drei Gläser Bier für den Kerl da drüben, bitte." Mike schüttelte den Kopf. „Warum tauchen die immer erst kurz vor Schluss auf, als würde bald eine Prohibition ausbrechen?"

Jonathon machte sich daran, das Bier zu zapfen, was Mike ihm zum Glück gut erklärt hatte. Das Letzte, was er jetzt gerade wollte, war ein Kunde, der sich über eine falsche Schaumkrone beschwerte.

In den nächsten zwanzig Minuten schenkte er Getränke aus, zapfte Bier und plauderte mit den Stammkunden, die er allmählich immer besser kennenlernte. Sebastian winkte ihm zum Abschied freundlich zu und Jonathon erwiderte die Geste. Anschließend widmete er sich wieder den wartenden Gästen.

„Was machst du da hinter der Bar?", lallte der Mann, der Jonathon gegenüberstand.

„Dein Bier zapfen", entgegnete Jonathon freundlich.

„Ja, schon klar - aber warum ausgerechnet du? Scheiße, Mann, bist du nicht der Herr über das verdammte Anwesen? Ist ja nicht so, als hättest du die Arbeit hier nötig, oder?" Er sah sich auf der Suche nach Zustimmung bei seinen Saufkumpanen um, aber sie wichen seinem Blick aus. Mit einem wütenden Funkeln wandte er sich wieder Jonathon zu. „Die Scheiß-de-Mountfords … Denken auch, ihnen gehört das ganze Dorf, und dann entpuppen sie sich als widerliche Schwuchteln. Da zeigt sich mal wieder, dass man sich nie sicher sein kann." Er lehnte sich über die Theke und sah Jonathon in die Augen. Sein Atem roch nach Alkohol. „Bist du etwa auch so einer?"

Bevor Jonathon eine passende Antwort einfallen konnte, war Mike hinter der Bar hervorgesprungen. Er packte den Betrunkenen an den Armen und führte ihn zur Tür. „Du hattest heute Abend mehr als genug, Saul. Und wenn du in meinem Pub noch einmal so das Maul aufreißt, kriegst du Hausverbot. Ist das klar?" Ohne eine Antwort von Saul abzuwarten, schob Mike ihn nach draußen und schloss die Tür. Dann trat er in die Mitte des Pubs und rieb sich energisch die Hände. „Okay, hat sonst noch jemand etwas zu sagen?" Er wartete kurz. „Was, keine weiteren Bemerkungen? Dann mach ich gleich den Laden dicht." Er ging zur Bar und läutete die Glocke. „So, alle zusammen, trinkt aus."

Jonathon war überrumpelt. „Das wäre nicht nötig gewesen."

Mike sah ihn ernst an. „Mein Pub, meine Regeln. Übrigens hat Saul Putnam einen Grund für seine schlechte Laune. Er gehört zu den Mietern der Cottages, die einen Räumungsbescheid erhalten haben. Jetzt weißt du, warum er so sauer war."

„Mir doch egal, warum er sich aufgeregt hat. Du musst mich nicht beschützen. Ich bin schon um die ganze Welt gereist, Mike. Ich kann sehr wohl auf mich selbst aufpassen." Jonathon wusste nicht, ob er verärgert oder gerührt sein sollte.

Mike schwieg und presste die Lippen aufeinander.

Nachdem alle Gäste gegangen waren, warf er einen letzten Blick auf die Bar. „Ich räum morgen früh auf. Bin gerade nicht in der Stimmung." Und damit knipste er das Licht aus und ließ Jonathon im Halbdunkel stehen, während er zur Treppe ging.

Was zum Teufel?

Jonathon folgte ihm und nahm dabei zwei Stufen auf einmal. „Mike, warte!"

Mike ging mit steifem Rücken weiter. Als Jonathon oben ankam, war er bereits an seiner Zimmertür angelangt.

„Mike, bleib stehen!"

Mit der Hand an der offenen Tür hielt Mike inne und sah ihn an. „Ja?"

Jonathon ging durch den Flur auf ihn zu. „Was ist los?", fragte er leise.

Einen Moment lang sah Mike ihn schweigend an, ehe er einen Seufzer ausstieß. „Was du vorhin gesagt hast - dass ich dich nicht beschützen muss."

„Ja, und?" Aus irgendeinem Grund standen Jonathon die Haare zu Berge.

„Was, wenn ich dich beschützen *will*?" Mikes Stimme klang tief und leise. Und bevor Jonathon etwas erwidern konnte, zog Mike ihn in seine Arme und ihre Lippen trafen sich zu einem sanften Kuss.

Jonathon schloss die Augen, schmiegte sich an Mikes Körper und versank in dem unerwarteten, aber völlig willkommenen Kuss, der ihn aufgrund seiner Dauer fast schwindlig werden ließ.

Als sie sich leicht atemlos voneinander lösten, legte Mike die Hände um Jonathons Gesicht. „Du schläfst heute Nacht in meinem Bett. Es sei denn, du hast etwas dagegen?"

Jonathon gab sich der Hitze hin, die seinen Körper durchströmte. „Überhaupt nicht", antwortete er entschlossen.

Mike lächelte. „Gott sei Dank." Dann nahm er Jonathon an der Hand, führte ihn in sein Schlafzimmer und zog die Tür hinter ihnen zu.

18

JONATHON REKELTE sich unter der warmen Decke. Dann fiel ihm wieder ein, wo er war - aber dort, wo Mike gelegen hatte, war jetzt eine kühle Stelle.

Gähnend setzte Jonathon sich auf und rieb sich die Augen. Ein Blick auf den Wecker verriet ihm, dass es noch früh war. Er suchte den Boden nach den Jeans ab, die er am Abend zuvor abgeworfen hatte, sprang aus dem Bett und schlüpfte in die Hose. Um ihn herum war alles still, als er barfuß die schmale Treppe hinunter in den Pub tapste.

„Mike?"

„Bin in der Küche."

Jonathon öffnete die Tür und sah ihn mit einer Kaffeetasse am Tisch sitzen.

Mike schenkte ihm ein warmes Lächeln. „Guten Morgen. In der Kanne ist noch Kaffee."

Jonathon zog die Augenbrauen hoch. „Ich habe eine bessere Idee: Wie wär's, wenn du die Tasse mitnimmst und wieder zurück ins Bett kommst?"

Mikes Lächeln wurde breiter. „Das gefällt mir. Klingt nach einem perfekten Samstagmorgen."

Jonathon war ganz seiner Meinung. Als plötzlich Mikes Handy klingelte, unterdrückte er ein Ächzen.

Mike warf ihm einen entschuldigenden Blick zu, während er nach dem Handy griff. Stirnrunzelnd ging er ran. „Lloyd? Was gibts denn? Es ist noch früh, selbst für Ihre Verhältnisse."

Jonathon brauchte einen Moment, um sich daran zu erinnern, dass Lloyd der Pfarrer war. Sein Magen krampfte sich zusammen, als Mike mit aufgerissenem Mund erstarrte.

„Haben Sie schon die Polizei verständigt?" Er hielt inne. „Gut, aber rufen Sie sie trotzdem an. Ich bin gleich da. Und Lloyd - nichts anfassen, ja? Halten Sie sich bitte fern, bis ich da bin." Er hörte wieder zu. „Sehr gut. Ja, Sie haben das Richtige getan." Dann legte er auf und starrte Jonathon mit großen Augen an. „Du wirst es nicht glauben: Lloyd Talbot hat in der Krypta gerade eine Leiche gefunden."

„Eine ... Leiche? Wessen Leiche?"

„Lloyd weiß es nicht. Wer auch immer es ist, die Person liegt mit dem Gesicht nach unten, und Lloyd wollte ihre Position nicht verändern." Mike schob seinen Stuhl zurück. „Ich zieh mir noch schnell was an und gehe dann zur Kirche."

„Ich komme mit." Jonathon reckte das Kinn vor, als wollte er Mike dazu herausfordern, es ihm zu verbieten.

Mike seufzte. „Ich kann dich ja sowieso nicht davon abhalten. Wenn du mitkommst, dann zieh dir etwas drüber." Er deutete auf Jonathons Hals. „Und vielleicht solltest du etwas tragen, was, äh … *das da* bedeckt." Mit rotem Kopf verließ er das Gesicht.

Jonathon drehte sich zur Ofentür um und betrachtete aufmerksam sein Spiegelbild auf der Edelstahlfläche. Es war nicht die klarste Scheibe, aber den rötlichen Fleck an seinem Halsansatz konnte er trotzdem erkennen.

Oh. *Das da.*

Sofort stürmte er die Treppe hinauf und dachte verzweifelt darüber nach, ob er etwas Geeignetes in seinem Koffer hatte.

Fünf Minuten später war er dank eines Hemdes mit hochgeschlagenem Kragen gut getarnt. Gemeinsam verließen die Männer den Pub und schlugen den Weg zur Kirche ein.

Melinda stand mit blassem Gesicht an der schweren Kirchenpforte. „Oh, Mike, es ist einfach furchtbar."

Mike umarmte sie kurz. „Ist die Polizei schon unterwegs?"

Sie nickte. „Gleich nach eurem Gespräch hat Lloyd Constable Billings angerufen. Sie sollten jeden Moment hier sein." Dann wandte sie sich Jonathon zu. „Es ist schrecklich. Zwei Todesfälle innerhalb einer Woche."

Jonathon folgte ihr und Mike in die Kirche. Der Altar stand ganz hinten, und die Kanzel links daneben war in ein goldenes Tuch gehüllt. Holzbänke säumten das Kirchenschiff auf beiden Seiten, und an der rechten Wand befand sich ein schwarzes Geländer mit einem Tor, zu dem Melinda sie führte.

„Lloyd ist bereits in der Krypta." Sie erschauderte. „Es tut mir leid, aber ich … ich kann da nicht noch einmal runtergehen."

„Schon gut", sagte Mike beruhigend. „Schicken Sie Graham einfach direkt nach unten, in Ordnung?" Sie nickte, und Mike sah Jonathon in die Augen. „Kommst du mit?"

„Ja." Jonathon folgte Mike die alten Steinstufen hinunter, die er noch aus seiner Kindheit kannte, und der Temperaturwechsel ließ ihn erschaudern. In der Krypta war es wesentlich kälter als oben in der Kirche.

Lloyd stand am äußersten Rand des steinernen Bodens und starrte auf den schlanken Körper, der mit Jeans, einem braunen Pullover und abgewetzten Turnschuhen bekleidet war. Jonathons Blick fiel auf die rotbraunen Haare der Leiche. Sie kamen ihm sofort bekannt vor.

„Oh mein Gott", wisperte er. „Mike, das ist …"

„Bryan Mayhew, ja." Mike sog die Luft ein und rümpfte die Nase. „Riechst du das?"

140

Jonathon verzog das Gesicht. „Ja. Was ist das?"

„Keine Ahnung, aber ich habe es schon mal irgendwo gerochen." Vorsichtig ging Mike über die Steinplatten und achtete dabei auf jeden seiner Schritte. „Der Boden sieht nicht staubig aus, also scheint es keine Fußabdrücke zu geben. Trotzdem ist nicht ausgeschlossen, dass die Polizei irgendwelche Spuren findet."

„Darfst du da überhaupt langgehen?", fragte Jonathon.

„Nein, darf er nicht."

Jonathon erstarrte, als er die raue Stimme hinter sich hörte.

DI Gorland funkelte Mike an. „Sie wissen schon, dass ich Sie wegen Verunreinigung eines Tatorts verhaften kann, oder?"

Mike hielt inne. „Ich habe nur zwei Schritte gemacht, mehr nicht. Am Telefon habe ich Lloyd die Anweisung gegeben, dass er Abstand halten soll, also ist Ihr Tatort immer noch unversehrt, in Ordnung? Und wir haben die Leiche gerade identifiziert."

Gorland blinzelte. „Ach ja?"

„Bryan Mayhew", warf Jonathon ein. „Der Student, der ..."

„Jaja, ich weiß, wer er ist", unterbrach Gorland ihn ungeduldig. „Was ich eigentlich wissen will, ist, was er hier unten macht."

„Die Gerichtsmedizinerin ist unterwegs, Sir", rief Constable Billings vom oberen Ende der Steintreppe.

„Gut."Gorland ließ seinen Blick über die steinernen Sarkophage und die Wandtafeln gleiten. „Wann waren Sie - oder jemand anderes - das letzte Mal hier unten?", fragte er Lloyd.

„Ich komme selten hierher", entgegnete Lloyd mit trockener, zittriger Stimme. „Ich weiß selbst nicht genau, was mich ausgerechnet heute Morgen dazu bewogen hat. Und der Boden der Krypta wird einmal pro Woche gefegt, normalerweise freitags."

„Das ist schlechtes Timing", murmelte Jonathon. „Sonst hätte es vielleicht Fußabdrücke gegeben."

Gorland wandte sich nach ihm um. „Denken Sie etwa darüber nach, der Polizei beizutreten, Mr de Mountford? Und was das Timing betrifft: Für den Mörder war es sogar ein sehr günstiger Zeitpunkt. Er - oder sie - hätte es nicht besser planen können."

Plötzlich begriff Jonathon, worauf Gorland hinauswollte: Er deutete an, dass der Mörder mit den Abläufen in der Kirche vertraut gewesen sein musste.

„Wer fegt denn normalerweise hier unten?"

„Wir haben eine Reinigungskraft." Lloyd räusperte sich. „Sue Bentley."

Gorlands Augen leuchteten auf. „Ach, tatsächlich?"

„Ja, aber gestern hat sie nicht geputzt, weil sie frei hatte."

Jonathon musterte die sauberen Steinplatten. „Na ja, *irgendjemand* muss hier ja gefegt haben."

Gorlands Miene verfinsterte sich. „Wer hat alles Zugang zur Krypta?"

„Jeder", antwortete Lloyd schulterzuckend.

„Wie bitte?"Gorland fielen fast die Augen aus dem Kopf. „Die Tür ist also nicht verschlossen? Und was ist mit der Kirche? Kann da etwa auch jeder einfach so reinspazieren?"

„Selbstverständlich." Lloyd schien seinen Schock überwunden zu haben. „Dies ist ein Gotteshaus, aber es ist auch ein Ort des Gebets für alle, die es brauchen. Die Tür steht immer offen. Und warum sollten wir die Krypta abschließen? Hier unten gibt es nichts zu stehlen, es sei denn, jemand will einen Sarkophag aufbrechen und die Gebeine eines Mitglieds der Familie de Mountford entwenden." Er hustete. „Und ich bezweifle, dass das viel einbringen würde, selbst wenn man sie an ein Museum verkaufen will."

Jonathon verkniff sich ein Schmunzeln, und Gorland verengte die Augen.

Ein Geräusch hinter ihnen brachte das Gespräch zum Erliegen, und die Gerichtsmedizinerin trat mit einem hellblauen Schutzanzug und einer schwarzen Tasche ein. „Guten Morgen, meine Herren. Den Einstieg ins Wochenende hatte ich mir zwar etwas anders vorgestellt, aber was will man machen …"Sie schritt zur Leiche hinüber und ging in die Hocke.

„Das ist dann wohl unser Stichwort zu gehen", raunte Mike Jonathon zu.

„Als ob Sie hier überhaupt je etwas zu suchen hatten", zischte Gorland.

Die Gerichtsmedizinerin hob den Kopf und starrte ihn mit hochgezogenen Augenbrauen an, ehe sie sich wieder der Leiche widmete. „Er hat einen Schlag auf den Hinterkopf erlitten. Die Haare sind blutig." Ihr Blick schweifte über den Boden rings um die Leiche. „Aber hier ist kein Blut zu sehen." Sie öffnete die Tasche und holte ein Thermometer hervor. „Könnte die Leiche schon die ganze Nacht über hier gelegen haben?"

„Durchaus möglich", entgegnete Lloyd. „Ich glaube nicht, dass gestern jemand hier unten war, also kann ich das nicht mit Gewissheit sagen."

Sie nickte. „Dann gehen wir einfach mal davon aus. Hier unten ist es sehr kühl." Sie drehte die Leiche um.

„Auf Wiedersehen, Mike."

Mike seufzte. „Los, gehen wir …"

„Das hier sollten Sie vielleicht fotografieren", rief die Gerichtsmedizinerin plötzlich.

Jonathon und Mike sahen nach, wo sie hinzeigte. Unter der Stelle, an der die Leiche gelegen hatte, befanden sich ein paar lila Plastiksplitter - wozu sie gehörten, ließ sich unmöglich sagen.

„Ich dachte, Sie wollten gerade gehen", sagte Gorland mit Nachdruck. „Billings, ist die Spurensicherung schon da?"

„Ja, Sir, aber ich war mir nicht sicher, ob hier unten genug Platz für sie ist, also …"

„Wir haben genug Platz, wenn Mr Tattersall und sein … *Kumpel* … gegangen sind."

Jonathon hatte das Gefühl, dass Gorland kurz vorm Nervenzusammenbruch war. „Los, komm, Mike." Er drehte sich um und ging mit Mike im Schlepptau die Treppe hinauf. Als sie das Tor erreichten, warf Graham Billings ihnen einen entschuldigenden Blick zu.

Mike tätschelte seinen Arm. „Wir bleiben in Kontakt", flüsterte er.

Graham nickte, ehe er sich den drei Männern in Schutzanzügen zuwandte. „Okay, Jungs, runter mit euch."

Jonathon verließ die Kirche und hielt draußen einen Moment inne, um sich aufzuwärmen. Als Mike zu ihm kam, schüttelte Jonathon den Kopf. „Du musst mir etwas versprechen."

„Was?", fragte Mike stirnrunzelnd.

„Tu bloß nichts mehr, was diesen Mann irgendwie auf die Palme bringen könnte, okay? Er sucht nämlich nur nach einem Vorwand, um deinen Arsch hinter Gitter zu bringen."

Mike schenkte ihm ein verschmitztes Lächeln. „Ach, dann ist mein Arsch dir also wichtig?"

Bevor Jonathon sich bremsen konnte, platzte es aus ihm heraus: „Alles an dir ist mir wichtig. Genau darum ging es doch letzte Nacht." Dann musste auch er lächeln. „Obwohl es schon ein sehr schöner Arsch ist, jetzt, wo du es erwähnst."

Ein Husten drang von links herüber, und Jonathon erstarrte.

„Tut mir leid, dass ich euer … Gespräch unterbreche." Melindas Wangen waren rosa. „Aber ich wollte euch fragen, ob ihr vielleicht mit mir im Pfarrhaus eine Tasse Tee trinken wollt. Ich könnte gerade etwas Gesellschaft gebrauchen."

„Sehr gerne", erwiderte Mike hastig.

Jonathon warf ihm einen gequälten Blick zu. Ein Kaffeekränzchen mit der Frau des Pfarrers, die nur zu gut wusste, wie es um ihre Beziehung stand, klang wie die reinste Folter.

Es war kurz vor elf, und Mike räumte gerade das Chaos der vergangenen Nacht auf.

„Das kann doch kein Zufall sein", murmelte Jonathon.

Mike, der gerade den Gläserspüler auffüllte, richtete sich auf und warf ihm einen Blick zu. „Was meinst du?"

„Zwei Leichen, die beide mit dem Anwesen in Verbindung stehen."

Mike lehnte sich gegen die Bar. „Okay", sagte er bedächtig. „Aber was verbindet die beiden abgesehen vom Anwesen noch miteinander?"

Genau diese Frage bereitete Jonathon Kopfzerbrechen.

„Ich hoffe, Melinda und Lloyd geht es gut", raunte Mike mit leiser Stimme. Beim Verlassen des Pfarrhauses war ein Polizist auf sie zugekommen, um die Aussagen von ihnen und Sebastian aufzunehmen.

Jonathon hörte ihm kaum zu. „Bryans Tod muss irgendwie mit Dominics Tod in Verbindung stehen." Er reckte das Kinn. „Ich gehe zur Polizeiwache, um mit Gorland zu reden."

„Oh nein, das lässt du mal schön bleiben." Mike trat hinter der Bar hervor. „Um diesen Ort machst du gefälligst einen großen Bogen. Wenn du mit ihm sprechen willst, dann ruf ihn an. Falls du ihn verärgerst, kann er höchstens auflegen."

Das brachte Jonathon zum Lachen. „Guter Einwand."

Mike zückte sein Handy und scrollte nach unten. „Hier. Ruf lieber zuerst Graham an. So eskaliert es nicht direkt."

Jonathon gab die Nummer in sein eigenes Handy ein und tippte auf *Anrufen*. „Hallo, Constable Billings? Hier ist Jonathon de Mountford. Haben Sie kurz Zeit?"

Graham lachte. „Das ist doch ein Scherz, oder? Nach dem heutigen Morgen?" Ein Seufzen drang in Jonathons Ohren. „Was kann ich für Sie tun?"

„Ich glaube, DI Gorland sollte sich so schnell wie möglich das pathologische Gutachten ansehen, um festzustellen, ob Bryans Tod mit dem meines Onkels zusammenhängt."

Eine Pause trat ein. „Davon geht der DI nicht aus", sagte Graham mit leiser Stimme. „Sagen wir mal so: Er hat immer noch Trevor und Sarah Deeping in Gewahrsam, und er ist davon überzeugt, dass einer von ihnen es getan hat. Es gibt keinen Anhaltspunkt dafür, wer Mayhew getötet haben könnte. Aber machen Sie sich keine Sorgen. Wenn ich etwas höre, sage ich Ihnen Bescheid. Und das tue ich nur wegen Mike, okay? Er ist ein anständiger Kerl. Mein Onkel sagt, dass er ein hervorragender DI war. Um ehrlich zu sein, wünschte ich, er wäre immer noch im Dienst."

„Das kann ich gut nachvollziehen." Nach der vergangenen Nacht, als Mike die Prothese abgenommen hatte, konnte Jonathon besser verstehen, was er durchgemacht haben musste. Es war ein Schock gewesen, aber Jonathon hatte schnell begriffen, dass ihm nicht die Behinderung zu schaffen machte, sondern der Schmerz, den Mike erlitten haben musste - sowohl körperlich als auch psychisch. Mike hatte seinen Job eindeutig geliebt. Und Jonathons Empathie war nach ein paar Minuten Gefühlen ganz anderer Art gewichen. Beim Gedanken an ihre gemeinsame Nacht stieg ihm die Hitze ins Gesicht.

„Hallo? Mr de Mountford? Sind Sie noch dran?"

„Tut mir leid, Constable Billings, ich … war kurz mit den Gedanken woanders."

Graham schmunzelte. „Ja, das ist uns allen schon mal passiert. Und nenn mich ruhig Graham - wenn ich richtig gehört habe, werden wir ja bald Nachbarn sein. Ich melde mich, versprochen."

„Danke, Graham", sagte Jonathon aufrichtig. Dann legte er auf und setzte sich ans Fenster. Etwas beschäftigte ihn - ein Einfall, der ihm gerade erst gekommen war. Er fischte seinen Notizblock aus der Hosentasche und schlug die Liste auf.

„Nimmst du das Ding auch mit ins Bett?", fragte Mike sichtlich amüsiert.

Jonathon zog die Augenbrauen hoch. „Die Antwort auf diese Frage solltest du bereits kennen." Er trommelte mit dem Stift auf das Papier. „Ich habe nur über Hinweise nachgedacht."

Mike kam zu ihm herüber und schaute auf die Liste. „Und über welchen Punkt genau?"

„Das verschwundene Foto. Und vor allem, *warum* es verschwunden ist."

„Und wie lautet deine Theorie? Deinem Gesichtsausdruck nach zu urteilen hast du nämlich eine."

„Was, wenn … was, wenn es noch einen Erben gibt? Einen richtigen?"

Mike starrte ihn fassungslos an. „Und was bist du dann? Ein falscher Erbe?"

Ungeduldig schüttelte Jonathon den Kopf. „Nein, ich habe mich nicht klar genug ausgedrückt. Was, wenn … der Junge auf dem Foto Dominics Sohn ist?"

Mike runzelte die Stirn. „Klingt etwas an den Haaren herbeigezogen, wenn du mich fragst. Wer soll dann die Frau auf dem Bild sein?"

„Ich habe keine Ahnung. Aber seit ich bemerkt habe, dass das Foto verschwunden ist, geht es mir nicht mehr aus dem Kopf. Weil es jemand entwendet hat, Mike. Und zwar absichtlich."

Mikes Handy schrillte auf und ließ die beiden zusammenzucken. Er ging ran. „Entweder hast du Neuigkeiten oder du kannst einfach nicht genug von mir kriegen", scherzte er. Nach einer kurzen Pause musste er lächeln. „Vielen Dank. Sag uns Bescheid, wenn du noch mehr Infos hast." Eine weitere Pause. „Stimmt, das war er. Nochmals danke." Er legte auf. „Das war Graham. Sie konnten einen ungefähren Todeszeitpunkt für Bryan ermitteln - Freitagabend um zehn, vielleicht auch eine Stunde früher oder später. Lloyd und Melinda haben sich gegenseitig ein Alibi gegeben, aber ich bezweifle, dass selbst Gorland einen von ihnen ernsthaft verdächtigen würde. Und Sebastian war zusammen mit dir im Pub. Das konnte ich bestätigen."

Jonathon nickte. „Aber das hilft uns kein Stück weiter. Wir haben nicht einmal ansatzweise eine Idee, warum jemand ihn umbringen wollte." Sein Handy vibrierte auf dem Tisch und er blickte darauf. „Ah. Ich lasse alle Anrufe an die Festnetznummer des Anwesens auf mein Handy umleiten. Wer das wohl ist?" Er tippte auf das Symbol mit dem grünen Hörer. „Ja?"

„Mr de Mountford?"

„Am Apparat."

„Hier spricht Dave Lowther. Wir haben ja vor ein paar Tagen miteinander telefoniert. Ich wollte nur nachfragen, ob Sie morgen immer noch zur Probefahrt kommen?"

Fragend runzelte Jonathon die Stirn. „Ich glaube, Sie haben sich verwählt."

„Aber Sie sind doch Jonathon de Mountford, oder? Sie haben mich am Donnerstag angerufen, um eine Probefahrt zu vereinbaren."

„Eine Probefahrt von was?" Langsam bekam Jonathon das Gefühl, dass der Mann Kaltakquise betrieb.

„Von einem Jaguar." Er hielt inne. „Bei *Lowther Jaguars*? Auf der M3 in Richtung Winchester, kurz vor Eastleigh? Sie haben mich doch angerufen und gebeten, Ihnen hier am Wochenende ein Spitzenmodell von Jaguar für eine Probefahrt bereitzustellen." Er schnaubte. „Sie haben mir doch nicht etwa einen Streich gespielt, oder? Das ist ein sehr teurer Wagen, von dem wir hier reden."

„Mr Lowther, ich weiß ja nicht, wer Sie angerufen hat, aber ich war es sicher nicht. Und ich habe definitiv nicht darum gebeten, einen Jaguar Probe zu fahren. Da hat sich jemand einen Scherz erlaubt."

„Gib mir das Handy", forderte Mike. Überrascht reichte Jonathon es rüber. „Mr Lowther, mein Name ist Mike Tattersall und ich bin ein ehemaliger DI von der London Met. Welche Nummer wurde Ihnen zur Kontaktaufnahme gegeben?" Er deutete auf Jonathons Notizblock, eilte damit zur Bar und kramte einen Stift hervor. „Okay, können Sie das bitte wiederholen?" Hastig kritzelte er auf den Block. „Vielen Dank, Mr Lowther, und tut mir leid, dass Ihre Zeit verschwendet wurde. Nein, Mr de Mountford möchte keine Probefahrt machen." Er legte auf.

Jonathon erhob sich, ging zu ihm hinüber und warf einen Blick auf den Notizblock. „Okay, das ist die Nummer des Anwesens."

Mike nickte. „Er sagt, dass ein junger Mann angerufen hat. Das kann nur einer gewesen sein ..."

„Bryan Mayhew." Jonathon starrte ihn an. „Oh mein Gott."

Mike nickte immer noch, und seine Augen leuchteten. „Er hat so getan, als wäre er du. Unter dieser Nummer und an diesem Tag kommt nur er infrage. Und warum sollte Bryan - der Inbegriff eines armen Studenten - einen sündhaft teuren Jaguar Probe fahren wollen, den er sich niemals leisten konnte? Es sei denn, natürlich, seine Eltern wollten ihm das Auto kaufen, aber ich habe da eine viel bessere Theorie."

In dem Moment fiel bei Jonathon der Groschen. „Vielleicht hat Bryan damit gerechnet, bald an sehr viel Geld zu kommen, weil ..."

„Weil er jemanden erpresst hat", schlussfolgerte Mike mit einem Lächeln. „Und damit hätten wir auch unser Motiv: Angenommen, Bryan hat etwas gesehen, das ihn glauben ließ, er würde die Identität von Dominics Mörder kennen. Also hat er uns und die Polizei angelogen und behauptet, dass er nichts weiß, aber gleichzeitig hat er dem Mörder damit gedroht, alles zu verraten, wenn er nicht auf seine Forderungen eingeht."

„Aber dem Mörder hat es nicht gefallen, erpresst zu werden, also hat er Bryan umgebracht." Jonathon grinste. „Wir sind genial!"

Mike lachte. „Noch sind wir es nicht. Im Moment ist es nur eine Theorie. Und jetzt müssen wir sie beweisen."

Jonathon wedelte mit der Hand. „Das schaffen wir." Es erstaunte ihn, wie überzeugt er davon war, dass es ihnen gelingen würde. Er hatte recht gehabt –

sein Verdacht, dass die beiden Todesfälle miteinander zusammenhingen, hatte sich bestätigt.

In diesem Moment fühlte Jonathon sich unbesiegbar.

Natürlich konnte das auch an dem Mann liegen, mit dem er sich das Bett geteilt hatte - und an dessen Seite er vermutlich auch in dieser Nacht wieder schlafen würde.

19

AN DIESEM Abend fühlte sich der *Hare and Hounds Pub* anders an als sonst. Jonathon bemerkte die Veränderung sofort.

Statt der üblichen lebhaften Gespräche unterhielten sich die Leute in gedämpftem Ton und Jonathon wurde sich der vielen Blicke in seine Richtung bewusst. Die Dartscheibe blieb unbenutzt, und obwohl Mike Musik laufen ließ, hielt er sie dezent im Hintergrund. Selbst Paul, der sonst immer gute Laune verbreitete, wirkte niedergeschlagen.

Auch Mike war so still, dass Jonathon sich langsam Sorgen machte.

Er stellte die leeren Gläser auf ein Tablett und ging zu Mike hinüber. „Hey, ist alles okay bei dir?"

Mike ließ den Blick über seine Gäste schweifen. „Ich bin hierhergekommen, weil Merrychurch genau das war, wonach ich gesucht hatte: ein ruhiges, fast verschlafenes Dörfchen, wo alle gut miteinander auskommen und selbst die größten Probleme im Vergleich zu dem, was ich in London hinter mir gelassen hatte, winzig sind. Und jetzt? Der Herr über das Anwesen wird tot aufgefunden, und eine Woche später wird noch jemand ermordet." Er sah Jonathon in die Augen. „Bryan hat nicht einfach so beschlossen, in die Krypta zu spazieren, auf den Stufen auszurutschen und sich den Kopf aufzuschlagen. Schon gar nicht zu so später Stunde."

„Ich weiß." Jonathon konnte sich kaum vorstellen, dass jemand im Dorf zu einem Mord fähig war. Den ganzen Nachmittag über war er wie betäubt gewesen und hatte den Morgen immer wieder Revue passieren lassen. Und irgendetwas nagte an ihm, seit sie ihre Theorie aufgestellt hatten. „Du weißt, dass du Gorland von dem Anruf dieses Jaguar-Typen erzählen musst, oder? Das ist nämlich wichtig."

„Schon geschehen. Ich habe ihn vor einer halben Stunde angerufen."

„Und was meinte er?"

Mike schnaubte. „Er hält es für unwahrscheinlich. Ich schwöre: Wenn etwas nicht seine eigene Idee ist, schließt er es kategorisch aus. Als ich noch seine Stelle innehatte und jemand mit einer Theorie zu mir kam, habe ich sie nie einfach so abgetan. Ich …"

„Aber du bist nicht so wie er. Jeder kann das sehen. Und ich wette, dass du ein viel besserer Polizist warst, als er es je sein wird."

Lächelnd rückte Mike an ihn heran. „Meinst du nicht, dass du da vielleicht ein bisschen voreingenommen bist?"

Jonathon grinste. „Ganz ehrlich? Ich würde auch genau so denken, wenn wir nicht miteinander geschlafen hätten. Apropos … wo schlafe ich eigentlich heute Nacht?" Er hielt den Atem an.

Mike brach den Augenkontakt nicht ab. „In meinem Bett, wenn du willst. Vor allem, weil es größer ist als deins."

„Hmm, da steht wohl jemand auf große Sachen." Jonathon schmunzelte, bevor er langsam nickte. „Ja, sehr gerne."

Pauls Stimme durchbrach die Stille. „Okay, ich habe die Nase gestrichen voll von den langen Gesichtern." Er sah Mike in die Augen. „Ich möchte allen hier einen Drink spendieren, und dann stoßen wir gemeinsam an. Dominic ist seit einer Woche tot, und bisher hat niemand hier drin ein freundliches Wort über ihn verloren, mich eingeschlossen. Also hoch die Gläser, meine Herrschaften - wir trinken auf unseren verstorbenen Lord."

Ein Raunen ging durch die versammelten Dorfbewohner, aber dann erhoben sie sich von ihren Tischen und gingen zur Bar.

Paul schenkte Jonathon ein Lächeln. „So gehört sich das. Er war ein guter Mensch. Aber seitdem die Sache mit ihm und Trevor die Runde gemacht hat, ist es so, als würde das all seine guten Taten zunichtemachen - als ob es ein Problem gewesen wäre, dass er schwul war. Tja, tut mir leid, aber das eigentliche Problem hier ist diese bornierte Einstellung. Also, nicht dass du denkst, ich wäre schwul, aber …"

„Danke", unterbrach ihn Jonathon mit sanfter Stimme. Er fasste all seinen Mut zusammen und beugte sich vor. „Im Namen aller schwulen Männer."

Paul erstarrte und riss die Augen auf. Dann grinste er. „Gibt es etwas über die de Mountfords, was wir wissen sollten?"

Jonathon lachte. „Mir ist da nichts bekannt."

„Die Drinks sind fertig", verkündete Mike mit leiser Stimme. Er stellte ein Kognakglas vor Paul ab. „Und der hier geht aufs Haus."

Paul warf einen anerkennenden Blick auf die bernsteinfarbene Flüssigkeit. „Oh, danke schön." Er stand auf und reckte das Glas in die Höhe. „Meine Damen und Herren, erheben wir unsere Gläser auf Dominic de Mountford, der viel zu früh von uns gegangen ist. Wir werden uns bald gebührend von ihm verabschieden, wenn er endgültig zur Ruhe gebettet wird, aber heute Abend wollen wir ihn als den guten Mann in Erinnerung behalten, der er war. Er hat mit uns getrunken, schöne Gespräche geführt und sich immer Zeit für uns genommen. Auf Dominic."

„Auf Dominic." Die Worte hallten in der Ruhe des Pubs wider, und Jonathon kamen die Tränen, als er sein Glas Cola an die Lippen hob.

„Ich möchte auch gern einen Toast aussprechen." Mikes Stimme durchdrang die Stille, die eingetreten war. „Willkommen in Merrychurch, Jonathon de Mountford. Mögest du dich hier schnell zu Hause fühlen und mit allen, die dir begegnen, ewige Freundschaft schließen." Er sah Jonathon in die Augen, während er sein Glas in die Höhe hielt.

„Willkommen." Gläser und Stimmen erhoben sich, und Jonathon lächelte mit aufrechter Haltung in die Gesichter, die sich ihm zuwandten. Diese Würdigung von Dominic war unerwartet gewesen, aber Mikes Ansprache hatte ein ganz bestimmtes Gefühl in ihm ausgelöst.

Hoffnung.

„JE MEHR ich darüber nachdenke", murmelte Jonathon schläfrig, „desto überzeugter bin ich davon, dass mein Vater mehr weiß, als er zugibt."

Mike rückte von hinten näher an ihn heran, und ein starker Arm legte sich um Jonathons Taille, während sich warme Lippen an seine Schulter pressten. „Dir auch einen guten Morgen." Mike schmunzelte. „Wachst du immer so auf? Und worüber genau soll dein Vater mehr wissen? Das muss mir entgangen sein, oder vielleicht habe ich noch geschlafen, als du es gesagt hast."

Jonathon drückte sich windend gegen Mikes haarige Brust. Mit diesem Mann konnte man einfach verdammt gut kuscheln. „Ich musste an Dominics potenziellen Sohn und die Reaktion meines Vaters auf das Foto denken."

Mike zog seinen Arm weg und rollte sich auf den Rücken. „Und schon sind wir wieder bei diesem Thema."

Jonathon drehte sich zur Seite und stützte den Kopf auf die Hand. „Was stört dich an dieser Theorie?"

„Nach allem, was wir über Dominic wissen, halte ich es einfach für unwahrscheinlich, dass er in einer Beziehung mit einer Frau war."

„Er kann sich ja auch erst viel später geoutet haben. Oder vielleicht war er bi? Außerdem gibt es da draußen eine Menge schwuler Väter, glaub mir."

„Okay, schon gut. Angenommen, du liegst richtig und Dominic hat irgendwo einen Sohn - warum ist er dann nicht hier? Wenn er wichtig genug war, dass Dominic all die Jahre ein Foto von ihm aufbewahrt hat, warum ist er dann jetzt nicht herkommen? Und warum steht er nicht im Testament?"

„Das weiß ich doch auch nicht." Jonathon setzte sich auf und fuhr sich mit den Fingern durch die verwuschelten Haare. „Aber ich kann eine Sache unternehmen, um es herauszufinden." Er warf die Decke zurück und stieg aus dem Bett.

„Und willst du mir auch verraten, was?", rief Mike ihm hinterher, als er aus dem Schlafzimmer in Richtung Bad ging.

Jonathon steckte seinen Kopf durch die Tür. „Ich werde meinen Vater anrufen, direkt nach dem Frühstück."

„Aber warum nicht jetzt gleich, solange das Eisen noch heiß ist?" Mike lehnte sich grinsend gegen die Kissen, das Laken um seine Taille geschlungen.

Jonathon verdrehte die Augen. „Sonntagmorgens um sieben? Er würde einen Anfall bekommen. Ich habe da schon ein gewisses Protokoll zu befolgen." Er zwinkerte Mike zu und machte sich auf den Weg unter die Dusche.

150

Das Letzte, was Jonathon wollte, war, seinen Vater in schlechte Laune zu versetzen - schon gar nicht, wenn Jonathon dringend ein paar Antworten von ihm brauchte.

DAS FRÜHSTÜCK war vorbei, der Geschirrspüler eingeräumt, und in der Kanne wartete frischer Kaffee. Jonathon konnte den Moment nicht länger hinauszögern.

Er scrollte vor bis zur Handynummer seines Vaters. Auf der Festnetznummer wollte er nicht anrufen, da die Gefahr bestand, dass seine Mutter rangehen könnte. Das würde ihn nur ablenken.

„Hier." Mike stellte eine volle Kaffeetasse vor ihm auf den Küchentisch. „Du hattest erst zwei."

Jonathon lachte. „So langsam kennst du mich richtig gut, was?" Er nahm einen Schluck von dem aromatischen Heißgetränk, ehe er auf *Anrufen* tippte. „Dann mal los."

Mike setzte sich mit seiner eigenen Tasse ihm gegenüber hin. Nachdem es drei- oder viermal geklingelt hatte, ging sein Vater ran. „Guten Morgen. Ich habe mich schon gefragt, wann du dich endlich bei uns meldest. Du bist bestimmt schon bestens über den Skandal informiert."

„Ich würde es wohl kaum als Skandal bezeichnen. Dominic hatte eben eine Affäre, na und?"

„Mit einem verheirateten Mann. Und ich wüsste auch nicht, warum ich von dir eine andere Reaktion erwarten sollte, da du ..."

„Das Fass machen wir jetzt gar nicht erst auf", unterbrach ihn Jonathon fest entschlossen. „Ich habe angerufen, weil ich Informationen brauche."

„Worüber?"

„Erinnerst du dich daran, dass ich ein verschwundenes Foto erwähnt habe, von dem Dominic behauptet hat, dass es mich als Kind zeigt?"

„Ja." Der vorsichtige Ton, der sich in die Stimme seines Vaters geschlichen hatte, war nicht zu überhören.

„Ich denke mal, wir wissen beide, dass ich nicht dieser Junge bin. Ich vermute, dass es sich um Dominics Sohn handelt."

Stille. Fast konnte Jonathon Grillen zirpen hören.

„Vater?"

„Darüber möchte ich nicht sprechen", entgegnete er streng.

„Was du möchtest, spielt hier keine Rolle - nicht jetzt, wo eine weitere Mordermittlung im Gange ist."

„Wie bitte?"

„Am Freitagabend wurde jemand umgebracht, und wir glauben, dass es einen Zusammenhang mit Dominics Tod geben könnte. Und die Identität dieses kleinen Jungen könnte dabei einen wichtigen Hinweis liefern." Während die Sekunden verstrichen, hoffte Jonathon inständig, dass sein Vater nachgeben würde.

Ein schweres Seufzen drang in seine Ohren. „Also gut. Dominic war noch nicht lange in der Firma, vielleicht ein Jahr, als herauskam, dass er eine Affäre hatte. Mit einer Sekretärin." Verachtung triefte aus der Stimme seines Vaters.

„Wie alt war Dominic damals?"

„Fünfundzwanzig, glaube ich. Ich weiß davon nur, weil ich mitbekommen habe, wie dein Großvater und dein Großonkel Frederick zu Hause darüber sprachen. Ich war damals siebzehn und hatte gerade Semesterferien. Als diese Sekretärin dann offenbarte, dass sie von Dominic schwanger war, entließ dein Großvater sie."

Jonathon hielt inne. „Wann war das - Anfang der Achtziger? Man feuert doch niemanden nur wegen einer Schwangerschaft. Dafür hätte sie die gesamte Firma vors Arbeitsgericht zerren können."

Auf der anderen Tischseite riss Mike die Augen auf.

Sein Vater schnaubte höhnisch. „Als ob unsere Familie das zugelassen hätte. Nein, sie wurde für ihr Schweigen gut bezahlt. Dominic wollte sie eigentlich heiraten, weil es in der Situation *das Richtige* gewesen wäre, aber mein Vater hat ihn schnell zur Vernunft gebracht. Wobei, wirklich vernünftig war Dominics Liebesleben danach ja auch nicht. Jedenfalls bekam sie eine ordentliche Summe und Dominic wurde angewiesen, jeglichen Kontakt mit ihr abzubrechen. In der Firma durfte niemand mehr ihren Namen in den Mund nehmen. Sie packte ihre Sachen, und seitdem hat niemand mehr von ihr gehört."

„Aber du weißt doch selbst, dass das nicht stimmt, oder? Das Foto beweist, dass Dominic nach der Geburt noch Kontakt zu ihr hatte."

„Wenn dem so war", bemerkte sein Vater trocken, „dann hat er es gegen den ausdrücklichen Wunsch der Familie getan. Nicht, dass mich das überraschen würde. Dominic ist immer schon gegen den Strom geschwommen. Immerhin wissen wir jetzt, warum." Er räusperte sich.

„Hatte sie auch einen Namen?"

„Was? Ach, sie. Ja. Lass mich überlegen." Er hielt kurz inne. „Moira Cunningham. Ja, so hieß sie." Eine weitere Pause. „Glaubst du wirklich, dass das etwas mit Dominics Tod zu tun hat?"

„Sagen wir mal so: Dominics unehelicher Sohn läuft irgendwo da draußen herum. Er müsste inzwischen Mitte dreißig sein. Was, wenn er herausgefunden hat, wer sein Vater ist, und dann sein Erbe einfordern wollte? Was, wenn er Dominic aufgesucht hat?"

„Du gehst davon aus, dass das Kind auf dem Foto tatsächlich von Dominic stammt. Wir wissen nicht einmal mit Sicherheit, dass sie einen Sohn bekommen hat."

„Jetzt stellst du dich aber extra dumm."

Sein Vater räusperte sich ungeduldig. „Na gut, es spricht also viel dafür, dass es Dominics Sohn war. Das bringt dich wiederum in eine prekäre Lage, findest du nicht? Wenn er nämlich aufkreuzt und beweisen kann, dass er wirklich Dominics Sohn ist, gehört das Anwesen von Rechts wegen ihm."

„Gut." Das klang lässiger, als Jonathon beabsichtigt hatte. Die Ironie der Situation war ihm nicht entgangen: Er hatte sich endlich damit abgefunden, dass seine Zukunft in Merrychurch lag, nur um festzustellen, dass diese Pläne sich bald wieder ändern könnten.

„Ja, das käme dir wohl gerade recht, was? Das Anwesen aufgeben, auf alles verzichten …"

„Womit unser Gespräch beendet wäre. Ich sage dir Bescheid, falls es irgendwelche neuen Entwicklungen gibt. Auf Wiedersehen, Vater." Jonathon legte auf.

„Geht es nur mir so oder was dieses Ende gerade etwas abrupt?", fragte Mike. „Und trink deinen Kaffee aus. Er wird noch kalt."

Jonathon legte sein Handy beiseite und nahm die Tasse in die Hand. „Ich weiß nicht, warum ich jedes Mal hoffe, dass er sich verändert." Er leerte die halbe Tasse mit einem Schluck.

„Genug von ihm. Haben wir einen Namen?"

„Moira Cunningham."

Mike nickte. „Dann fahre ich morgen früh nach London. Es muss doch irgendwo einen Geburtseintrag geben."

„Gute Idee." Jonathon seufzte. „Es stimmt wohl: Seine Freunde kann man sich aussuchen, seine Familie aber nicht." Mit seiner eigenen wollte er im Moment am liebsten überhaupt nichts zu tun haben.

Mike stand auf. „Komm schon. Es ist ein schöner Morgen. Lass uns spazieren gehen und die Enten füttern."

Jonathon lächelte. „Weißt du was? Das klingt super."

Ein Spaziergang am Fluss, den Enten Brot zuwerfen, ihre Possen beobachten … und dann noch zusammen mit Mike. Genau das, was Jonathon gerade brauchte.

AUF DEM Rückweg zum Pub fiel Mikes Blick auf einen Schatten an der Kirchenmauer. „Moment mal." Er eilte hinüber und ging in die Hocke. Jonathon folgte ihm und sah eine schwarz-weiße Katze, die sich zusammengerollt hatte und an ihrer linken Vorderpfote leckte.

„Einer deiner Nachbarn?", fragte er scherzhaft.

Zu seiner Überraschung hob Mike die Katze vorsichtig hoch. „Mehr oder weniger. Das ist Jinx, Melindas Kater. Also, eigentlich ist er eher der Kirchenkater. Ein toller Mäusejäger." Mike drückte das Tier an sich. „Was hast du mit deiner Pfote gemacht, mein Kleiner?"

Jonathon sah genauer hin. „Autsch. Er hat geblutet."

„Bestimmt ist er über eine Mauer geklettert, die mit Glas oder Draht oder so etwas versehen war, um Katzen fernzuhalten." Mike rieb sein bärtiges Kinn an Jinx' Kopf. „Los, Jinx, bringen wir dich nach Hause."

Jonathon lächelte. „Ich wusste gar nicht, dass du ein Katzenmensch bist." Er mochte es, von Mike überrascht zu werden.

Mike zog die Augenbrauen hoch. „Ist das was Gutes oder was Schlechtes?"

Jonathon beruhigte ihn hastig. „Oh, definitiv etwas Gutes. Ich liebe Katzen."

Mike strahlte. „Richtige Antwort. Hättest du nämlich gesagt, dass du Hunde bevorzugst, wäre es das für mich gewesen."

Jonathon schmunzelte. „Ich dachte, Sherlock ist immer ganz aus dem Häuschen, wenn er dich kommen hört?"

Mike blickte ihn sanft an. „Hunde mögen mich. Ich habe nie gesagt, dass das auf Gegenseitigkeit beruht." Er ging durch den Torbogen Richtung Kirche, gefolgt von Jonathon.

Am Pfarrhaus kam Melinda ihnen aus dem Garten entgegen und riss die Augen auf, als sie Jinx erblickte. „Da bist du ja, du ungezogener Kater."

„He, seien Sie nicht zu streng mit Jinx. Er hat sich verletzt."

Melindas Verhalten änderte sich augenblicklich. „Was? Lass mich mal sehen." Sie nahm den Kater von Mike entgegen. „Was hast du jetzt schon wieder angestellt, du Schlingel?" Sie drehte sich um und ging zurück in den Garten. „Los, ich zeige euch seine letzte Missetat."

Als sie sich dem Treibhaus näherten, erschauderte Mike. „Da geh ich sicher nicht rein."

Jonathon starrte ihn an. „Warum nicht?"

„Gewächshäuser waren mir als Kind schon immer unheimlich."

Melinda musterte ihn verwundert. „Aber warum?"

„Spinnen."

Jonathon bemühte sich, eine ernste Miene zu bewahren. „Spinnen?"

Mike nickte zitternd. „Vor allem diese großen, fetten Dinger, die in der Ecke lauern und nur darauf warten, dir auf den Kopf zu springen oder das Bein rauf zu krabbeln oder …"

Melinda stieß einen Seufzer aus. „In meinem Treibhaus gibt es keine Spinnen, Mike Tattersall. Dafür sorgt Jinx schon." Sie schüttelte den Kopf. „Ein großer, starker Mann, der sich vor einer winzigen Spinne fürchtet."

„Hallo, die haben acht Beine. Findest du nicht, dass das viel zu viele sind?"

Jonathon konnte nicht widerstehen. „Schon, aber es könnte noch schlimmer sein, oder?"

Mike fuhr herum und starrte ihn an. „Was? Inwiefern denn?"

Jonathon lächelte verschmitzt. „Stell dir vor, sie hätten Flügel."

Übertrieben dramatisch verdrehte Mike die Augen. „Das konntest du dir nicht verkneifen, was? Jetzt werde ich Albträume von fliegenden Spinnen haben, die so groß sind wie Vögel …"An der Türschwelle hielt er inne und rümpfte die Nase.

„Was ist jetzt schon wieder?", fragte Jonathon amüsiert. „Sag bloß, du kannst Spinnen riechen. Ist das etwa deine Superkraft?"

Langsam drehte Mike sich zu ihm um. „Dieser Geruch."

Melinda gab einen schroffen Laut von sich. „Deshalb ist Jinx in Schwierigkeiten. Der Kater hat eine brandneue Dose *Jeyes Fluid* umgeworfen."

„Was ist *Jeyes Fluid*?", fragte Jonathon.

„Ein Reinigungsmittel für Terrassen und Außenfliesen", erklärte Melinda.

Mike nickte. „So hat es auch im Gewächshaus meiner Großmutter gerochen, als ich ein Kind war. Aber was noch wichtiger ist: Das ist der Geruch, den ich gestern Morgen in der Krypta wahrgenommen habe."

„Was?" Jonathon runzelte die Stirn. „Wird das auch da unten zum Putzen verwendet?"

Melinda schüttelte den Kopf. „Nicht, dass ich wüsste." Sie sah Mike fragend an. „Aber was hatte es dann da unten zu suchen?"

Das war in der Tat eine sehr gute Frage.

20

S<small>IE</small> <small>BETRATEN</small> das Treibhaus und Melinda zeigte auf die Steinplatten. „Da ist die Dose gelandet. Seht ihr die Rückstände von der Flüssigkeit auf dem Boden?" Sie deutete auf das Regal über ihren Köpfen. „Ich kann es mir nur so vorstellen, dass der Kater da oben war und sie runtergestoßen hat. Wenigstens ist nichts auf seine Pfote geraten. Das Zeug macht wirklich Flecken."

„Wann ist das passiert?", erkundigte sich Mike.

Melinda runzelte die Stirn. „Um ehrlich zu sein bin ich mir nicht ganz sicher. Ich habe die Dose am Freitagmorgen gekauft, und am Samstagmittag habe ich die Sauerei entdeckt. Dazwischen war ich nicht hier, also könnte es jederzeit innerhalb dieser vierundzwanzig Stunden passiert sein." Sie schaute Mike an. „Ist das denn wichtig?"

„Möglicherweise."

Jonathon war sich nicht sicher, was das bedeutete, aber sein Gefühl sagte ihm, dass Mike mit seiner Vermutung richtig lag. „Hier drin ist es echt schön und warm."

Melinda gluckste. „Manchmal auch zu warm. Es kam schon vor, dass ich vergessen habe, ein Fenster offen zu lassen, wodurch neue Pflanzen in der Hitze verdorrt und gestorben sind." Sie tippte auf ein Thermometer, das an der Glasscheibe befestigt war. „Der Freund eines jeden Gärtners, vor allem im Sommer."

Jonathon suchte den Boden nach weiteren Hinweisen ab, und sein Herz schlug schneller, als er fündig wurde. Es war ein kleiner lila Plastiksplitter, der an einem Ende rund geformt war. Er hob ihn auf und hielt ihn Melinda vor die Nase. „Wissen Sie, wo das herkommt?"

Sie sah genau hin. „Ich habe keinen blassen Schimmer. Ist es denn von Bedeutung?"

Mike starrte den Splitter mit aufgerissenen Augen an. „Allerdings." Jonathon konnte sehen, dass er ihn aus der Krypta wiedererkannt hatte.

Sanft streichelte Melinda den Kater. „Ich bringe ihn ins Haus und bade seine Pfote. Eigentlich bin ich nur hergekommen, um die hier zu holen." Sie hielt Jinx in der Armbeuge und zeigte auf die Holzbank, auf der ein paar geschnittene Lilien lagen. „Die wollte ich mit nach drinnen nehmen."

Jonathon ging auf die Blumen zu und beugte sich schnuppernd vor. „Was für ein himmlischer Duft", murmelte er. Als er sich wieder aufrichtete, musste Mike schmunzeln. „Was?"

Melinda wischte mit den Fingern über seine Schulter. „Du, mein junger Mann, bist mit Pollen bestäubt." Sie hielt die Hand hoch und zeigte ihm den orangefarbenen Staub. „Ein Berufsrisiko, fürchte ich. Du solltest mich mal sehen, wenn ich Lilien für die Blumengestecke in der Kirche verwende." Sie hielt inne. „Jetzt ist wohl ein guter Zeitpunkt, um nach dem Fest zu fragen. Du sagtest ja, es könne stattfinden, aber das war noch vor dem Fund der Leiche in der Krypta."

Daran hatte Jonathon auch schon gedacht. Das Fest war für das folgende Wochenende angesetzt. „Streng genommen mag es seltsam erscheinen, es abzuhalten, aber ..."

„Du fragst dich, was wohl Dominic getan hätte?" Mikes Stimme war sanft.

„Ja!" Genau darum ging es. Ein Teil von ihm wollte alle Anstandsregeln über Bord werfen. Schließlich war das Fest der Grund gewesen, warum Dominic überhaupt den August für Jonathons Besuch auserkoren hatte.

„Ich wollte gerade fragen, ob du einen Preis für die Tombola spenden willst. Falls das Fest wie geplant stattfindet." Melindas Augen waren freundlich. „Vielleicht etwas von Dominic?"

Das rief eine Erinnerung wach. Rachel ... die Teestube ... die Aquarelle ...

„Das ist eine tolle Idee. Und ich habe auch schon eine Idee, was ich gern spenden würde."

Melinda strahlte. „Dann findet das Fest also tatsächlich statt? Oh, das ist ja wunderbar. Ich werde allen Bescheid sagen. Und was immer du spenden möchtest, wird mit großer Dankbarkeit angenommen."

„Ich freue mich schon darauf, Ihre Blumen bei der Ausstellung zu sehen."

Melindas Wangen erröteten. „Was das angeht ... Du weißt schon, dass du als der neue Herr über das Anwesen einer der Preisrichter bist, oder?"

Jonathon riss den Mund auf. „Warum hat mir das niemand gesagt?" Er starrte Mike an. „Und mit *niemand* meine ich dich."

„He, sieh mich nicht so an. Letztes Jahr beim Fest habe ich hier noch gar nicht gewohnt, schon vergessen?"

Melinda brach in schallendes Gelächter aus. „Meine Güte, ihr beide klingt ja schon wie ein altes Ehepaar. Herzallerliebst."

Die beiden sahen sie schweigend an, bevor auch Jonathon lachen musste. „Okay, ich werde morgen aufs Anwesen gehen, wenn Mike ... unterwegs ist." Er hatte nicht vor, Mikes Fahrt nach London zu erwähnen. Das würde nur Fragen aufwerfen, die sie zurzeit lieber nicht beantworten wollten. „Es wird sich bestimmt etwas Passendes finden."

„Und jetzt kümmern Sie sich am besten um Jinx' Pfote", sagte Mike plötzlich.

Jonathon begann, diese unerwartet weiche Seite an Mike zu lieben. „Und wir müssen los. Der Pub öffnet bald schon wieder." Nicht, dass die Öffnungszeit seine Hauptmotivation war.

Jonathon hatte einen Anruf zu tätigen.

„HEY, GRAHAM? Tut mir leid, dass ich dich sonntags störe, aber …"

„Kein Problem. Was kann ich für dich tun?"

„Ich habe ein paar Fragen zu Bryan Mayhew." Jonathon wappnete sich für eine Abfuhr.

„Du kannst gerne fragen. Es kann nur sein, dass ich dir keine Antwort geben kann."

Das war mehr, als Jonathon sich erhofft hatte. „Trug er irgendwelche persönlichen Gegenstände bei sich? Du weißt schon, ein Handy, einen Geldbeutel oder so etwas in der Art?"

„Sein Geldbeutel war noch in der Hosentasche, also war ein Überfall eindeutig nicht das Motiv. Aber kein Handy. Alles, was wir gefunden haben, waren die Überreste eines USB-Sticks."

„Überreste?"

„Ja, er war ziemlich zertrümmert. Wir haben ihn unter der Leiche gefunden. Das Komische ist, dass wir ihn zusammengesetzt haben und ein Stück fehlt."

„Dieser USB-Stick … war er zufällig lila?"

Eine Pause folgte. „Du hast mir gerade kurz einen Schrecken eingejagt. Aber dann ist mir wieder eingefallen, dass du ja dabei warst, als die Gerichtsmedizinerin ihn gefunden hat. Ja, er war lila."

„Gut, dann sollten wir mal vorbeikommen. Ich glaube nämlich, wir haben das fehlende Teil gefunden."

„Ihr … okay, wo?"

„In Melinda Talbots Treibhaus."

Mike winkte ihm zu.

„Warte mal kurz. Ich glaube, Mike hat auch eine Frage."

Graham lachte. „Also, wer von euch ist Sherlock und wer ist Watson? Ihr seid ja ein richtiges Detektivduo."

„Ha." Jonathon reichte das Handy an Mike weiter. „Bitte sehr, Sherlock."

Mike verdrehte die Augen, ehe er ins Handy sprach. „Graham? Das klingt jetzt vielleicht seltsam, aber … hat die Gerichtsmedizinerin irgendwelche auffälligen chemischen Spuren an der Leiche gefunden? Irgendwelche Flecken?"

Jonathon runzelte die Stirn. *Was zum Teufel?* Dann machte es klick. *Jeyes Fluid.*

Mike lachte. „Nein, ich habe nicht plötzlich übernatürliche Fähigkeiten entwickelt … Ach ja? Interessant. Würde das zu so etwas wie *Jeyes Fluid* passen?" Er lachte erneut. „Ja, vielen Dank, aber ich habe nicht vor, wieder der Polizei beizutreten … Nein, ich glaube, sonst haben wir keine Fragen." Jonathon erwiderte seinen prüfenden Blick mit einem Kopfschütteln. „Nein, das ist alles. Nochmals danke." Er legte auf. „Bryan Mayhew hatte Flecken an seiner Kleidung, die zu *Jeyes Fluid* passen."

„Okay, Sherlock, magst du mir vielleicht verraten, was in deinem Kopf vorgeht?" Jonathon verschränkte die Arme. „Was hast du daraus geschlussfolgert?"

„Dass Bryan Mayhew zu irgendeinem Zeitpunkt in Melindas Treibhaus gewesen sein muss. Vielleicht ist das Regal umgekippt und er hat etwas abbekommen, als die Dose runtergefallen ist."

„Ach." Jonathon verdrehte die Augen. „So viel konnte ich mir schon selbst zusammenreimen. Aber was hatte er dort zu suchen?"

Mike lehnte sich auf seinem Stuhl zurück, die Hände hinter dem Kopf verschränkt. „Okay, das ist jetzt vielleicht eine gewagte These, aber … was, wenn Bryan gar nicht in der Krypta gestorben ist?"

Jonathon blinzelte. „Ooookay", sagte er langsam. „Gehen wir also davon aus, dass er im Treibhaus gestorben ist?"

Mike schüttelte den Kopf. „Nicht zwangsläufig. Ich habe über Körpertemperaturen nachgedacht, über die Umgebungstemperatur, *Algor mortis* …"

„Umgebungstemperatur? *Algor mortis*? *Rigor mortis* ist mir ein Begriff, aber …"

Mike nickte. „*Algor mortis* bezeichnet im Grunde die Anpassung der Körpertemperatur an die Umgebungstemperatur. Erinnerst du dich noch an die Bemerkung der Gerichtsmedizinerin, wie kalt es unten in der Krypta war? Sie hat also die Umgebungstemperatur - die Temperatur in der unmittelbaren Nähe der Leiche - ins Verhältnis zur Körpertemperatur gesetzt, um den Todeszeitpunkt zu ermitteln. Es gibt nämlich physikalische Gesetze, die bestimmen, wie schnell ein Körper abkühlt."

„Bis dahin kann ich dir folgen."

Mike lächelte. „Kluges Kerlchen. Also, dann lass dir mal diese Theorie auf der Zunge zergehen: Was, wenn Bryan woanders gestorben ist, aber über Nacht im Treibhaus aufbewahrt und dann kurz vor Sonnenaufgang in die Krypta gebracht wurde?"

„Was für einen Effekt hätte das gehabt?"

„Die Temperatur im Treibhaus hätte den Körper warmgehalten, wodurch er langsamer abgekühlt wäre. Dadurch hätten wir es also mit einem anderen Todeszeitpunkt zu tun."

Jonathon erstarrte. „Glaubst du, dass er deshalb verlegt wurde? Um einen falschen Todeszeitpunkt vorzutäuschen?"

„Kann sein. Vielleicht war das Treibhaus auch einfach nur ein günstiger Ort, um die Leiche zu verstauen. Oder der Mörder wusste tatsächlich genau, was er - oder sie - tat. Und es könnte sowohl ein Mann als auch eine Frau gewesen sein.

Schließlich war Bryan nicht gerade groß, oder?" Mike stand auf, ging zur Bar und kam mit seinem Bestellblock und einem Stift zurück. „Okay, ich muss das mal kurz durchrechnen. Gib mir eine Minute, ja?"

„Ich bereite schon mal alles für die Gäste vor." Jonathon stand auf.

Mike überraschte ihn, indem er nach seinem Arm griff und ihn zu einem Kuss zu sich herunterzog. „Danke", säuselte er.

Jonathon spürte, wie die Hitze durch seinen Körper floss. „Von Herzen gerne." Er überließ Mike seinen Berechnungen und überprüfte, ob genug saubere Gläser auf dem Regal standen und er alle wichtigen Zutaten für Cocktails hatte, falls jemand einen bestellen wollte.

Etwa zehn Minuten später stieß Mike einen Freudenschrei aus. „Ich hab's!"

Jonathon eilte zum Tisch hinüber. „Und?"

Mike schenkte ihm ein breites Lächeln. „Es ist gut möglich, dass der Todeszeitpunkt um ein paar Stunden danebenliegt." Er zuckte mit den Schultern. „Das ist ohnehin nicht die genaueste Methode, den Todeszeitpunkt zu schätzen, weil zu viele Variablen mit hineinspielen – aber ja, er könnte theoretisch zu jedem Zeitpunkt nach zwanzig Uhr gestorben sein. Pi mal Daumen." In der Ferne läutete die Kirchenglocke. „Und das ist unser Stichwort, das Gespräch zu beenden und uns an die Arbeit zu machen." Er stand auf und ging zur Tür.

„Was? Willst du es jetzt einfach dabei belassen?"

Mikes Lachen drang zu ihm herüber. „In den nächsten paar Stunden wird sich nichts ändern. Also beschäftigen wir uns lieber, ja? Morgen haben wir so viel zu tun, dass ich den Pub vielleicht mittags geschlossen lasse. Außerdem habe ich keine Ahnung, wie lange es in London dauern wird, bis ich gefunden habe, was ich brauche. Mein einziger Anhaltspunkt ist ihr Name."

Für Jonathon klang das sehr nach einer weiteren Nadel im Heuhaufen.

„AUFWACHEN, DU Schlafmütze."

„Hm?" Jonathon hatte Mühe, seine Augen zu öffnen. „Wie spät ist es?"

Mike beugte sich über das Bett. „Zeit für mich, von hier zu verschwinden. Wenn ich meinen Anschluss erwische, bekomme ich noch den frühen Zug nach London. Ich bin so schnell wie möglich wieder da. An der Tür hängt ein Schild mit dem Hinweis, dass wir erst heute Abend wieder öffnen." Er küsste Jonathon auf die Stirn. „Und du kannst schön ausschlafen."

„Ach, wie großzügig von dir", witzelte Jonathon. Mit einem Ruck packte er Mike und zog ihn zu sich aufs Bett. „Möchtest du nicht lieber einen späteren Zug nehmen?", fragte er mit schmeichelnder Stimme.

Mikes Gesicht war nur Zentimeter von seinem entfernt. „Sie machen nichts als Ärger, Mylord." Sein Atem roch nach Minze.

Jonathon grinste. „Ach, und das fällt dir jetzt erst auf? Du bist mir aber ein Meisterdetektiv." Schmunzelnd ließ er Mikes Arm wieder los.

Mike kletterte vom Bett und rückte sein Hemd zurecht. „Bis später."

„Falls du mich hier nicht findest, bin ich auf dem Anwesen."

An der Tür hielt Mike inne. „Sues Mini steht auf dem Parkplatz. Rot, Kennzeichen 06. Er ist hier, weil es in ihrer Straße keine Parkmöglichkeiten gibt. Die Schlüssel hängen in der Küche. Du kannst ihn ruhig benutzen, wenn du nicht laufen willst. Es macht ihr nichts aus. Er steht jetzt sowieso schon seit einem Monat rum, aber den Tank müsste noch voll sein." Er lächelte. „Benimm dich. Tu nichts, was ich nicht auch tun würde." Und mit diesen Worten machte er sich davon.

„Dann bleiben mir ja nicht viele Optionen!", rief Jonathon ihm hinterher.

Mikes Lachen war gerade noch zu hören.

Jonathon lag im Bett und lauschte dem Motor des Geländewagens, der aufheulte und wieder verstummte, als Mike unten vom Parkplatz fuhr. Er überlegte, ob er aufstehen sollte, aber ein Blick auf Mikes Wecker nahm ihm die Entscheidung ab. Ein Morgen, an dem er ausschlafen konnte - vor allem in einem Bett, in dem er von Mikes Duft umgeben war?

Einfach himmlisch.

ES WAR fast elf Uhr, als Jonathon seiner Unruhe nachgab. Mike hatte sich noch nicht gemeldet, aber er nahm an, dass es an der schieren Menge von Dokumenten lag, die es zu prüfen galt. Er würde nicht einfach rumsitzen, bis Mike aus London zurückkam - schließlich hatte er auf dem Anwesen eine Aufgabe zu erledigen. Und so nett Mikes Angebot auch war, ein Spaziergang würde Jonathon definitiv guttun.

Er verließ den Pub durch die Hintertür, nahm einen Ersatzschlüssel mit und machte sich mit einer Tasche über der Schulter auf den Weg durchs Dorf. Die Sonne stand bereits hoch am Himmel und dünne Wolken umspielten sie wie ein Vorhang aus Spinnweben. Unterwegs grüßten ihn Passanten freundlich, und Jonathon erwiderte ihren Gruß. Es freute ihn, dass er immer mehr Menschen vom Sehen kannte.

Den Morgen hatte er damit verbracht, seine Liste erneut durchzugehen. Einige Punkte ergaben langsam Sinn. Dass Sarah Deeping manchmal die Blumengestecke arrangierte, Lilien züchtete und gelegentlich in der Kirche putzte … All diese Aktivitäten könnten mit Dominics Tod in Verbindung stehen. Er glaubte nicht, dass Trevor etwas mit der Sache zu tun hatte, aber Sarah? Vielleicht hatte Mike ja recht und sie war tatsächlich eine verschmähte Frau. Nur erklärte das nicht, was es mit dem verschwundenen Foto auf sich hatte …

Auf der Brücke hielt er inne, schaute auf das klare Wasser, das unter ihm hindurchfloss, und lauschte, wie die Strömung über Steine und um Felsen wirbelte. Die Erinnerung daran, wie er mit Mike Pu-Stöckchen gespielt hatte, zauberte ihm ein Lächeln ins Gesicht. Der Tag schien so lange her zu sein. Er sinnierte, dass seitdem viel Wasser den sprichwörtlichen Bach heruntergeflossen war.

„Falls du schwimmen gehen willst - so tief ist es gar nicht."

Jonathon drehte den Kopf. Am Fuß der Brücke stand ein dunkelgrüner Ford Fiesta, und Sebastian lehnte sich lächelnd aus dem Fenster.

Jonathon lachte. „Na toll, und ich habe extra meine Badehose mitgebracht." Er ging auf das Auto zu. „Ich dachte, du hättest ein Fahrrad."

„Habe ich auch - der Wagen gehört Melinda. Ich musste ein paar Päckchen für sie zur Post bringen. Schließlich bin ich das Mädchen für alles, schon vergessen?" Er grinste. „Wohin bist du gerade unterwegs?"

„Zum Herrenhaus, um einen Preis für die Tombola auszusuchen."

Sebastians Augen leuchteten. „Oh. Ich war noch nie auf dem Anwesen. Soll ich dich fahren?"

Jonathon schmunzelte. „Gerne. Dann zeige ich dir unseren Familiensitz."

„Los, rein mit dir." Sebastian entriegelte die Beifahrertür und Jonathon stieg ein. „Ich bin froh, dass ich hier auf dich gestoßen bin - natürlich nur im übertragenen Sinne." Sebastian fuhr von der Brücke weg auf die Straße, die zum Herrenhaus führte.

„Wie kommt es, dass du noch nie auf dem Anwesen warst?", fragte Jonathon, während sie die grünen Gassen durchquerten.

„Normalerweise waren es Lloyd oder Melinda, die Dominic besucht haben. Ich hatte keinen Grund dafür." Sebastian bog nach rechts in die lange Straße ein, die an den Cottages am Rande des Grundstücks vorbeiführte. „Wie das wohl damals ausgesehen hat, als es erbaut wurde? Man kann sich die Pferdekutschen auf dem Kopfsteinpflaster bildlich vorstellen."

Jonathon lächelte. „Da steht wohl jemand auf Historienfilme."

„Erwischt. Du solltest mal meine DVD-Sammlung sehen." Sie erreichten das Ende der Straße und Sebastian bog links in die Einfahrt ein. „Wow. Sieh mal einer an." Er fuhr über den Kiesweg, umrundete den Grashügel und kam vor dem Eingang zum Stehen. „Und Dominic hat hier ganz allein gewohnt?"

„Ja." Jonathon war es schon immer schwergefallen, sich das vorzustellen. Früher war er davon ausgegangen, dass Dominic allein war und niemanden hatte, mit dem er sein Leben teilen konnte. Das Wissen um Trevor änderte kaum etwas an diesem Bild - schließlich hatte Dominic ihn nie mit ins Haus bringen können.

So werde ich nicht leben. Jonathon wusste, dass er trotz seiner Reiselust nicht für ein einsames Dasein geschaffen war. Er war für die Liebe und die Familie bestimmt und hatte vor, das Herrenhaus mit beidem zu füllen.

Sebastian stellte den Motor ab und sie stiegen aus. Jonathon führte ihn zum großen Eingangsportal.

„Willkommen auf de Mountford Hall", verkündete er, öffnete die Tür und ließ Sebastian eintreten.

„Das ist sehr beeindruckend." Sebastian bestaunte den Marmorboden, die Wände und die wunderschöne Treppe, die sich nach oben schlängelte. „Weißt du schon, was du gerne spenden möchtest?" Er deutete auf eine Engelsstatue. „Wie wäre es damit zum Beispiel?"

Jonathon schmunzelte. „Die ist ein bisschen groß für einen Tombolapreis, meinst du nicht auch? Ich weiß nicht, wie alt sie ist, aber meine Eltern wären bestimmt nicht erfreut, wenn ich ein Familienerbstück verlosen lassen würde. Nein, ich hatte etwas Kleineres im Sinn." Er ging zur Tür des Arbeitszimmers und bleib an der Schwelle stehen. „Nur damit du es weißt: Da drin ist ein … Blutfleck auf dem Boden." Es hatte sich als unmöglich erwiesen, alles vom Marmor zu entfernen.

Sebastians Augen weiteten sich. „Ist er da … gefunden worden?"

Jonathon nickte. „Ich musste dich vorwarnen. Der Fleck ist nicht zu übersehen." Er öffnete die Tür und betrat das Zimmer. Trotz des kühlen Marmorbodens war die Luft warm und Licht flutete durch die Scheiben der Terrassentür. Er versuchte, nicht zum Kamin zu schauen, wo Dominic gelegen hatte. Stattdessen ließ er seinen Blick über die Gemälde, Kupferstiche und Kunstdrucke an den Wänden schweifen.

„Also, wonach suchst du?", fragte Sebastian.

„Nach etwas, was von Dominic geschaffen wurde. Ich weiß, dass er gerne gemalt hat, also stammt vielleicht eines dieser Werke von ihm. Und wenn er sie irgendwo im Haus aufbewahrt hat, dann wohl hier drin. Dieses Zimmer war sein Heiligtum."

Sie streiften durchs Zimmer und nahmen die Signaturen der Kunstwerke genau unter die Lupe. Vor einem Aquarell des Herrenhauses blieb Sebastian stehen. „Was ist damit?"

Jonathon ging zu ihm hinüber und sah es sich genauer an. Als sein Blick auf das wohlbekannte, verschnörkelte *DdM* fiel, musste er lächeln. „Perfekt."

Er zuckte am ganzen Körper zusammen, als plötzlich ein lautes Räuspern ertönte.

Mike stand in der Tür.

„Mein Gott, Mike, du hast mich zu Tode erschreckt!" Dann erinnerte er sich an den Beruf seines Gastes. „Tut mir leid. Das ist mir so rausgerutscht."

Sebastian schmunzelte. „Glaub mir, ich habe schon Schlimmeres gehört."

Jonathon starrte Mike an, der sich bisher weder gerührt noch ein Wort gesagt hatte. „Wie bist du reingekommen?"

Mike zog die Augenbrauen hoch. „Du hast die Tür offengelassen." Er warf Sebastian einen misstrauischen Blick zu, bevor er Jonathon eindringlich musterte. „Ist alles okay bei dir?"

Jonathon runzelte die Stirn. „Ja, natürlich. Was ist denn los?"

Ein weiterer Blick huschte in Sebastians Richtung. „Ich war nur überrascht, dich hier zu finden … und vor allem nicht allein."

„Sebastian hat mich in Melindas Auto hergefahren. Wir haben gerade einen Preis für die Tombola gefunden." Die Blicke, die Mike ständig in Sebastians

Richtung warf, hatten etwas Beunruhigendes. „Du musst nicht hierbleiben, wenn du nicht willst. Geh ruhig wieder zum Pub und dann reden wir uns, wenn ich zurückkomme."

Mike schüttelte den Kopf. „Ich lass dich auf gar keinen Fall allein ... mit ihm."

Sebastian betrachtete ihn mit großen Augen.

„Mit *ihm*?" Jonathon funkelte Mike an. „Findest du das nicht ein bisschen unhöflich?"

Mike seufzte. „Na schön. Darf ich vorstellen: dein Cousin, Sebastian Dominic Cunningham." Er hielt inne. „Dominics Sohn."

Oh ... verdammt.

21

SEBASTIAN STARRTE ihn entgeistert an. „Wovon in aller Welt redest du da? Ich habe schon einen Vater und der ist quicklebendig."

Mike schüttelte den Kopf. „Hier geht es aber nicht um deinen Adoptivvater."

Jonathon schaute ihn mit offenem Mund an und Mike nickte.

„Ich habe die Geburtsurkunde von Moiras Kind gefunden. Ein ganz schöner Zufall, dass ihr Sohn und Sebastian Trevellan das gleiche Geburtsdatum haben - und streite das gar nicht erst ab, ich habe nämlich eine Kopie des Dokuments bei mir."

Jonathon sah ihn verblüfft an. „Wie hast du das an einem einzigen Morgen geschafft?"

Mike zwinkerte ihm zu. „Ich habe mich mit einem alten IT-Kollegen von der Met getroffen, der sich bereit erklärt hat, mir einen Gefallen zu tun." Daraufhin setzte er eine ernste Miene auf und wandte sich wieder Sebastian zu. „Und dann ist da noch dein zweiter Vorname." Mike funkelte ihn eindringlich an. „Willst du es etwa immer noch abstreiten?"

Jonathon musterte Sebastian aufmerksam - sein dichtes braunes Haar und die Kieferpartie. Bestand eine Ähnlichkeit? Schon möglich. „Bist du wirklich mein Cousin?"

Sebastian ignorierte ihn und schnaubte verärgert. „Also bitte, das ist doch lächerlich."

Mike schloss die Tür des Arbeitszimmers und trat in die Mitte des Raums. „Ich frage mich nur, ob du Dominic gesagt hast, wer du bist, bevor er gestorben ist. Du warst nämlich an diesem Tag hier, nicht wahr?"

Sebastians Augen weiteten sich. „Nein! Natürlich nicht! Ich bin gerade jetzt zum ersten Mal in diesem Haus."

Mike schüttelte langsam den Kopf. „Tut mir leid. Es spricht zu viel dafür - das kann kein Zufall sein."

„Zum Beispiel?" Sebastian stöhnte auf. „Jonathon, was er da sagt, stimmt nicht."

„Das behauptest du, aber weißt du was? Ich höre ihm trotzdem zu." Jonathon vertraute Mike von ganzem Herzen. Und was noch wichtiger war: Er vertraute Mikes Instinkten.

„Fangen wir mit den physischen Beweisen an." Mike zählte die Punkte an seinen Fingern ab. „Pollen auf Dominics Kleidung."

Sebastian erstarrte. „Pollen? Wie können die mit mir in Verbindung gebracht werden?"

„Sie stammen von der Lilienart *Lilium regale*, die nur von einer Person im Dorf angebaut wird - nämlich von Melinda. Und du könntest auf diversen Wegen mit diesen Lilien in Kontakt gekommen sein. In ihrem Garten. Bei den Blumengestecken in der Kirche. Du hast Jonathon doch gesagt, dass eine deiner Aufgaben darin besteht, bei den Blumen zu helfen, oder? Was, wenn du dabei ein paar Pollen abbekommen hast, die dann auf Dominics Kleidung übertragen wurden? Ein bisschen Blütenstaub wäre dir bestimmt nicht aufgefallen. Und dann sind da noch die Wachsspuren und die Messingpolitur, die auf dem Fotoalbum gefunden wurden. Du hast Jonathon sogar erzählt, dass du manchmal die Kerzenständer in der Kirche reinigst."

„Unsinn." Sebastian schüttelte den Kopf. „Damit hätten viele Leute in Berührung kommen können. Deine Schwester zum Beispiel. Oder Bryan Mayhew. Im Zuge seiner Recherche hat er ständig Abreibungen von den Messingtafeln in der Kirche angefertigt. Und aus dem gleichen Grund hatte er sicher auch mit den Fotos zu tun." Er reckte das Kinn vor. „Diesen … Quatsch muss ich mir nicht bieten lassen."

„Aber dann kommen wir zu dem Stoß, der Dominic zu Fall gebracht und letztendlich seinen Tod verursacht hat." Mikes Augen waren kühl.

„Was für ein Stoß?" Sebastian schluckte. „Er ist gestürzt. Seine Füße haben sich im Teppich verheddert und er ist hingefallen. Das weiß doch jeder."

Jonathon versteifte sich. „Ich müsste zwar nachsehen, aber ich bin mir nicht sicher, ob das mit dem Teppich je öffentlich gemacht wurde. Ich glaube nämlich nicht." Ein Kälteschauer durchfuhr seinen gesamten Körper.

„Dominic hat einen harten Schlag gegen das Brustbein erlitten. Hart genug, um seine Rippen zu brechen. Vielleicht so wie … ein Karatehieb?" Mike brach den Blickkontakt mit Sebastian nicht ab. „Erst neulich habe ich eine Doku über Bruce Lee gesehen. Ein grottenschlechter Schauspieler, aber ein fantastischer Karateexperte. Dort wurde eine ganz bestimmte Bewegung vorgestellt - ein Schlag mit dem Handballen. Wenn man ihn fest genug ausführt, kann er tödlich sein."

„Na und? Ich habe keine Ahnung von Karate." Sebastians Brustkorb hob und senkte sich immer schneller.

Etwas rührte sich in Jonathons Gedächtnis. „Dieses Foto an der Wand bei dir zu Hause. Das mit den Kindern in Karateanzügen."

Sebastian zog die Augenbrauen hoch. „Aber war ich auf dem Bild zu sehen? Nein."

„Genau", warf Mike ein, „weil du nämlich das Foto gemacht hast. Es war deine Karateschule, die du für sozial benachteiligte Kinder in London gegründet hast. Ich habe heute Morgen dort angerufen. Der Mann am Telefon hat in den höchsten Tönen von dir gesprochen. Außerdem hat er deine Karatekünste erwähnt."

„Wie zum Teufel hast du überhaupt von der Schule erfahren?", fragte Sebastian ungläubig.

„Ich habe dich gegoogelt", erwiderte Mike trocken.

Jonathon war von Mikes Verhalten aufrichtig beeindruckt. Zu seinen Zeiten als Polizist musste Mike ein Bild für die Götter gewesen sein.

„Mir reicht's. Ich gehe." Sebastian rauschte an Mike vorbei, öffnete die Tür zum Flur und ließ sie allein zurück.

Jonathon brauchte einen Moment, um sich der Tragweite dessen, was er gerade gesehen hatte, bewusst zu werden.

„Warte!" Er sah Mike an. „Du musst ihn aufhalten!"

Mike stürmte aus dem Zimmer, dicht gefolgt von Jonathon. Sebastian stand an der Treppe und starrte sie an.

„Was ist jetzt schon wieder?"

Jonathon wandte sich an Mike. „Hast du das gesehen?"

Mike runzelte die Stirn. „Was gesehen?"

„Wie Sebastian die Tür geöffnet und das Arbeitszimmer verlassen hat."

Mikes Gesichtsausdruck war leicht amüsiert. „Äh, ja? Und?"

Sebastian starrte Jonathon an, als ob er den Verstand verloren hätte.

Jonathon seufzte. „Weißt du noch, als du zum ersten Mal hier warst? Wie du die Tür im Arbeitszimmer nicht öffnen konntest, bis ich es dir erklärt habe? Wie du sie nicht einmal gesehen hast?"

Mikes Augen weiteten sich. „Oh, wow."

Jonathon nickte langsam. „Und trotzdem hat Sebastian, der angeblich noch nie hier war, sie sofort geöffnet. Ohne jegliches Zögern." Er wandte sich an Sebastian. „Und jetzt erzähl mir nicht, dass du von alleine darauf gekommen bist. Diese Tür wurde extra so entworfen, dass sie sich nahtlos in die Wand einfügt. Du hast nur wissen können, wie man sie öffnet, wenn Dominic es dir gezeigt hat."

Sebastian starrte ihn an, und die Farbe wich aus seinem Gesicht. Dann sackte er zusammen. Anders konnte man es nicht beschreiben. Er umklammerte das Geländer, als wollte er sich stützen. „Also gut", sagte er schließlich. „Ich war an diesem Tag hier. Aber ich habe ihn nicht umgebracht, das schwöre ich. Es war ein Unfall."

Die Stille, die auf Sebastians Worte folgte, wurde durch das schrille Klingeln von Mikes Handy unterbrochen. Sebastian erstarrte, als Mike ranging.

„Morgen, Sue. Gerade passt es bei mir nicht so gut. Vielleicht später?" Er hielt inne. „Ich bin mit Jonathon auf dem Anwesen." Eine weitere Pause. „Ja …"Er lachte. „Ja, das wäre super … Bis dann." Er legte auf und wandte sich an Jonathon. „Sue will sich später mit uns auf einen Drink im Pub treffen."

„Was war denn so lustig?", wollte Sebastian wissen.

„Ach, sie hat nur gefragt, ob Jonathon noch mal seine berühmten Cocktails macht." Mikes Gesichtsausdruck wurde wieder ernst. „Was hältst du davon, wenn wir zurück ins Arbeitszimmer gehen, damit du uns erzählen kannst, warum es kein Mord war? Und fang ganz von vorne an."

Einen Moment lang betrachtete Sebastian ihn schweigend, dann nickte er. „Na gut." Er folgte Mike ins Arbeitszimmer, und Jonathon bildete das Schlusslicht.

Im Zimmer angekommen, wischte sich Mike mit der Hand über die Stirn. „Gott, ist das heiß hier drin. Jonathon, kannst du uns ein Glas Wasser bringen? Und ich mache die Terrassentür auf, um etwas frische Luft reinzulassen." Er legte sein Handy auf den Schreibtisch.

Jonathon nickte und ging in den Flur. Er eilte zur Küche, füllte einen Krug mit kaltem Wasser und brachte ihn auf einem Tablett mit drei Gläsern zurück ins Arbeitszimmer. Sebastian saß nach vorne gelehnt auf dem Sofa, den Kopf in die Hände gestützt, und Mike hatte sich ihm gegenüber auf einem Stuhl gesetzt. Eine angenehme Brise wehte durch die offene Tür herein.

Jonathon stellte das Tablett ab und schenkte Wasser in die Gläser ein. „Hier." Er reichte sie Mike und Sebastian, bevor er sich einen weiteren Stuhl schnappte und neben Mike Platz nahm. Ihm schwirrten zahllose Fragen durch den Kopf, aber eine stand ganz oben auf der Liste. „Wie hast du herausgefunden, dass Dominic dein Vater ist?"

Sebastian trank die Hälfte seines Wassers aus und ließ sich gegen die Rückenlehne des Sofas sinken. „Ich war acht, als ich von meinen Eltern adoptiert wurde. Davor hatte ich vier Jahre lang entweder in einem Waisenhaus oder bei Pflegeeltern verbracht."

„Was ist mit deiner leiblichen Mutter passiert?" Für Jonathon klang das nicht gerade nach einer glücklichen Kindheit.

„Das habe ich erst rausgefunden, als ich alt genug war, um sie aufzuspüren. Mein Adoptivvater gab mir alle Details, die er hatte, aber das war keine große Hilfe. Ich kannte nur ihren Namen und wusste, dass sie Sekretärin in einer Londoner Anwaltskanzlei gewesen war. Ich hatte keine Erinnerungen an sie. Als ich schließlich meine Geburtsurkunde zu sehen bekam, war dort kein Vater eingetragen. Ich erfuhr, dass meine Mutter bei einem Verkehrsunfall gestorben war, als ich drei Jahre alt war."

„Oh, das ist ja furchtbar", raunte Jonathon.

„Ich wollte einfach mehr über sie erfahren. Ich habe mich in der Anwaltskanzlei nach ihr erkundigt, aber dort wollte niemand mit mir reden. Es war, als würde ich gegen eine Mauer rennen. Schließlich wählte ich einen Umweg und gab eine Anzeige in der Zeitung auf, in der ich danach fragte, ob jemand sie gekannt hatte. Darauf meldete sich nur eine Person, aber das reichte schon vollkommen."

„Hast du erfahren, dass sie von der Kanzlei gefeuert wurde?", fragte Mike. „Und dass sie zu dem Zeitpunkt schwanger war?"

Sebastian hielt inne. „Ja. Wie lange weißt du schon davon?"

„Seit gestern. Jonathon hat seinen Vater angerufen."

Sebastian verengte die Augen. „Thomas de Mountford? Er wollte mich nicht einmal sehen. Na ja, jedenfalls habe ich mich mit Tracy getroffen, die früher auch in der Kanzlei gearbeitet hat. Das war der einzige Grund, warum sie bereit war, sich mit mir zu treffen - weil sie die Firma verlassen hatte. Sie erzählte mir, dass sie nach der Kündigung meiner Mutter noch eine Weile mit ihr in Kontakt geblieben war. Laut Tracy hat meine Mutter bis zu ihrem Tod regelmäßig Geld erhalten."

„Hat diese Tracy auch gesagt, dass Dominic dein Vater ist?", wollte Mike wissen.

Sebastian schüttelte den Kopf. „Offenbar hat meine Mutter niemandem verraten, von wem das Kind ist. Aber Tracy hatte ein Foto von meiner Mutter. Die Firma hat wohl jedes Jahr ein offizielles Gruppenbild der gesamten Belegschaft gemacht. Meine Mutter stand ganz am Rand, aber sie schaute nicht in die Kamera. Sie starrte auf einen elegant gekleideten Mann in der vordersten Reihe. Wie sich herausstellte, war das Dominic de Mountford." Sebastian schmunzelte. „Ich hielt mir die Hand vor den Bart und schaute in den Spiegel. Das reichte aus, um mich davon zu überzeugen, dass ich meinen Vater gefunden hatte."

„Was hast du dann gemacht?", fragte Jonathon.

„Zuerst einmal musste ich herausfinden, wo Dominic wohnt. Zu dem Zeitpunkt hatte er die Firma bereits verlassen. Es dauerte nicht lange, bis ich auf de Mountford Hall stieß. Dann schlug ich meinem Vater vor, dass ich zunächst in einer kleineren Gemeinde arbeiten könnte. Ich erzählte ihm, dass ich auf irgendeiner Reise mal durch Merrychurch gefahren war und mich in das Dorf verliebt hätte." Sebastians Augen trübten sich. „Ich wusste, dass er alles tun würde, um mich glücklich zu machen, also musste er nur ein paar Fäden ziehen und schon hatte Lloyd Talbot zugestimmt, einen Hilfspfarrer einzustellen."

„Du wohnst hier jetzt schon seit einem Jahr. Warum hast du Dominic nicht einfach zur Rede gestellt? Vielleicht hätte er sich ja darüber gefreut, endlich seinen Sohn kennenzulernen." Jonathon blutete das Herz. Dominic war kein schlechter Mensch gewesen. Sicher hätte sein Onkel Sebastian mit offenen Armen begrüßt.

„Ich wusste doch gar nichts über ihn!", rief Sebastian. „Als ich im Dorf ankam, wollte ich erst mal abwarten und mir ein Bild von ihm machen. Er schien … harmlos zu sein. Freundlich. Und das machte mich wütend. Wenn er so ein guter Mensch war, warum hatte er dann nicht versucht, mich zu finden? Wusste er überhaupt, dass meine Mutter tot war? Oder war es ihm einfach egal?"

„Du hättest doch auch einfach aufs Anwesen gehen und ihn fragen können", bemerkte Mike.

Sebastian schüttelte den Kopf. „Das wäre zu einfach gewesen. Er hat uns im Stich gelassen. Wäre er bei uns geblieben, hätte es mich nach ihrem Tod vielleicht nie in ein Waisenhaus verschlagen. Ich wollte ihn verunsichern und sein Gewissen belasten, also habe ich ihm anonyme Briefe geschickt. Nichts Konkretes, nur vage Drohungen wie: *Deine Sünden werden dich einholen.* Und dann war ich irgendwann mit meiner Geduld am Ende und kam hierher, um ihn zu sehen."

„Was hat er gesagt?", fragte Jonathon leise.

Sebastians Gesicht verzog sich. „Um ehrlich zu sein, kann ich mich nicht mehr an viel erinnern. Ich weiß noch, dass ich sehr wütend war, und das hat wahrscheinlich mein Urteilsvermögen getrübt. Er sagte, dass er nicht wisse, was passiert sei, und dass er die Dinge wieder in Ordnung bringen wolle, aber ich konnte nur daran denken, wie anders mein Leben hätte sein können. Ich stand hier in diesem wunderschönen Haus, in dem er ein privilegiertes Leben führte, während ich selbst vor meiner Adoption die schlimmsten Albträume durchlebt hatte. Dinge, an die ich nicht einmal denken wollte, und vor mir stand der Mann, der mein ganzes Leben hätte ändern können, wenn er nicht so ein egoistisches Arschloch gewesen wäre. Es holte sogar das Fotoalbum hervor und zeigte mir das Foto, als würde das irgendwie beweisen, dass er mich nicht vergessen hatte. Als ob das eine befriedigende Ausrede wäre." Er seufzte schwer und senkte den Kopf. „Ich habe einfach ... die Beherrschung verloren. Ich stieß ihn von mir weg und er verlor das Gleichgewicht und fiel zu Boden. Er wollte sich noch umdrehen, aber er stürzte so schnell ... Sein Kopf schlug an der Kante des Kamins auf und ... er war tot." Sebastian hob sein Kinn und blickte Jonathon an. „Ich schwöre, es war ein Unfall."

„Und wie haben sich dann seine Füße im Teppich verheddert?", fragte Mike. „Das alles war doch ein bewusster Angriff, oder?"

„Hättest du nicht einfach ehrlich sein können?", warf Jonathon entsetzt ein. „Hättest du der Polizei nicht sagen können, was passiert ist? Warum hast du versucht, es so aussehen zu lassen, als sei er gestolpert?"

Sebastian schluckte schwer, entgegnete jedoch nichts.

„Oh, natürlich." Mike starrte ihn mit funkelnden Augen an. „Wenn du an seinem Tod schuld wärst, würdest du nicht erben, richtig?"

„Was?" Jonathon blinzelte.

Mike nickte langsam. „Überleg doch mal. Alle glauben, dass Dominic durch einen Unfall gestorben ist. Sebastian wartet, bis sich die ganze Aufregung gelegt hat, vielleicht ein Jahr, und dann taucht er plötzlich mit einem *gerade* erst entdeckten Beweis dafür auf, dass er der rechtmäßige Erbe des Anwesens ist. Er gibt sich überrascht und schockiert - und dann nimmt er deinen Platz ein."

„Nein!" Sebastian schüttelte vehement den Kopf. „Ich habe euch doch gesagt, wie es war!"

„Aber auch nur, weil wir nachweisen konnten, dass du an dem Tag hier warst", entgegnete Jonathon scharf.

„So ganz ist dein Plan nicht aufgegangen, oder?" Mike stand auf und trat zum Sofa, um sich vor Sebastian zu stellen. „Zuerst hat die Polizei herausgefunden, dass es kein Unfall war, aber das war nicht schlimm, weil du dir sicher warst, dass dich nichts mit Dominic in Verbindung bringen konnte. Aber dann lief auf einmal alles aus dem Ruder, nicht wahr? Es wusste nämlich jemand, was du getan hast. Jemand, der Geld wollte, damit er den Mund hält."

„Wovon in aller Welt redest du da?" Sebastians Augen weiteten sich.

„Bryan Mayhew. Wie ist er nach seiner Rückkehr ins Dorf vorgegangen? Hat er dich sofort kontaktiert, um dir zu sagen, was er gesehen hat?"

„Was?" Sebastian fiel die Kinnlade herunter.

„Ich weiß es zwar nicht genau, aber ich vermute, er hatte Beweise dafür, dass du für Dominics Tod verantwortlich bist. Wahrscheinlich hatte er den gleichen Gedanken wie du: Wenn die polizeilichen Ermittlungen erst einmal abgeschlossen wären, würdest du - solange du nicht unter Verdacht geraten würdest - ein großes Vermögen erben. Er war bestimmt gewillt zu warten, oder? Die Beweise waren sein Druckmittel: *Bezahl mich, oder ich übergebe sie den Behörden und du verlierst alles.*" Mike nickte. „Da war es viel besser, Bryan zu töten und alle Beweise an dich zu nehmen. Auf diese Weise konntest du dich immer noch als Erbe zu erkennen geben, da dich nun nichts mehr mit dem Mord an Bryan in Verbindung brachte."

„Das liegt daran, dass ich nichts mit seinem Tod zu tun hatte!" Sebastians Augen traten hervor. „Ich kann es gar nicht gewesen sein! Als er starb, war ich nicht mal in der Nähe der Krypta. Ich war mit euch beiden im Pub."

„Schön und gut, aber er ist nicht in der Krypta gestorben, und das können wir auch beweisen. Und nicht nur das: Außerdem können wir belegen, dass er früher als zum offiziellen Todeszeitpunkt gestorben ist. Und abgesehen davon gibt es physische Beweise, die dich mit dem Mord in Verbindung bringen." Mike trat näher an ihn heran.

„Und was zum Beispiel? Das denkst du dir doch nur aus." Sebastians Gesicht errötete. „Wie kann es Beweise geben, wenn ich nichts mit seinem Tod zu tun hatte?"

„Ach ja?" Mikes Augen funkelten. „Du hättest gerade wirklich nicht den Kopf senken dürfen. Denn das Erste, was mir aufgefallen ist, war das hier." Mike schnellte nach vorn, drückte Sebastians Kopf zwischen seine Knie und zog den Kragen seines T-Shirts nach unten …

… wodurch ein dunkler Fleck in Sebastians Nacken zum Vorschein kam.

„*Jeyes Fluid* lässt sich verdammt schwer von der Haut entfernen. Falls man überhaupt bemerkt, dass es da ist."

22

SEBASTIAN WAND sich aus Mikes Griff und riss den Kopf hoch. „Fass mich nicht an! Und das hätte jederzeit passiert sein können. Ich gehe ständig im Treibhaus ein und aus, um Blumen für die Kirche zu holen. Schließlich wohne ich dort, schon vergessen?" Seine Augen funkelten.

„Aber du streitest nicht ab, dass es sich um *Jeyes Fluid* handelt, oder?", fragte Jonathon nachdenklich und starrte Sebastians rot anlaufendes Gesicht an. „Und genau da hat deine Theorie einen Haken. Es hätte nämlich nicht jederzeit passiert sein können, wie du behauptest. Das war nur in einem kurzen Zeitfenster möglich, da sind wir uns ganz sicher."

„Bist du gegen das Regal gestoßen, als du seine Leiche ins Treibhaus gebracht hast? Ist es dabei passiert? Vielleicht hast du auch etwas auf deine Kleidung bekommen. Die kann man problemlos vernichten, oder? Aber auf der Haut geht das nicht so leicht." Mike stand noch immer vor ihm.

Sebastian starrte ihn an.

„Und dann war da noch die Probefahrt", fügte Jonathon hinzu.

Sebastian riss den Kopf herum und starrte ihn an. „Hm?"

Jonathon nickte. „Der Teil ist dir neu, oder? Wie es aussieht, war Bryan sehr ungeduldig. Es war ihm wohl bewusst, dass es mindestens ein Jahr dauern würde, bis du auch nur daran denken könntest, dein Erbe einzufordern - wodurch er dir wiederum Geld abknöpfen könnte -, aber er konnte wohl einfach nicht aufhören, an das viele Geld zu denken."

„Also hat er bei einer Werkstatt angerufen und eine Probefahrt mit einem Spitzenmodell von Jaguar vereinbart. Natürlich war er schlau genug, nicht seinen eigenen Namen anzugeben, sondern den von Jonathon. Wir wissen aber, dass es Bryan war, weil er von hier aus angerufen hat."

„So sind wir auf die Idee gekommen, dass er jemanden erpresst haben könnte." Jonathon legte den Kopf schief. „Er muss dir doch irgendeinen Beweis gezeigt haben, oder? Was war es?"

„Ich vermute ja, entweder ein Foto oder ein Video, das er mit seinem Handy aufgenommen hat." Als Sebastian sich umdrehte, um ihn anzusehen, nickte Mike langsam. „So muss es gewesen sein. Er hatte kein Handy bei sich, als er gefunden wurde. Hast du es an dich genommen?"

Sebastian presste die Lippen aufeinander, als wollte er sich eine Antwort verkneifen.

„Ach so." Jonathon blinzelte. „*Jetzt* verstehe ich es." Er begegnete Mikes forschendem Blick. „Der lila Plastiksplitter, den wir im Gewächshaus gefunden haben - das fehlende Stück von Bryans USB-Stick."

Sebastian erstarrte. „Was für ein USB-Stick?"

„Der, den die Polizei in ihrer Asservatenkammer aufbewahrt. Bryan hatte ihn bei sich, als er gestorben ist. Was, wenn er das Foto oder Video oder was auch immer auf einen USB-Stick kopiert hat? Quasi als Back-up?"

Sebastians entsetztem Gesichtsausdruck nach zu urteilen hatte er an diese Möglichkeit nicht gedacht.

„Tja, sobald die Polizei es geschafft hat, die Dateien zu öffnen, hat sie alle Beweise, die sie braucht. Ganz zu schweigen von dem Material, das ich ihnen vorhin gebracht habe." Mike sah Sebastian in die Augen. „Ja, genau. Alles, was ich heute Morgen in London gefunden habe. Ich war auf der Polizeiwache, bevor ich hierherkam. Ich wollte nicht das Risiko eingehen, etwas davon zu verlieren."

„Du Mistkerl." Sebastian knurrte. „Er hat mir geschworen, dass er das Video nur auf dem Handy hat."

„Von wo aus hat er es aufgenommen?" Jonathon lief ein eiskalter Schauer über den Rücken. Sie hatten recht gehabt mit der Erpressung.

„Er hat mich durch die Terrassentür dabei gefilmt, wie ich den Teppich zurechtgerückt habe. Eigentlich war er hergekommen, um mit Dominic zu reden, aber dann hat er laute Stimmen gehört. Er hat den ganzen Streit mitbekommen." Sebastian ballte seine Hände zu Fäusten. „Ich hatte gar nicht bemerkt, dass er da war. Als ich dann am Donnerstag in Melindas Auto gestiegen bin, nachdem ich Ben Threadwell besucht hatte, sah ich ihn gegen sein Motorrad gelehnt am Straßenrand stehen. Er kam sehr schnell zur Sache und hat mir sogar das Video gezeigt. Dann wollte er ein Treffen vereinbaren, um seine Bedingungen zu besprechen. Bedingungen! Klingt doch viel netter als Erpressung, oder?"

„Wo hast du dich mit ihm getroffen?"

„Er schlug vor, dass wir uns am Freitagabend hinter der Kirche treffen. Die Mauer zieht sich um den ganzen Kirchhof, und auf der Rückseite gibt es ein Tor. Wahrscheinlich wollte er einen Ort, an dem wir ungestört sind. Es schien ihm nichts auszumachen, mit mir allein zu sein, aber warum auch? Er hatte unseren Streit mitbekommen und wusste, dass es ein Unfall war. Vermutlich fühlte er sich in meiner Gegenwart sicher, weil ich ein Hilfspfarrer bin - ein Mitglied der Kirche."

„Jeder von uns neigt zu überstürzten Entscheidungen, wenn er in die Enge getrieben wird, ganz unabhängig von seinem Beruf", bemerkte Mike leise. „Was bei dir offenbar der Fall war."

„Ich habe kein einziges Mal ans sechste Gebot gedacht - nur daran, dass er mir für den Rest meines Lebens das Geld aus der Tasche ziehen würde." Sebastian hob das Kinn, um Mike in die Augen zu sehen. „Ich bin neben dem Tor in die

Hocke gegangen, und als er kam, habe ich ihn mit dem größten Stein geschlagen, den ich finden konnte. Das hat auch schon gereicht. Dann habe ich ihn über meine Schulter gehievt und ins Treibhaus getragen. Ich wusste, dass Melinda uns um diese Zeit nicht stören würde. Sie ist ein Gewohnheitstier. Und deine Beschreibung davon, wie ich gegen das Regal gestoßen bin, war sehr treffend. Die Dose habe ich auf dem Boden liegen gelassen, damit sie dem Kater die Schuld gibt - er war die ganze Zeit mit uns da drinnen."

Jonathon starrte ihn an. „Natürlich. Du hast die Leiche absichtlich dort aufbewahrt. Ich kann mich noch gut an unser Gespräch über deine Begeisterung für Naturwissenschaft erinnern." Aus dem Augenwinkel bemerkte er eine Bewegung und gab sein Bestes, um nicht darauf zu reagieren. „Und du warst es auch, der das Foto aus dem Album entfernt hat, nicht wahr?"

Sebastian nickte. „Aber das habe ich nicht getan, um zu verhindern, dass man mich identifizieren kann - schließlich war ich darauf noch ein kleines Kind -, sondern weil es meine Mutter zeigte. Ich wollte es aus sentimentalen Gründen haben."

„Vielleicht hat auch Dominic es aus sentimentalen Gründen behalten", schlug Jonathon vor, während sein Herz pochte.

„Ab hier übernehmen wir", verkündete eine laute Stimme.

Sebastian sprang auf und drehte sich zur Terrassentür, wo Gorland mit zwei uniformierten Beamten stand. Graham war einer von ihnen. Die Polizisten gingen voran, und in Grahams Hand baumelten Handschellen. Sebastian wollte zur Tür rennen, aber Mike versperrte ihm den Weg.

„Das kannst du vergessen."

Die Beamten packten Sebastians Arme, und Graham drückte ihm die Hände auf den Rücken, um sie in Handschellen zu legen. Er grinste Mike an. „Gut gemacht, Mike. Wir haben alles mitbekommen."

Jonathon runzelte die Stirn. „Wie bitte? Was habt ihr mitbekommen?"

Mike lächelte. „Der Anruf von Sue war eigentlich Graham, der wissen wollte, wo ich bin. Ich habe mein Handy auf dem Schreibtisch platziert, ohne aufzulegen, in der Hoffnung, dass man alles gut mithören konnte. Was glaubst du, warum ich erwähnt habe, dass ich die Terrassentür aufmache? Damit habe ich ihnen mitgeteilt, wie sie reinkommen können, ohne Sebastian zu warnen."

Jonathon schüttelte den Kopf. „Du gewiefter …"

Er hörte dem zweiten Beamten dabei zu, wie er Sebastian seine Rechte vorlas. Es schien alles so unwirklich. Sebastian stand mit kalten Augen da, und Jonathon nahm die Worte kaum richtig wahr. Er folgte den Polizisten, als sie Sebastian aus dem Arbeitszimmer und durch den Flur zur Vordertür hinausführten, wo vier Fahrzeuge geparkt waren - Melindas Fiesta, Mikes Geländewagen und zwei Polizeiautos. Gorland stand bei Mike und Jonathon, während Graham seine Hand leicht auf Sebastians Kopf legte und ihm half, sich auf den Rücksitz eines der Autos zu setzen. Die Reifen knirschten über den

Kies, als das Auto davonfuhr, gerade als ein Motorrad aus der entgegengesetzten Richtung angerauscht kam. Es hielt vor ihnen an und der Fahrer schaltete den Motor ab. Er klappte das Helmvisier hoch, durch das ein junger Mann sie neugierig musterte.

„Hey. Ist einer von Ihnen Jonathon de Mountford?"

Jonathon blinzelte. „Äh, ja, das bin ich."

Der junge Mann nahm den Helm ab und fuhr sich mit der Hand durch die struppigen Haare. „Hallo. Mein Name ist Andy Wintersgill. Ein Polizeibeamter hat mich wegen eines Freundes, Bryan Mayhew, angerufen."

„Waren Sie nicht auf Bali oder in Singapur oder an einem ähnlichen Ort?", fragte Mike.

Andy nickte. „Als der Polizist mir gesagt hat, dass Bryan tot ist, habe ich sofort den ersten Flieger zurück nach England genommen. Ich kam erst heute Morgen um vier an. Und da habe ich das hier gefunden." Er griff in seine Lederjacke und zog einen zerknitterten versiegelten Umschlag hervor. Er war an Andy adressiert und mit den Worten beschriftet: *Zuzustellen an Jonathon de Mountford, de Mountford Hall, Merrychurch, falls mir etwas zustößt*. Andy streckte ihn Jonathon entgegen. „Ich habe mir gedacht, dass es wichtig sein muss, also bin ich sofort hergekommen." Sein Gesicht verfinsterte sich. „Ich kann immer noch nicht glauben, dass er tot ist. Erst letzte Woche noch haben wir am Abend vor meiner Abreise zusammen getrunken und gelacht. So gut gelaunt habe ich ihn noch nie erlebt."

Jonathon riss den Umschlag auf, während Mike und Gorland ihn beobachteten. Ihm fiel ein lila USB-Stick in die Handfläche. Jonathon hielt den Atem an. „Da ist auch ein Zettel drin." Er fischte ihn heraus und faltete ihn auf. Nachdem er die beiden Absätze gelesen hatte, stieß er einen Seufzer aus. „Du hattest recht, Mike. Bryan hat nicht nur ein Foto davon gemacht, wie Sebastian den Teppich zurechtgerückt hat, um es wie einen Unfall aussehen zu lassen - er hat auch das Gespräch aufgezeichnet. Es ist alles auf diesem USB-Stick."

„Wow." Andys Augen weiteten sich. „Hilft das zu beweisen, wer Bryan getötet hat?"

Gorland blickte ihn kühl an. „Vielen Dank, dass Sie uns darauf aufmerksam gemacht haben, Mr Wintersgill. Dürfte ich Sie bitten, auf der Polizeiwache von Merrychurch eine kurze Aussage abzugeben?"

Andy nickte. „Ich fahre jetzt gleich hin, bevor ich mich auf den Heimweg mache, um etwas Schlaf nachzuholen. Ich habe immer noch einen Jetlag." Er bedachte Jonathon und Mike mit einem Kopfnicken, setzte sich den Helm auf, stieg wieder auf sein Motorrad und fuhr über die Einfahrt davon, wobei er kleine Kieselsteine in alle Richtungen schleuderte.

Traurig schüttelte Jonathon den Kopf. „Es überrascht mich nicht, dass Bryan an dem Abend gut gelaunt war. Er hatte Sebastian gerade dabei erwischt, wie er Dominics Unfall vortäuschte. Wahrscheinlich hat er sich da schon Gedanken darüber gemacht, wie er am besten davon profitieren könnte."

Mike runzelte die Stirn. „Und was war auf dem USB-Stick, der bei der Leiche gefunden wurde?"

„Nichts", entgegnete Gorland schlicht. „Er war leer. Vielleicht war es ein neuer Stick, um den zu ersetzen, den er bei Mr Wintersgill gelassen hatte." Er streckte die Hand aus. „Das hier nehme ich mit, Mr de Mountford. Es ist Beweismaterial."

Jonathon nickte und ließ sowohl den Zettel als auch den USB-Stick wieder in den Umschlag gleiten, ehe er ihn aus der Hand gab. „Das wars dann also? Ist der Fall damit abgeschlossen?"

Gorland nickte. „Sie werden sicher beide als Zeugen geladen. Mike hat bestimmt nichts dagegen - schließlich ist er ein alter Hase, wenn es darum geht, vor Gericht Beweise zu präsentieren." Er reichte Mike die Hand. „Gut gemacht. Schön zu sehen, dass Sie Ihre polizeilichen Fähigkeiten noch nicht ganz verloren haben", sagte er schroff.

„Dann werden Sie Trevor und Sarah Deeping also freilassen?", fragte Mike plötzlich.

„Trevor haben wir vor einer halben Stunde entlassen. Sarah darf gehen, sobald meine beiden Kollegen wieder auf der Wache sind." Er schenkte ihm ein dünnes Lächeln. „Und dann kann ich nach London zurückkehren, sobald ich meinen Vorgesetzten berichtet habe, dass meine Arbeit hier getan ist." Er nickte Jonathon zu und verabschiedete sich mit einem Zwei-Finger-Gruß bei Mike. „Passen Sie gut auf sich auf. Und wenn ich mir erlauben darf, Ihnen einen Rat zu geben: Bleiben Sie bei Ihrem Pub und überlassen Sie die Polizeiarbeit lieber den Profis. Diesmal hatten Sie zwar Glück, aber nächstes Mal geht es vielleicht nicht so glimpflich aus." Er stieg ins Auto, ließ den Motor an und fuhr davon.

Jonathon starrte ihm hinterher. „*Seine* Arbeit ist getan? Dass ich nicht lache! Wir haben die ganze Arbeit für ihn gemacht. *Er* ist nur ganz am Ende aufgekreuzt, um die Verhaftung zu übernehmen! Von wegen *Überlassen Sie die Polizeiarbeit lieber den Profis.*" Jonathon ahmte ihn nach. „Der hat vielleicht Nerven. Am liebsten würde ich mein Handy nehmen und …"

Was auch immer er noch sagen wollte, wurde von Mike abgewürgt, der ihn packte und in seine Arme zog. Zwei warme Lippen trafen auf seine, und Jonathon dachte gar nicht mehr ans Reden. Als er nach Luft schnappte, sah Mike ihm in die Augen.

„Ich weiß ja nicht, wie es *Ihnen* geht, Mr de Mountford, aber *ich* fahre jetzt zurück in den Pub, schließe die Tür ab und hau mich im Schlafzimmer aufs Ohr. Ich hatte einen anstrengenden Morgen, und vor der Abendschicht will ich meinen Akku wieder aufladen."

„Darf ich mitkommen?", fragte Jonathon verlegen.

Mike schmunzelte. „Kommt drauf an. Willst du auch ein Mittagsschläfchen machen?"

Jonathon grinste. „Hinterher schon."

EPILOG

JONATHON MUSSTE zugeben, dass es der perfekte Tag für das Fest war: blauer Himmel, Sonnenschein und keine Wolke in Sicht. Das Anwesen war mit Ständen und Zelten übersät, die Blaskapelle von Merrychurch spielte in einem provisorisch errichteten Musikpavillon, und herrliche Düfte aller Art erfüllten die Luft. Wo er auch hinsah, waren Menschen - das ganze Dorf schien hier zu sein.

Er stand auf der Treppe vor dem Haus und ließ die lebhafte Szene auf sich wirken. Das Einzige, was seine Stimmung trübte, war die bevorstehende Ankunft seiner Eltern. Sein Vater hatte darauf bestanden, Jonathons erstem öffentlichen Auftritt als neuer Herr des Anwesens beizuwohnen. Darüber musste er lächeln. Bisher hatte er erst zwei Nächte im Herrenhaus verbracht, und beide Male war er nicht allein gewesen. Jonathon hoffte, dass das auch so bleiben würde.

„Worum ging es bei dem Telefongespräch?" Mike erschien an seiner Seite. In den Jeans und dem weißen Hemd sah er entspannt und lässig aus. „Es klang ziemlich ernst."

Jonathon seufzte. „Tatsächlich waren es sogar zwei Gespräche. Und wir haben endlich eine Antwort darauf, warum Dominic einen Teil des Grundstücks verkaufen wollte."

„Ach ja?"

Heftige Trauer überkam Jonathon. „Er hatte einen Privatdetektiv darauf angesetzt, seinen Sohn zu finden. Das war der erste Anruf. Der Detektiv hatte schon eine Weile nichts mehr von Dominic gehört und wollte Bescheid geben, dass er Sebastian gefunden hat."

Mike verstummte. „Dann hatte Dominic also nach Sebastian gesucht?"

Jonathon nickte. „Das war damit gemeint, dass er alles in Ordnung bringen wollte. Gestern habe ich mit meinem Vater am Telefon über die ganze Situation gesprochen. Er hat mir etwas erzählt: Nachdem mein Großvater mitbekommen hat, dass Dominic sich entgegen seiner ausdrücklichen Anweisungen mit Moira getroffen hatte, hat er veranlasst, dass Dominic keinen weiteren Kontaktversuch unternehmen durfte. Falls er dagegen verstoßen hätte, wäre er aus der Firma entfernt worden. Mein Großvater war noch einer von der alten Garde. Er wollte nicht, dass Dominic auch nur in Erwägung zog, eine Frau aus der niederen Gesellschaft zu heiraten."

„Also hat Dominic nachgegeben?"

„Offenbar schon. Nach Moiras Tod muss er jede Spur von Sebastian verloren haben. Er hätte zwar versuchen können, ihn zu finden, aber damit hätte er den Zorn der Familie auf sich gezogen, also hat er es wohl bleiben lassen. Aber vergessen hat er ihn nie. Deshalb hat er bestimmt das Foto aufbewahrt: als Erinnerung daran, dass er irgendwo da draußen einen Sohn hat. Vielleicht entwickelte er im Laufe der Jahre ein schlechtes Gewissen, weil er Moira und ihr Kind im Stich gelassen hatte, und beschloss, es irgendwie wiedergutzumachen. Denn jetzt halt dich fest: Dem Privatdetektiv zufolge wollte Dominic Sebastian finden, um ihm eine große Summe Geld zu geben."

„Oha."

Jonathons Brust zog sich zusammen. „Wenn Sebastian Dominic nur zugehört und ihm Zeit gegeben hätte, sich zu erklären, dann hätte er alles erfahren. Stattdessen ist ihm die Sicherung durchgebrannt und all die aufgestaute Wut und Frustration ist aus ihm herausgebrochen. Und aus diesem Grund wollte Dominic das Grundstück verkaufen - das Geld war für Sebastian bestimmt."

„Und Sebastian hatte keine Ahnung, dass sein Vater ihn kennenlernen wollte." Mike schüttelte den Kopf und seufzte. „Zwei Männer mussten sterben, nur weil er die Beherrschung und die Geduld verloren hat."

„Ich möchte mich bei dir für gestern bedanken." Mike während der Trauerfeier an seiner Seite zu haben, war genau das, was Jonathon gebraucht hatte. Er war sein Fels in der Brandung gewesen. Dennoch hatte es nicht an Trauergästen gemangelt. Bei der Zeremonie hatten sich mindestens zweihundert Menschen in die St Mary's Church gedrängt. Jonathons Eltern hatten ihr Bedauern über ihre Abwesenheit ausgedrückt und versprochen, stattdessen am Fest teilzunehmen. Und wenn Dominics Asche bereit für die Beisetzung war, wusste Jonathon, dass Mike in der Krypta an seiner Seite sein würde.

„Ich lass dich das doch nicht allein durchstehen." Mike seufzte. „Jedenfalls hat er jetzt seine letzte Ruhe gefunden. Und hoffentlich auch seinen Frieden."

Das hoffte auch Jonathon inständig.

Auf der anderen Seite des Rasens spielte die Blaskapelle *In The Summertime*, und Jonathon lächelte. „Gute Wahl. Übrigens habe ich Dominics Schmuck durchsucht und rate mal, was ich gefunden habe."

Mike strahlte. „Trevors Ring?"

Jonathon nickte und tippte sich auf die Hosentasche. „Ich suche ihn später und gebe ihm den Ring. Das ist das Mindeste, was ich tun kann. Außerdem werde ich ihn fragen, ob es etwas von Dominic gibt, was er gerne haben möchte."

„Wie lieb. Das weiß er sicher zu schätzen." Mike neigte den Kopf in Richtung des Rasens. „Bereit, dich unters Volk zu mischen?"

Jonathon blickte Mike an. „Fast." Er griff nach Mikes Hand und verschränkte Mikes Finger mit seinen. „Jetzt bin ich bereit."

Mike schaute auf ihre ineinander verschlungenen Hände. „Bist du dir da sicher?"

Lächelnd erhob Jonathon den Kopf. „Auf jeden Fall. Ich will, dass sie mich sehen - *uns* sehen. Kein Versteckspiel." Er sah Mike fest in die Augen. „Ist das okay für dich?"

Mike beugte sich vor und küsste ihn sanft auf die Lippen. „Um dich zu zitieren: auf jeden Fall." Er grinste. „Lass uns jetzt zu den Nachbarn gehen und ein bisschen Spaß haben."

Jonathon lachte. „Aber denk dran: Irgendwann im Laufe des Nachmittags wird mein Vater aufkreuzen. Erstens bezweifle ich, dass *Spaß* überhaupt in seinem Wortschatz vorkommt, und zweitens wird er dir sicher ein paar missbilligende Blicke zuwerfen."

Mike reckte das Kinn vor. „Soll er doch. Ich gehe nirgendwohin. Und ich werde noch sehr lange ein Teil deines Lebens sein." Er sah Jonathon in die Augen. „Wenn du damit einverstanden bist."

Jonathons Herzschlag beschleunigte sich und er spürte ein Flattern in seiner Magengegend. „Auf jeden Fall."

Sie gingen die Treppe hinunter und über den Kiesweg auf den Rasen, wo alte und neue Freunde darauf warteten, sie zu begrüßen.

K.C. WELLS schreibt seit 2012. Sie hatte sich zwar schon als Kind vorgenommen, einmal einen Roman zu schreiben, doch richtig ernst gemacht hat sie damit erst, nachdem sie 2009 zum ersten Mal eine Liebesgeschichte zwischen zwei Männern gelesen hatte.

Inzwischen schreibt sie hauptberuflich, und die Warteschlange in ihrem Kopf wird immer länger, da sich so viele Charaktere darum reißen, ihre Geschichte zu erzählen. Und so unermüdlich, wie ihre Ideenquelle sprudelt, wird sich das auch so bald nicht ändern.

K.C. freut sich immer über Nachrichten von ihren Lesern und Leserinnen.

E-Mail: k.c.wells@btinternet.com
Facebook: www.facebook.com/KCWellsWorld
Blog: kcwellsworld.blogspot.co.uk
Twitter: @K_C_Wells
Website: www.kcwellsworld.com
Instagram: www.instagram.com/k.c.wells

Von K.C. WELLS

Lügen haben kurze Beine
Schritt für Schritt
Schuld

COLLARS & CUFFS
Herz ohne Fesseln
Vertrauen in Thomas

Veröffentlicht von DREAMSPINNER PRESS
www.dreamspinner-de.com

COLLARS & CUFFS

HERZ
OHNE
FESSELN

K.C. WELLS

Buch 1 in der Serie – Collars & Cuffs

Seit dem Tod seines Lebensgefährten und Sub vor zwei Jahren hat Leo nicht mehr gelebt – nur noch existiert. Er konzentriert sich darauf, das Collars&Cuffs, einen BDSM-Club im Schwulenviertel von Manchester, erfolgreich zu machen. Das ändert sich eines Abends, als er und sein Geschäftspartner sich zu ihrer wöchentlichen Besprechung im Severino's treffen. Leo kann die Augen nicht von dem neuen Kellner lassen. Der schüchterne Mann scheint entschlossen, Leos Blick zu meiden, doch das ist wie ein rotes Tuch für einen Stier. Leo liebt Herausforderungen.

Alex Daniels kellnert im Severino's, um das Geld für eine eigene Wohnung zusammenzukratzen. Er tut sich schwer damit, sich zu outen, doch er fühlt sich zu Leo hingezogen, dem umwerfend gutaussehenden Mann mit den eisig-blauen Augen, der fast jeden Abend in seinem Bereich isst.

Leo lässt sich Alex' Zögern nicht in die Quere kommen. Er hält ihn sogar vom Club fern, um ihn nicht zu erschrecken. Und Alex zu sagen, dass er ein Dom ist? Keine gute Idee. Aus einem Date werden zwei, aber Date Nummer zwei führt sie in Leos Schlafzimmer… und dazu, dass Alex Dinge über sich herausfindet, die ihm nie bewusst waren – und die er nie jemanden sehen lassen wollte.

www.dreamspinner-de.com

COLLARS & CUFFS

VERTRAUEN IN THOMAS

K.C. WELLS

Buch 2 in der Serie – Collars & Cuffs

Weihnachten ist das Fest des Schenkens und der Nächstenliebe, doch
Thomas Williams, Mitinhaber des BDSM-Clubs Collars&Cuffs, bekommt ein
unerwartetes Geschenk, bei dem ihm angst und bange wird. Ein befreundeter Dom
aus einem anderen Club in Manchester bittet Thomas um Hilfe bei der Rettung
eines misshandelten Submissiven, Peter Nicholson. Seinem Freund zuliebe erklärt
Thomas sich bereit, den jungen Mann bei sich aufzunehmen und sich um ihn zu
kümmern, bis er sich wieder erholt hat. Doch er stellt klar, dass er noch nie einen
Sub hatte und auch keinen will.

Peter findet sein neues Leben bei Thomas ruhig und friedlich, doch seine
Vergangenheit macht es ihm schwer, wieder einem Dom sein Vertrauen zu schenken.
Als Thomas sich jedoch nicht so verhält, wie Peter es erwartet, verblassen die
Alpträume allmählich und er beschließt, dass er mehr über das D/s-Leben erfahren
möchte. Thomas, der in der Szene als Ausbilder für Subs bekannt ist, beginnt Peter
zu unterrichten. Doch als der unerfahrene Sub sich ihm öffnet, stellt Thomas fest,
dass er mehr für Peter empfindet, als er sollte. Gerade, als er sich dazu entschlossen
hat, Peter endlich einen festen Dom zu suchen, müssen sie erkennen, dass Peters
Peiniger immer noch eine ernste Bedrohung darstellt. Angesichts der Gefahr, in der
sie beide schweben, kann Thomas seine Gefühle für Peter nicht mehr verleugnen.
Die Frage ist jetzt nur, ob Peter lebendig aus der Höhle des Löwen entkommen
wird, sodass Thomas seinem Boy sagen kann, dass er ihn liebt.

www.dreamspinner-de.com

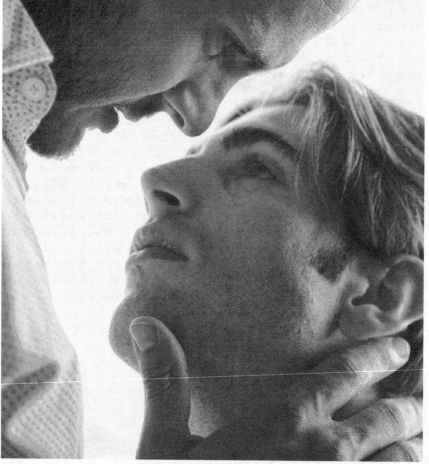

Schritt für Schritt

K.C. Wells

Jamies Leben ist eine einzige finanzielle Katastrophe, was aber nicht seine Schuld ist. Dass er in der Bibliothek einen Wohltäter finden würde, ist das Letzte, womit er gerechnet hätte. Auch wenn er anfangs misstrauisch ist, was Guys Motive betrifft, wird schnell klar, dass sein Retter ein guter Mann ist, der im Leben Glück hatte und das nun weitergeben will. Dass Guy schwul ist, ist kein Problem. Jamie hat ohnehin kein Interesse … glaubt er zumindest.

Die beiden kommen gut miteinander aus und Guy freut sich, dass er Jamie unterstützen kann. Aber als Jamie seiner Neugierde nachgibt, sieht Guy den jungen Mann plötzlich mit anderen Augen. Was als Hilfestellung begann, ist nun etwas völlig anderes …

www.dreamspinner-de.com

SCHULD
K.C. Wells

Das abrupte Ende einer zweijährigen Beziehung hat Mitch Jenkins den Boden unter den Füßen weggezogen. Selbst zwei Monate später leidet er immer noch. Der Versuch eines Kollegen, ihn aufzuheitern, führt Mitch in einen geheimen „Club". Mitch hat keinerlei Interesse an den Twinks, die herumstolzieren wie Pfauen. Doch dann entdeckt er ganz hinten im Raum einen jungen Mann mit einem Buch vor der Nase, der nichts von seiner Umgebung wahrzunehmen scheint. Jetzt ist Mitch interessiert.

Nikko Kurokawa will nur seine Schulden begleichen und dann nichts wie raus aus dem Black Lounge – wo er nicht nur zum Sex gezwungen wird, sondern manchmal auch Misshandlungen erdulden muss, um Kunden zufriedenzustellen. Sein Leben wird ein klein bisschen leichter, als er Mitch kennenlernt, der so ganz anders ist als die anderen Männer, die den Club besuchen. Und als Mitch ihm erst unter die Haut und dann in sein Herz kriecht, meint Nikko alles ertragen zu können. Schon bald wird er frei sein, und dann können er und Mitch zusammen herausfinden, ob es eine gemeinsame Zukunft für sie gibt.

Keiner von beiden rechnet mit denen, die Nikko nicht gehen lassen wollen …

www.dreamspinner-de.com